Tödliche Familien

Das Buch

Hannah Schmielink, Schulpsychologin aus Münster, ist hin- und hergerissen: War die alleinerziehende Mutter des kleinen Roddy lediglich überfordert? Oder wäre der Junge beinahe wegen extremer Vernachlässigung zu Tode gekommen, wie Roddys Pflegeeltern, die einen Milchviehbetrieb bei Emsdetten betreiben, Hannah versichern? Die Zukunft aller Beteiligten hängt von ihrem Gutachten ab.

Mit großer Bestürzung erfährt Hannah, dass eine am Kanal in Münster ermordete Joggerin die ursprüngliche Gutachterin war. Hatte die junge Frau etwas Belastendes über Roddys Mutter herausgefunden?

Hannah recherchiert auf eigene Faust – fährt ins Sauerland, zusammen mit Roddys Pflegevater, der ihr ausnehmend gut gefällt. Die beiden kommen sich immer näher.

Als Hannah sich endlich entschließt, sich ihrem Mann Jan und seinen Kollegen von der Kripo Münster anzuvertrauen, ist es fast zu spät. Dann wird die Mordwaffe gefunden. Und Hannah ist in größter Gefahr.

Die Autorin

Helga Streffing wurde in Werne geboren und ist in Rheine aufgewachsen. Nach dem Studium von Anglistik und Sozialwissenschaften in Münster hat sie viele Jahre an verschiedenen Berufskollegs unterrichtet und war zusätzlich als Schulseelsorgerin tätig. Sie ist verheiratet und lebt mit ihrem Mann in Rheine. In einem Sabbatjahr begann sie Krimis zu schreiben. »Tödliche Familien« ist der fünfte Fall um die Münsteraner Schulpsychologin Hannah Schmielink.
Näheres in ihrem Krimiblog »muensterlandkrimi.wordpress.com« und auf ihrer Facebook-Autorenseite »Helga Streffing und ihre Krimis«.
Außerdem erschienen im Dialogverlag:

Tod im Kollegium (ISBN: 978-3-941462-47-2)
Tod im Kloster-Internat (ISBN: 978-3-941462-59-5)
Tod im Golddorf (ISBN: 978-3-941462-79-3)
Pilgerfahrt in den Tod (ISBN: 978-3-944974-06-4)
Tödliche Rollenspiele (ISBN: 978-3-944974-33-0)

Helga Streffing

Tödliche Familien

Ein Münsterland-Krimi

dialogverlag

Besuchen Sie uns im Internet:
www.dialogverlag.de

Umwelthinweis:
Dieses Buch wurde auf chlor- und säurefreiem Papier gedruckt.

Bibliografische Information Der Deutschen Nationalbibliothek
Die Deutsche Nationalbibliothek verzeichnet diese Publikation in der Deutschen Nationalbibliografie; detaillierte bibliografische Daten sind im Internet über http://dnb.d-nb.de abrufbar.

ISBN 978-3-944974-24-8
2. Auflage 2018

Titelbild und grafische Gestaltung: Markus Nolte
Gesamtherstellung: dialogverlag Münster

Von den Kindern

Deine Kinder sind nicht deine Kinder.
Sie sind die Söhne und Töchter der Sehnsucht
des Lebens nach sich selbst.

Khalil Gibran, arabischer Dichter
(1883 - 1931)

Wenige Tage vor Weihnachten

Sie sah von dem Artikel auf der Seite »Aus aller Welt« auf. Die Wettquoten auf den Namen des erwarteten royalen Nachwuchses interessierten sie nun wirklich nicht.

Acht Uhr! Sie hatte es im Gefühl, ohne auf die Armbanduhr zu schauen, gleichgültig, ob draußen blanker Sonnenschein oder völlige Finsternis herrschte wie heute Morgen. Einen Moment lang horchte sie. Das Gurgeln der Kaffeemaschine hatte aufgehört.

Mühsam stemmte sie sich vom Frühstückstisch hoch. Bei feucht-kaltem Wetter machte ihr die rechte Hüfte zu schaffen und neuerdings auch das Knie. Von den Fingergelenken ganz zu schweigen. Rheuma hatte ihr Hausarzt diagnostiziert. Überlastung durch harte, körperliche Arbeit, hatte sie ihn im Geiste korrigiert. Dabei war sie erst 62! Ihre Mutter hatte mit über 70 noch im Stall geholfen.

Seufzend füllte sie den Kaffee in die Warmhaltekanne um und lauschte auf Helmuts Schritte im Flur, aber es tat sich nichts. Er war spät dran.

Sie vertiefte sich wieder in die Zeitung. Adventsfeier des örtlichen Seniorentreffs, Weihnachtsmarkt, Landjugend-Party – die Überschriften drifteten an ihr vorbei, und der Lokalteil glitt ihr aus den Händen. Die Stille war durchdringend.

Früher hatte sie um diese Zeit den ersten Sturm des Tages bereits hinter sich, denn die Kinder mussten pünktlich vor der Schule ihr Frühstück bekommen. Aber das war Jahre her. Ihre Tochter begnügte sich mittlerweile morgens mit einem Schluck Kaffee aus der laufenden Maschine. Auch heute war sie wieder in allerletzter Sekunde aufgebrochen. Gudrun hatte das Anspringen ihres Polos gehört, während sie sich im Verbindungsgang zwischen Wohnhaus und Stallungen ihrer Arbeitskleidung entledigte.

Viertel nach acht.

Als sie die letzten zehn Kühe nach dem Melken in den Stall zurückgeschickt hatte, war Helmut im Begriff gewesen, die Kälber in ihren Boxen zu tränken. Dann blieb eigentlich nur noch das Abspritzen des Melkstands. Ob er wieder einmal in seine Kammer gegangen war? Was immer ihn dort festhielt – heute war der ideale Tag dafür: trübes Wetter, keine dringenden Tätigkeiten im Stall oder draußen, nicht einmal Vertreterbesuch war zu erwarten.

Mit einem Stöhnen erhob Gudrun sich und schaute müde über den Hof. Die tiefschwarzen Wolken rissen auf, und im ersten Schimmer des Tages tauchten die Umrisse des Stallgebäudes auf. Aus dem blinden Fenster der Futterkammer drang kein Licht. Helmut musste auf dem Weg zum Wohnhaus sein. Gleich würde sie ihn hören.

Aber es blieb still. Beängstigend still. Der Klumpen in ihrem Magen war urplötzlich da, wuchs rasend schnell und drückte auf die Eingeweide. Wie in Trance stand sie auf, schloss pflichtbewusst die Küchentür hinter sich, damit keine Wärme verloren ging, schaltete das Licht im Verbindungsgang an, stieg in ihre Gummistiefel und streifte sich achtlos die abgetragene Strickjacke über.

Die Neonröhre an der Decke der Futterkammer flackerte klimpernd auf. Feuchte Kälte kroch ihr in die Glieder. Knapp über null Grad: die unangenehmste Temperatur überhaupt. Der Milchtank glänzte, dahinter lag der Melkstand im Dunkeln. Dort war er also nicht.

Eilig durchschritt sie den langen Gang zur Halle mit den Boxen für die Kälber, die genüsslich an ihrer Milch schleckten, und drückte auf die Türklinke zu seiner Kammer: abgeschlossen. Mit hämmerndem Puls hastete sie zurück durch den Stall, nahm die Bewegungen der riesigen Leiber, die dumpfen Geräusche, den auf den Boden klatschenden Urin kaum wahr.

»Helmut?« Sie stand jetzt an der offenen Tür zum Melkstand. Ihre Augen mussten sich kurz an das Zwielicht gewöhnen. Der Geruch der Kühe lag noch in der Luft. Warum hatte sie vorhin das Licht im Vorraum nicht angeschaltet?

»Helmut? Wo steckst du?«

Zurückgehen zum Schalter? Nein! Draußen wurde es von Sekunde zu Sekunde heller, sie konnte genug sehen.

Zaghaft stieg sie die Stufen hinunter. Ein unförmiger Schatten am Fuß der Treppe. »Schwabbelig!«, schoss ihr durch den Kopf, als sie die Masse berührte. Ihre Knie gaben nach, und sie rutschte auf die graue Gestalt.

Vier Jahre später

30. Dezember

Kurz nach vier Uhr nachmittags

Es war noch immer nicht dunkel genug für die Straßenlaternen. Im trüben Licht unter den tiefhängenden Wolken vermisste Hannah das Leuchten der weihnachtlichen Dekorationen in den Hausfluren und Fenstern. Nur einen einzigen opulent in Rot und Silber geschmückten Baum erspähte sie noch in einer der Doppelhaushälften entlang der Straße.

Lasse rührte sich nicht in seinem Buggy, er starrte mit glasigen Augen vor sich hin, die angebissene Scheibe Knäckebrot in der Hand. Sein Mittagsschlaf war reichlich kurz ausgefallen. Zeit, dass sie nach Hause kam, sonst würde er einnicken und dann abends nicht müde werden. Wieder einmal!

Ein Auto bog direkt vor Hannah in eine Einfahrt. Schwungvoll stieg ihre Nachbarin Anita aus.

»Kleine Runde mit dem Nachwuchs?«, rief sie Hannah gutgelaunt zu.

Ja, die immer gleiche Strecke durch die Straßen von Gievenbeck wie seit Monaten, hätte Hannah am liebsten geantwortet. Laut sagte sie: »Die frische Luft tut Lasse gut.« Und sie selbst konnte immerhin eine Weile in Ruhe ihren Gedanken nachhängen.

»Schau mal! Ich habe nicht widerstehen können«, sagte Anita und öffnete eine Pappkiste. »Die ersten Primeln. Das Haus wirkt so leer, seitdem die Weihnachtsdekoration in den

Kisten verstaut ist. Ich brauche ein bisschen Farbe um mich herum.«

Hannah murmelte bewundernde Worte und wünschte einen guten Rutsch. Man würde sich morgen um Mitternacht auf der Straße zum Feuerwerk treffen.

Als sie den Buggy in den Hausflur schob, fragte sie sich, ob Jan den Einkauf erledigt hatte. Sie hatten seinen ältesten Bruder und dessen Frau zum Raclette-Essen an Silvester eingeladen, und es gab noch Etliches zu erledigen: Das Gästezimmer musste auf Schwung gebracht, die Betten wollten überzogen, Badezimmer und Küche geputzt werden.

Auf dem Küchentisch lag ein verstaubter Karton, den Hannah noch nie gesehen hatte, daneben ein vergilbtes Heft: eine Bedienungsanleitung für ein Raclette-Gerät in zehn Sprachen.

»Verdammter Mist! Das Ding tut's nicht. Ist ja auch jahrelang nicht benutzt worden.« Kopfschüttelnd saß Jan vor dem ovalen Apparat, der nach seiner Scheidung in seinem Hausstand gelandet war. Die Emaille-Abdeckung glänzte derartig, dass Hannah sich fragte, ob er je benutzt worden war.

»Glücklicherweise kann man diese alten Teile problemlos aufschrauben. Hoffentlich ist es nicht die Heizspirale, sondern nur ein defektes Kabel. Das könnte ich auf jeden Fall hinbekommen.«

»Und wenn nicht?«

»Dann kaufe ich ein neues Gerät!«

»Hast du schon die Getränke und den Käse besorgt?«

»Mache ich alles in einem Rutsch. Die Supermärkte sind heute bis 23 Uhr geöffnet. Ist noch jede Menge Zeit.«

Zwanzig nach vier

Dixie hatte es heute nicht eilig. Nicht verwunderlich bei einem Hund von gut 13 Jahren. Anton Weber fragte sich manchmal, wie sein Leben aussehen würde, wenn die Foxterrier-Hündin in nicht allzu weiter Ferne in die ewigen Jagdgründe einginge. Ob er sich mit Mitte 70 noch ein neues Tier zulegen würde? Meistens verdrängte er diese Gedanken schnell wieder.

Jedenfalls würde er die Spaziergänge am Kanal vermissen. Mit Dixie hatte er eine Begründung, regelmäßig das Haus zu verlassen, wenn Ingeborg ihm mit ihren Forderungen und Nörgeleien zusetzte. Manchmal war seine Frau schwer zu ertragen.

Das Schmuddelwetter machte ihm nichts aus. Die restliche Helligkeit reichte, um den Pfad zu erkennen und den wenigen Besuchern auszuweichen, die sich um diese Tageszeit hier tummelten. Meistens waren es andere Hundebesitzer oder Jogger – wie die zwei in den dunklen Trainingsanzügen, die ihn kurz hinter der Brücke überholten und freundlich grüßten. Er hatte die jungen Leute schon öfter gesehen. Manchmal waren sie auch zu dritt. Die weiße Beschriftung auf der Rückseite ihrer Jacken bewegte sich nahezu synchron auf und ab, bis die beiden allmählich in der einbrechenden Dämmerung verschwanden.

Dixie lief nun schneller, sie näherten sich ihrem Lieblingsplatz. Er hatte sie an der Leine, weil einige Jugendliche schon den ganzen Tag über ihre Silvester-Böller ausprobierten. Dixie hörte zwar nicht mehr besonders gut, aber Anton Weber wollte nicht riskieren, dass sie panisch das Weite suchte.

Silvester! Am liebsten hätte er wie jeden Abend gemütlich vor dem Fernseher gesessen, ausnahmsweise ein, zwei Flaschen Bier getrunken, ein paar Chips gegessen. Aber Ingeborg hatte ein befreundetes Ehepaar zum Fondue eingeladen: Er war ein totaler Langweiler, und sie redete pausenlos. Der Abend würde sich wie Kaugummi ziehen. Dann noch der Neujahrstag, mit dem man eigentlich nie etwas anzufangen wusste, und dann würde endlich das geregelte Leben wieder anfangen, das er so schätzte.

Dixie schnüffelte ausgiebig. Anton Weber beobachtete sie geduldig, bis ihm die feuchte Kälte in die Glieder drang. »Los jetzt! Ab nach Hause!«, gab er das Kommando und zog an der Leine. Folgsam schoss die Hündin los.

Quietschende Bremsen. Direkt neben Weber. »Verdammt noch mal! Können Sie denn nicht auf Ihren Köter aufpassen?«

Ein Radfahrer war Dixie in letzter Sekunde ausgewichen und setzte schimpfend seinen Weg fort. Seine linke Hand hob sich. Bestimmt keine Geste der Entschuldigung! Genau zu erkennen war es nicht, aber wahrscheinlich zeigte er ihm den Stinkefinger. Was schlich der Typ sich so an? Wozu gab es Klingeln? Sein Licht hatte er auch nicht eingeschaltet.

Im Eilmarsch machte sich Anton Weber auf den Rückweg. Man sah jetzt wirklich nicht mehr gut, und er hatte keine Lust auf weitere unliebsame Begegnungen. Dieser Rüpel hatte ihm die Laune vollends verdorben. Nicht mal eine passende Antwort war ihm auf die Schnelle eingefallen.

Er passierte die Brücke, wo schon die Lichter der ersten Häuser seiner Straße zu sehen waren. Plötzlich riss Dixie an der Leine und zog mächtig vorwärts. Auf Höhe der mit Graffiti beschmierten Bank hielt die Hündin abrupt an und kläffte wie verrückt.

Dort saß jemand. Eine Frau. Ihr Körper neigte sich zur Seite, der Kopf war nach vorn gebeugt. Die blonden langen

Haare, zum Pferdeschwanz gebunden, fielen ihr ins Gesicht. Warum saß die hier in der Kälte? Und wie konnte sie es in dieser seltsamen Haltung aushalten?

Weber ging zögerlich näher heran. »Was ist mit Ihnen? Brauchen Sie Hilfe?« Die Frau regte sich nicht. Jetzt erst sah er den dunklen Trainingsanzug, die weiße Aufschrift auf der Jacke. Eine Joggerin ...

Dixie kläffte unaufhörlich. Irgendetwas stimmte hier nicht. Was sollte er bloß tun? Er schaute sich um, aber es war niemand zu sehen.

Vorsichtig berührte er die Frau am Arm. »Hallo, Sie! Nun sagen Sie doch was!«

Der Körper sackte vollends zur Seite und glitt wie in Zeitlupe von der Bank. Der Kopf fiel nach hinten, und Weber sah, was er insgeheim befürchtet hatte.

»Ruhe!«, herrschte er den Hund an und griff in seine Manteltasche. Das Handy in seiner Hand fühlte sich beruhigend an.

Viertel vor sieben

Hannah blätterte unkonzentriert in der Fernsehzeitung, zu ihren Füßen robbte Lasse über den Boden. Während er tagsüber manchmal recht träge wirkte, drehte er gegen Abend meistens auf: ein Zeichen von Müdigkeit – Zeit zum Schlafengehen.

Sie hatte sich gerade entschieden, mit dem Abendessen nicht länger auf Jan zu warten, als sie hörte, wie er die Haustür öffnete. Er kam direkt ins Wohnzimmer und stellte einen Karton auf den Tisch.

»Die Auswahl an Raclette-Geräten war nicht besonders groß, aber bei diesem kann man die Temperatur in mehreren

Stufen regulieren. Ist viel besser als das alte«, sagte er und begann, den Karton aufzureißen.

»Gut«, sagte Hannah, ohne mehr als einen flüchtigen Blick auf den Apparat zu werfen. »Hast du eingekauft?«

»Noch nicht. Auf dem Parkplatz am Supermarkt war kein Durchkommen. Mindestens zehn Wagen kurvten herum, um eine Lücke zu finden. Ich versuche es nach dem Abendessen noch mal. Dann ist es vermutlich nicht mehr so voll. Soll ich den Tisch decken?«

»Mache ich schon«, murmelte Hannah. »Kümmere du dich so lange um Lasse.«

Als sie aufstand, läutete Jans Handy. Im Weggehen hörte sie, wie er sich meldete und seinen Kollegen Gerrit begrüßte. Ein ungutes Gefühl beschlich sie.

Fünf Minuten später kam Jan mit Lasse auf dem Arm in die Küche. »Ich muss ins Präsidium. Ein Mordfall am Kanal. Eine junge Joggerin.«

»Aber du hast doch Urlaub!«

»Ich feiere Überstunden ab und habe Bereitschaft. Schüttler ist bei Verwandten in Süddeutschland, Bechstein auf den Kanaren. Wir sind insgesamt dünn besetzt. Jedenfalls soll ich die Soko leiten.«

»Warum ausgerechnet du?«

»Gerrit hat heute Nachmittag die Spurensicherung am Tatort geleitet. Aber man ist der Meinung, dass nun jemand mit mehr Erfahrung ran muss.«

Ihr Besuch! Der Einkauf! Lasse! Der Haushalt! Sie würde das alles allein schaffen müssen.

Jan zog den Reißverschluss seiner Jacke zu. »Sieht so aus, als hätte die Frau ihren Mörder gekannt. Wir können keine Rücksicht darauf nehmen, dass morgen Silvester ist. Die ersten 48 Stunden nach der Tat sind immer die wichtigsten. Danach sinkt die Wahrscheinlichkeit rapide, den Täter zu finden.«

»Und was ist mit Thomas und Barbara? Soll ich ihnen absagen?«

»Auf keinen Fall. Sie können dir morgen Abend Gesellschaft leisten. Bis Mitternacht bin ich zu Hause. Versprochen.«

Mittwoch, 8. Januar

Um die Mittagszeit

Seine Stirn zog sich in Falten, der Mund presste sich zu einem schmalen Strich zusammen. Sekundenbruchteile später ging das Geschrei los. Sein Gesicht färbte sich in immer dunkleren Rottönen, erste Tränen rannen über die dicken Wangen.

Sie spürte, wie ihr Puls hochschnellte. Er trat gegen ihre Unterarme, während sie sich mit den Druckknöpfen des Stramplers abmühte. Als sie die Windel löste, steigerte sich das wütende Gebrüll noch.

Entschlossen drückte sie mit einer Hand seine Füße zusammen und hob die Beine an. Das feuchte Tuch und Creme lagen griffbereit am Rand der Wickelauflage. Als sie die frische Windel unter seinen Po schob, pinkelte er im hohen Bogen.

»Verdammt noch mal! Was soll das denn schon wieder? Wird das jetzt eine neue Mode?«

Erschrocken über sich selbst, sah sie, wie sich seine Augen einen Moment lang weiteten. Sie war ziemlich laut geworden. Hastig schaute sie sich um. Die neue Packung mit Windeln lag im Regal – nur drei Schritte weg, aber trotzdem zu weit. Obwohl er ziemlich pummelig war, drehte er sich mittlerweile blitzschnell auf die Seite.

Hektisch hob sie ihn hoch und legte ihn unsanft ins Kinderbett. »Das hast du jetzt davon. Ich muss dich doch wickeln! Was glaubst du denn, was passiert, wenn ich das nicht tue?«, schrie sie ihn wider alle Vernunft an.

Sie riss die Packung auf und nahm ihn wieder aus seinem Bett, aber er strampelte wild und entglitt ihr beinahe. Im letzten Moment konnte sie ihn am Arm festhalten. Sein Brüllen schmerzte in ihren Ohren. Sie traute sich nicht, ihm ins Gesicht zu schauen.

Ihre Hände zitterten. In Rekordtempo verschloss sie die Windel, legte ihn so im Schlafsack ins Bett, zog den Reißverschluss mit einem Ruck zu und bedeckte seine Beine mit einer leichten Wolldecke.

Die Treppe kannte sie mittlerweile im Schlaf, sogar im Dunkeln. Sie setzte sich auf die letzte Stufe. Ihr Herz raste. Wie lange würde er dieses Mal schreien? Wenn sie Glück hatte, nur zwei Minuten. Aber meistens hatte Lasse mehr Ausdauer. Sie konnte nichts tun als abzuwarten. Und zu versuchen, nicht verrückt zu werden.

Er wurde leiser. Schon schöpfte sie Hoffnung. Vage meinte sie, das Telefon zu hören. Steif von ihrer unbequemen Sitzhaltung stand sie auf und ging ins Wohnzimmer.

»Hannah Schmielink.« Mit dem Hörer am Ohr verzog sie sich in die äußerste Ecke des Zimmers, wo das Gebrüll ihres Sohnes kaum noch zu hören war.

»Hier ist Dorothee.« Ihre Kollegin aus der Beratungsstelle. »Ich dachte schon, du wärst nicht zu Hause. Ein Frohes Neues Jahr wünsche ich dir nachträglich. Seid ihr gut reingekommen?«

Einen Moment lang war Hannah versucht, von dem chaotischen Silvester-Abend zu erzählen. Jan war gegen neun aus dem Präsidium gekommen, während sie sich um ihre Gäste, das Abendessen und Lasse hatte kümmern müssen. Glücklicherweise hatten ihre Schwägerin und ihr Schwager gute Miene zum bösen Spiel gemacht.

»Danke, alles gut«, hörte sie sich sagen. »Schön, dass du anrufst. Ich hätte mich längst mal melden sollen. Wie läuft es bei euch? Viel zu tun?«

»Kann man so sagen. Maria fällt längerfristig aus.«

»Schon wieder!«

Dorothee seufzte. »Dieses Mal hat es sie wirklich schlimm erwischt. Eine Lungenentzündung. Das ist einer der Gründe, warum ich dich anrufe. Ich weiß, dass du erst in einer Woche wieder bei uns einsteigst, aber ich hätte eine Bitte an dich.«

»Ja?« Die Stille kam Hannah mit Verzögerung zu Bewusstsein. Lasse hatte anscheinend aufgegeben. Aufatmend setzte sie sich auf das Ledersofa. »Worum geht es?«

»Wir haben eine Anfrage vom Kreisjugendamt Steinfurt, Außenstelle Tecklenburg. Sie brauchen ein Gutachten wegen einer Inobhutnahme. Es geht um einen kleinen Jungen. Zurzeit ist er in einer Bereitschaftspflegestelle, aber seine Mutter drängt darauf, ihn zurückzubekommen.«

»Was haben wir damit zu tun?«

»Die Sache ist eilig, weil bereits ein Gerichtstermin angesetzt ist. Die Gutachterin ist plötzlich ausgefallen – mitten im Verfahren. Die Steinfurter haben niemanden, der sie kurzfristig ersetzen kann. Maria hatte sich bereit erklärt einzuspringen. Die komplette Akte ist schon hier, aber nun ist Maria für mindestens drei Wochen krankgeschrieben. Dirk und ich schaffen es nicht zusätzlich, weil wir sie hier in der Beratungsstelle vertreten müssen. Ich wollte dich fragen, ob du das Gutachten eventuell übernehmen könntest.«

»Ich? Aber ich muss mich um Lasse kümmern! Wie stellst du dir das vor?«

»Es sind nur zwei oder drei Termine, für die du einen Babysitter brauchst. Das Gutachten kannst du zu Hause schreiben. Hättest du jemanden, der in der Zeit auf Lasse aufpassen könnte?«, drängte Dorothee.

»Vielleicht Gesine«, dachte Hannah laut nach.

»Seine große Schwester? Das wäre doch ideal! – Hannah, wie wäre es, wenn du heute Nachmittag vorbeikämst und dir die Unterlagen anschaust? Dann können wir in Ruhe weiter reden.«

»Und was mache ich mit Lasse?«

»Bring ihn einfach mit. Den beschäftigen wir schon. Keine Sorge.«

Sie war rechtzeitig losgefahren. Mit Lasse auf dem einen Arm und der prall mit Ersatzwindeln, dem aktuellen Lieblings-Spielzeug, der Dose mit Knäckebrot-Scheiben und anderen, möglicherweise nützlichen Dingen gefüllten Umhängetasche über dem anderen Arm bugsierte sie den Buggy zum Auto.

Aus dem Augenwinkel registrierte sie den wenig begeisterten Gesichtsausdruck ihres Sohnes, während sie ihn in seinem Kindersitz festschnallte. Autofahren gehörte ganz und gar nicht zu Lasses Lieblingsbeschäftigungen. Hannah kam die kleine Abwechselung recht. Wenigstens ein Nachmittag, an dem sie dem immer gleichen Gang durch die Straßen der Nachbarschaft entkam.

Von Gievenbeck bis zum Coesfelder Kreuz an Münsters äußerem Ring kam sie zügig voran, doch dann bremste der einsetzende Feierabendverkehr sie aus. Während sie sich im Schneckentempo auf die Ampel am Landgericht vorarbeitete, schlängelten sich dick vermummte Radfahrer zwischen den schmutzig-grauen Schneehaufen auf den für sie bestimmten Wegen hindurch. Tagsüber ließen einstellige Temperaturen die Reste des Wintereinbruchs schmelzen, aber wegen der nächtlichen Minusgrade verschwanden die hässlichen Überbleibsel nicht vollständig.

Zwanzig vor vier. Die Dunkelheit kroch heran. Es war wieder einmal kaum richtig hell geworden. Schon seit Wochen drückte das Wetter auf Hannahs Stimmung.

In der schmalen Schützenstraße parkten die Autos dicht an dicht. Hannah ließ den Wagen weiter rollen. Endlich eine Parklücke ganz in der Nähe der Beratungsstelle! Mit einem hastigen Blick über die Schulter nahm sie Maß, ahnte allerdings sofort, dass es nicht klappen würde. Fluchend schlug sie auf das Lenkrad, riss sich wieder zusammen, drehte sich zu Lasse um. Seine Mütze war ihm in die Stirn gerutscht, aber die weit aufgerissenen Augen sprachen Bände. Im Rückspiegel ein Audi. Der Fahrer hielt die Hände beschwörend nach oben, schüttelte den Kopf.

Hektisch fuhr Hannah weiter, bog rechts ab und fädelte in die Außenspur des Ludgeri-Kreisels ein. Dann musste sie sich eben mit dem Buggy durch den Schneematsch kämpfen.

Minuten später fand sie eine komfortable Parkbucht im Parkhaus an der Engelenschanze.

»Da bist du ja!« Dirk tätschelte Hannahs Schulter und kitzelte Lasse am Kinn. Ihr Sohn war völlig hingerissen und strahlte. Auf dem Weg vom Parkhaus zur Beratungsstelle war er kurz eingedöst, aber Dirks Grimassen schienen ihn zu begeistern.

»Komm mal her, Sportsfreund«, dröhnte ihr Kollege. Schon hatte er Lasse aus dem Wagen gehoben und stemmte das vor Vergnügen quietschende Kind in die Luft. »Deine Mama lassen wir arbeiten, und wir beide amüsieren uns, wie wär's?«

»Ich will dich nicht aufhalten, Dirk. Wie lange hast du denn Zeit?«

»Nun geh schon! Dorothee wartet auf dich. Wir beide kommen bestens klar.«

Dorothees Umarmung tat Hannah gut.

»Du siehst blass aus. Hast Ringe unter den Augen«, stellte Hannahs Lieblingskollegin mit sicherem Blick fest. »Lässt Lasse dich nicht schlafen?«

»Meistens schon«, wehrte Hannah ab. »Aber momentan schlafe ich trotzdem schlecht.«

»Kann ich mir denken. Bereust du die Entscheidung, nächste Woche wieder bei uns einzusteigen?«

»Auf keinen Fall! Ich könnte sofort loslegen.« Sie schaute sich um. »Ich fühle mich schon fast wieder heimisch.«

»Du bekommst etwas von deinem alten Leben zurück.«

Hannah schluckte. »Du kennst das Gefühl?«

»Nur zu gut. Du warst daran gewöhnt, eigenständig deinen Tag zu planen, und nun musst du dich total an die Bedürfnisse eines Kleinkindes anpassen. Das ist mir damals auch schwer gefallen.«

Hannah stiegen Tränen in die Augen. Einen Moment lang ging ihr durch den Kopf, Dorothee mehr anzuvertrauen: dass sie in letzter Zeit immer wieder bei nichtigen Anlässen die Nerven verlor und laut wurde – in Lasses Gegenwart. Dass sie sich selbst fremd geworden war. Dass sie Angst hatte, wohin ihre Ausraster führen könnten. Aber sie verwarf den Gedanken schnell. Dorothee hatte noch Termine. Sie musste sich zusammenreißen und etwas harmlos Klingendes sagen.

»Mit Lasse ist alles schwierig: Haare waschen, Arzttermine, Schuhe kaufen. Ich schaffe kaum die Überschriften in der Zeitung. Er will dauernd beschäftigt werden, hat Hunger, ist müde, quengelt. Langsam verblöde ich. Ich frage mich, ob ich jemals wieder ein Buch lesen werde.«

»Das wird schon, Hannah. Irgendwann kommt alles zurück. Nächste Woche wirst du einen großen Schritt machen.« Dorothee schaute kurz auf die Uhr und nahm eine Akte von ihrem Schreibtisch. »Willst du einen Blick auf den Fall werfen?«

Zögerlich schlug Hannah die Mappe auf und blätterte. Schriftstücke mit dem Briefkopf einer Klinik. Nahaufnahmen von geröteter Babyhaut. Quaddeln. Vermutlich ein Ekzem. In Hannahs Magen rumorte es. Hastig schloss sie das Dossier.

»Er ist in Lasses Alter!«, entfuhr ihr entsetzt.

»Ein wenig älter«, sagte Dorothee sanft. »Marvin Rodriges Grabkow, genannt Roddy. Die Fotos sind vor mehreren Monaten aufgenommen worden. Bei der Pflegefamilie soll er aber in guten Händen sein.«

Aus dem Nebenzimmer war Lasses Quieken zu hören. Dirk schien sich mächtig ins Zeug zu legen.

»Ich glaube, das schaffe ich nicht, Dorothee. Ich habe nicht den nötigen Abstand.«

»Noch nicht. Als junge Mutter bist du sensibler für alles, was kleinen Kindern angetan wird. Du wirst schon lernen, damit umzugehen.«

»Ist er gequält worden?« Hannah lief es kalt über den Rücken.

»Missbrauch war es wohl nicht. Eher Vernachlässigung.«

Sie schwiegen einen Moment lang.

»Vielleicht ist es besser, wenn du dir die Akten erst mal nicht so intensiv anschaust. Die bisherige Gutachterin hat lediglich einige handschriftliche Aufzeichnungen hinterlassen. Unleserliche Bruchstücke. Mit dem eigentlichen Gutachten hatte sie noch nicht begonnen. Mach dir unvoreingenommen ein Bild von dem Jungen, von seiner Mutter, dem Umfeld. Was die Mutter getan oder unterlassen hat, muss sowieso der Richter beurteilen. Du sollst lediglich feststellen, ob sie auf Dauer erziehungsunfähig bleiben wird und ihr Sohn in Pflege bleiben muss.«

Hannah atmete durch. »Was ist mit dem Vater? Gibt es Geschwister?«

»Soweit ich das beim Durchsehen festgestellt habe, hatte der Vater nur sporadisch Kontakt zur Familie. Aber es gibt noch eine fünfjährige Schwester.«

Hannah gab sich einen Ruck. »Also gut. Ich versuche es. Wo soll ich anfangen?«

»Am besten bei der Bereitschaftspflegestelle, die Roddy aufgenommen hat. Das wäre ein guter Einstieg. – Wo wohnt die Familie noch mal?« Dorothee blätterte in der Akte und wies auf die Adresse. »Hier steht es.«

»Ist das ein Ortsname oder die Straße?«

»Eine Bauerschaft. Irgendwo zwischen Greven und Emsdetten. Straßennamen gibt es dort nicht. Die einzelnen Höfe und Häuser sind durchnummeriert. Wann willst du hinfahren?«

»Morgen. Gesine muss donnerstagnachmittags nicht zur Uni und kommt regelmäßig vorbei, wenn ich etwas zu erledigen habe. Sie hat versprochen, ein bisschen mehr Zeit mitzubringen. Ich hoffe, das klappt.«

Viertel vor acht abends

»Ein Gutachten für das Vormundschaftsgericht? Wieso ausgerechnet du? Das hast du doch noch nie gemacht!« Jan nippte an seinem Tee.

»Kann so schwer nicht sein.«

»Aber du arbeitest in einer Beratungsstelle. Braucht man für so einen Job nicht einschlägige Erfahrungen?«

»Nicht unbedingt. Gutachter für Sorgerechtsangelegenheiten werden händeringend gesucht. Es ist durchaus üblich, dass jemand bestellt wird, der in irgendeinem Bereich professionell mit Kindern oder Jugendlichen arbeitet. Und das tue ich ja schließlich«, entgegnete Hannah.

»Wenn du meinst, du schaffst das ... Wer soll denn in der Zeit auf Lasse aufpassen? Gesine wird kaum mehr als einen Nachmittag pro Woche opfern wollen.«

Hannah starrte aus dem Fenster. Nur die Umrisse des kahlen Apfelbaums waren in der Dunkelheit auszumachen. In der Scheibe sah sie ihr Spiegelbild. Der letzte Frisörtermin lag schon länger zurück. Ihre Locken hingen bis auf die Schultern, und die hellgraue Strähne über der Stirn war deutlich zu erkennen.

»Anne wird am Freitag gegen zehn Uhr hier sein. Eigentlich wollte sie erst am übernächsten Wochenende kommen, aber sie kann ihren Münster-Trip problemlos vorverlegen. Sie wird Lasse hüten, und ich fahre nach Bevergern zur Mutter des Kindes.«

»Und du meinst, zwei Tage reichen für so ein wichtiges Gutachten?«

»Das kann ich noch nicht abschätzen. Vielleicht brauche ich einen oder zwei weitere Termine, je nachdem, wen ich im

Umfeld der Familie am Freitag erreiche. Ich will die Nachbarn und die Erzieher im Kindergarten der Tochter befragen. Wahrscheinlich muss ich noch zum Jugendamt nach Tecklenburg, um Formalitäten zu klären.«

Hannah hörte sich reden. Lasse hatte sich ausnahmsweise widerstandslos ins Bett bringen lassen. Vielleicht war er müde nach der wilden Spielstunde mit Dirk. Trotzdem fühlte sie sich so erschöpft, dass sich die Vorstellung von mehreren Touren durch das wintergraue Münsterland wie ein riesiger Berg vor ihr auftürmte. Sie hasste Autofahren.

»Kann Anne länger bleiben?«

»Auf keinen Fall. Sie muss am Montag wieder in der Praxis sein.«

Jan schaute sie fragend an. Er war schmal geworden, fand Hannah. Die sommerliche Bräune war verschwunden. Mit deutlich über 40 noch einmal Vater zu werden, war nicht spurlos an ihm vorübergegangen.

Sie drückte auf den Knopf des Babyphons: ein jaulender Ton. Die Anspannung hatte sie augenblicklich wieder im Griff. Würde das je aufhören? Zögerlich sagte sie: »Du hast immer noch jede Menge Überstunden abzufeiern. Vielleicht könntest du Anfang nächster Woche einen Tag frei nehmen. Am Mittwoch fängt sowieso dein Erziehungsurlaub an.«

»Wie stellst du dir das vor? Ich habe noch einen ganzen Berg abzuarbeiten. Der Mord am Kanal ist noch nicht aufgeklärt. Ich will den Fall unbedingt abschließen. – Willst du den Apparat nicht abstellen? Lasse beruhigt sich schon wieder. Er kann nur nicht einschlafen.«

Widerstrebend schaltete sie das Babyphon aus. »Gerrit meinte doch, der Täter könnte im näheren Umfeld der Ermordeten zu finden sein. Habt ihr denn inzwischen einen Verdächtigen?«

»Nicht wirklich. Aber wir haben bereits jede Menge Personen ausschließen können. Bisher kein Motiv weit und breit. Nur Sackgassen.«

Hannah erinnerte sich vage, dass Jan ihr irgendwann in den letzten Tagen von den Ermittlungen berichtet hatte. Sie hatte kaum zugehört – wie so oft in den letzten Monaten. Die junge Frau war erdrosselt worden, die Tatwaffe hatte man bisher nicht gefunden. Vielleicht sollte sie ein bisschen Interesse zeigen.

»Ist sie vergewaltigt worden?«

»Nein. Wäre auch verwunderlich, am Tatort sind im Regelfall eine Menge Leute unterwegs. Allerdings kann es sein, dass der Täter gestört wurde. Sie ist schon zehn Minuten nach ihrem Tod aufgefunden worden.«

»Das wisst ihr so genau?«

»Ja, von ihren Trainingspartnern.«

»Sie war nicht allein unterwegs?«

»Nein. Sie trifft sich immer mit zwei Leuten aus ihrem Verein. Je nach Wetterlage variieren sie ihr Laufpensum. Ihre Laufpartner haben sich um zwanzig nach vier von ihr getrennt. Von der Stelle aus waren es für sie nur noch wenige Meter bis nach Hause. Gegen halb fünf hat ein Anwohner, der mit seinem Hund unterwegs war, sie gefunden. Gut möglich, dass er dem Täter in die Quere gekommen ist.«

Hannah horchte angestrengt, aber ohne Babyphon war Lasse in der Küche nicht zu hören.

Jan seufzte. »Es wird allerhöchste Zeit, dass wir endlich eine Spur finden. Heute Morgen wurden ein paar Leute von unserer Soko abgezogen, wegen einer anderen Sache. Ehrlich gesagt, ist das ein schlechtes Zeichen.«

»Wieso das?«

»Man verkleinert die Soko nach und nach, weil in der Chefetage keine schnellen Erfolge mehr erwartet werden. Eines Tages wird der Fall unaufgeklärt zu den Akten gelegt. Das will ich unter allen Umständen vermeiden. Unsere Aufklärungsrate bei Todesfällen am Kanal in der letzten Zeit ist ziemlich hoch.«

Aha! Daher wehte der Wind. Seine Ehre als Ermittler stand auf dem Spiel.

»Außerdem möchte ich Gerrit nicht hängen lassen mit dem ganzen Schlamassel.«

Ja, ja! Hannah konnte es nicht mehr hören. Sie stand auf, ging zur Küchentür und öffnete sie einen Spalt breit. Lasse schrie wieder. Sie fühlte sich wie unter Strom gesetzt. Entschlossen drehte sie sich um.

»Ich muss hier raus!« Leise, aber bestimmt kam das.

Bedächtig schmierte Jan sich ein zweites Brot.

»Ich habe den ganzen Tag über niemanden zum Reden«, brach es aus ihr heraus. »Haushalt, Lasse wickeln, füttern, ein Gang durch Gievenbeck – immer das gleiche Programm. Ich halte das nicht mehr aus.«

»Sind ja nur noch ein paar Tage. Du kannst doch telefonieren! Mit Anne, mit deiner Schwester, mit Dorothee.«

»Wann denn? Abends bin ich todmüde.« Sie stützte sich auf der Tischplatte auf und schaute ihren Mann herausfordernd an.

»Wenn Lasse schläft.«

»Dann muss ich …« Hannah verstummte abrupt. Es hatte doch keinen Sinn. Wie sollte sie ihm erklären, dass die ein oder zwei kostbaren Stunden um die Mittagszeit nicht reichten, um zu bügeln, ab und zu eine Bestellung am Computer zu machen und tausend andere Dinge zu erledigen. Manchmal legte sie sich einfach nur hin, um Schlaf nachzuholen, weil sie Angst hatte, sonst den Nachmittag nicht zu überstehen.

Wie aus einem Nebel tauchten plötzlich Lasses angstvoll aufgerissene Augen vor ihr auf. Es gab noch einen anderen Grund, warum sie hier raus musste. Wortlos verließ sie die Küche und hastete die Treppe hinauf.

»Ich habe zugesagt. Es muss irgendwie gehen«, murmelte sie trotzig vor sich hin.

Donnerstag, 9. Januar

Gegen viertel nach zwei

Es war ihr gelungen aufzubrechen, bevor Lasse aus dem Mittagsschlaf erwachte. Er würde sie nicht großartig vermissen, solange seine große Schwester sich mit Hingabe um ihn kümmerte. Hannah wiederum konnte es gar nicht schnell genug gehen, ihr Domizil in Gievenbeck für ein paar Stunden hinter sich zu lassen.

Der Winterhimmel wölbte sich grau über der Münsteraner Innenstadt. Das Tauwetter hielt an. Sie war reichlich früh dran und hatte die etwas weitere Strecke über den Schifffahrter Damm gewählt. Noch ein paar Ampeln, und sie hatte freie Fahrt.

Beim Überqueren des Dortmund-Ems-Kanals sah sie Eisbrocken in der Fahrrinne, aber der Schiffsverkehr lief wieder störungsfrei. So jedenfalls hatte es unter einem Foto in der Münsterland-Zeitung geheißen.

Sie seufzte. Zum Lesen von vollständigen Artikeln reichte ihre Zeit schon länger nicht mehr. Dabei hatte ausgiebige Zeitungslektüre jahrelang zu ihrem Tagesablauf gehört. Wie hatte Dorothee gestern gesagt: Irgendwann kommt alles zurück. Der Auftrag heute war immerhin ein kleiner Lichtblick. Ein freudiges Kribbeln stieg in ihr hoch, während gleichzeitig das schlechte Gewissen an ihr nagte: Durfte sie sich als Mutter derart auf einige Stunden ohne Kind freuen?

Sie zwang sich, auf den Verkehr zu achten. Die Bundesstraße nach Norden war ihr gut bekannt, bis sie auf eine schmale Landstraße abbiegen musste.

Nur wenige Meter von der vertrauten Strecke entfernt fühlte sie sich in einer anderen Welt: Der Blick ging weit über abgeerntete Maisfelder, blass-grüne Wiesen mit Kolonien von Maulwurfshügeln, kleine Wäldchen, Serien von Kopfweiden und verstreute Gehöfte mit leuchtend roten Dächern.

Eine Ansammlung von Häusern, eine Reithalle mit Pferdekoppeln und ein gedrungener Kirchturm – sie näherte sich ihrem Ziel. Bis hierher hätte sie problemlos ohne Navi gefunden, aber die in der Akte angegebene Nummer in der Bauerschaft wäre ohne umständliche Fragerei sicher nur mühsam aufzuspüren. Wen sollte sie hier fragen? Straßen und Bürgersteige in der idyllischen Ortsmitte waren wie leergefegt. Gern hätte Hannah einen kleinen Rundgang gemacht, aber die Zeit drängte.

Britta Doppheide, die Pflegemutter des kleinen Roddy, hatte sehr freundlich reagiert, als Hannah sie gestern Abend um einen kurzfristigen Termin für einen Hausbesuch gebeten hatte. Roddys Termin bei der Krankengymnastik würde sie verlegen. Hannah könne selbstverständlich gern vorbeikommen.

Das Display des Navis zeigte nur noch wenige Minuten Fahrtzeit an. Die kurvige, von einem asphaltierten Radweg begleitete Straße schlängelte sich durch die Bauerschaft. In sanften Wellen hob und senkte sich der Boden, hier und da glitten Häuser, ein Bildstock, ein Gatter, ein Wassertrog auf einer Weide vorüber.

Vor Hannah tauchte ein stattliches, zweistöckiges Haus mit Walmdach und etlichen imposanten Nebengebäuden auf. »Sie haben ihr Ziel erreicht«, verkündete die näselnde Stimme aus dem Navi. Sie bremste und bog in die von Rhododendron gesäumte Zufahrt ein. »Zum Melkhus« las sie an einem grünen Holzhaus im Hintergrund, konnte sich aber keinen Reim darauf machen.

Neben einer nagelneu wirkenden Halle, deren Dach mit Sonnenkollektoren zugepflastert war, hielt sie unter einer mächtigen Eiche an und stieg aus. Nach wenigen Schritten hörte sie einen Hund anschlagen. Tiefschwarz und von undefinierbarer Rasse hockte er in einem mächtigen Zwinger neben der Eingangstür des Haupthauses. Von irgendwoher dröhnte eine Maschine, aber niemand ließ sich blicken.

Der Hund stand auf, als Hannah näherkam, bellte immer lauter und drückte die Beine durch, als setze er zum Sprung an. Es nützte nichts: Sie musste an dem Zwinger vorbei. Zu ihrem Entsetzen stupste der Hund bei ihrem nächsten Schritt eine Luke auf, schlüpfte hindurch und fegte mit angelegten Ohren auf sie zu.

Sie erstarrte. Zurück zum Auto konnte sie nicht mehr. Die Haustür blieb verschlossen. Hilfesuchend schaute sie um sich. Warum kam diese Britta Doppheide nicht und rettete sie vor diesem Köter?

Plötzlich eine Männerstimme: »Harro! Aus! Aus, sage ich!«

Der Hund lief noch ein paar Schritte weiter, stoppte dann abrupt und blieb in gebührender Entfernung vor Hannah stehen.

»Harro, sitz!« Das Tier gehorchte aufs Wort. Ein Mann stand in der Tür zu dem riesigen, modernen Stall neben dem Haupthaus. Er ging mit bedächtigen Schritten auf Hannah zu und rieb sich dabei Hände und Arme mit einem schmuddeligen Tuch ab.

»Sie müssen entschuldigen«, sagte er seelenruhig. »Ich bin allein auf dem Hof. Meine Frau ist mit unserem Sohn einkaufen gefahren.«

Hannah machte eine abwiegelnde Handbewegung. Der kräftig gebaute Mann trug Gummistiefel, Arbeitshose, ein wattiertes Hemd und eine speckige Weste. Hannah schätzte ihn auf gut 50. Sein Gesicht war stark gerötet.

»Normalerweise meldet Harro mir Besucher an. Aber wenn die Maschinen im Stall laufen, bekomme ich das nicht sofort mit. Kann aber nichts passieren. Er ist ja an der Kette. Sie haben das Klirren sicher gehört.«

Hatte sie nicht. Hannah wandte sich ab. Der Bauer musste nicht unbedingt merken, dass sie rot wurde.

»Sie sind Herr Doppheide, nehme ich an?«

»Nee, da sind Sie falsch hier. Schulze-Breuning ist mein Name. Doppheides Hof liegt eine Kurve weiter. Sehen Sie die Pappeln da drüben? Das ist die Einfahrt.«

»Aber ...« Hannah kramte ihre Akte aus der Tasche. »Nummer 72«, las sie vor. »Ist das nicht hier?«

»Doch! Aber Doppheides haben Nummer 73. Wahrscheinlich hat jemand das falsch notiert. Sie sind bestimmt die Neue vom Jugendamt?«

»Wie kommen Sie darauf?«

Er grinste. »Münsteraner Kennzeichen am Auto. Die Akte. Studiert wirken Sie auch.« Als er Hannahs Verlegenheit bemerkte, fügte er hinzu: »Außerdem habe ich gehört, dass eine neue Gutachterin kommt. Muss ja wohl auch. Ziemlich schlimm die Sache mit Ihrer Vorgängerin. Stand ja alles in der Zeitung. War jedenfalls 'ne hübsche Frau, fand ich.«

»Äh, ja.« Hannah war in Gedanken bei ihrem Termin und hatte nicht richtig zugehört. Wovon sprach dieser Mann überhaupt? »Der nächste Hof ist es, sagen Sie?«

»Können Sie gar nicht verfehlen. Schönen Tag noch.«

Minuten später erreichte Hannah die holprige Pappelallee, die zum Hof Doppheide führte. Geistesabwesend kramte sie eine Weile in ihrer Tasche, bevor sie sich zum Aussteigen aufraffte.

Die gesamte Anlage wirkte deutlich bescheidener als der Hof Schulze-Breuning. Hannahs erster Blick fiel auf den Giebel des alten Bauernhauses mit den Verzierungen aus roten Klinkern. Das Tennen-Tor war dunkelgrün gestrichen und von zwei eckigen Fensterchen flankiert, im zweiten Stock gab es drei weitere mit Rundbögen. Bei der Fahrt durch die Bauerschaft waren ihr mehrere Giebel dieser Art aufgefallen.

In der offenen Remise standen ein verdreckter Traktor, eine Frontlader-Schaufel und allerlei verrostete Gerätschaften. Zwischen den beiden Gebäuden war ein Güllebecken aus grauem Beton zu erkennen.

Etwas ratlos blickte Hannah sich um. Gegenüber der Remise lagen zwei Wohngebäude nebeneinander. Wo wohnte die Familie Doppheide? In dem winzig schmalen, zweistöckigen Fachwerkhaus mit dem hölzernen Sandkasten davor oder in dem schmucklosen Klinkerbau im Siebzigerjahre-Stil mit schlichter Haustür und weißen Fensterrahmen? Noch bevor sie sich die liebevoll getöpferten Klingelschilder näher anschauen konnte, öffnete eine grauhaarige Frau in bunt gemustertem Pullover die Tür des Fachwerkhauses.

»Frau Schmielink?«, krächzte sie heiser und zeigte mit einer entschuldigenden Geste auf den dicken Schal um ihren Hals. » … bin erkältet«, verstand Hannah. Tatsächlich war die auffällige Hakennase der Frau stark gerötet. Erschrocken starrte Hannah auf die arg geschwollenen, bläulich verfärbten Fingerglieder ihrer linken Hand, mit der sie nun eine einladende Bewegung machte. »Gudrun Doppheide. Meine Schwiegertochter kommt jeden Moment von der Physiotherapie zurück. Soll ich Ihnen einen Kaffee …?«

Ein Hustenanfall unterbrach ihr gut gemeintes Angebot.

»Machen Sie sich keine Mühe. Ich warte gern im Auto.«

Auf dem Gesicht der Frau spiegelte sich Unzufriedenheit.

Sie setzte gerade zu einem neuen Überredungsversuch an, als ein dunkler Kombi auf den Hof raste und direkt neben Hannah anhielt. Eine gut aussehende Frau um die 30 mit dunklen schulterlangen Haaren stieg aus, gab Hannah lächelnd die Hand und stellte sich als Britta Doppheide vor.

»Bitte entschuldigen Sie meine Verspätung, aber ich konnte Roddys Termin beim Physiotherapeuten vorverlegen. Es ist total wichtig für ihn, dass er seine Übungen macht. Ich hoffe, Sie mussten nicht allzu lange warten.«

Hannah murmelte beschwichtigend und warf einen verstohlenen Blick auf den Jungen, der sie neugierig anschaute.

»Das ist Roddy«, stellte Britta Doppheide unnötigerweise vor. Sie ging um das Auto herum, holte das Kind mit sicherem Griff heraus und brachte es zu Hannah.

Ein freundliches Lächeln erschien in dem blassen Gesicht. Dann hob der Junge die Hand wie zum Gruß.

»Schlagen Sie ein«, ermunterte seine Pflegemutter Hannah. »Das macht er immer so. Irgendwer muss es ihm wohl beigebracht haben.«

Hannah klatschte lächelnd Roddys Hand ab. Augenscheinlich freute er sich.

Britta Doppheide ging auf den Klinkerbau zu, der – wie Hannah erst jetzt auffiel - durch einen langgestreckten Gang mit dem alten Bauernhaus verbunden war.

Die Küche wirkte relativ neu, die Arbeitsplatten mit imitierter Holzmaserung schienen robust. Hier konnte sich ein Kind gefahrlos austoben. Ein breiter Durchgang führte direkt ins Esszimmer.

Während Britta Doppheide Kaffee aufsetzte, beobachtete Hannah vom Esstisch aus den Jungen mit dem blonden Haarflaum. Er war auffällig klein für sein Alter, aber äußerst agil. In flottem Tempo krabbelte er zur untersten Schublade des Einbauschranks, öffnete sie geschickt und begann mit größter Selbstverständlichkeit, Töpfe und Plastikdosen auszuräumen.

Roddys Pflegemutter ließ ihn geduldig gewähren. »Seine Fortschritte sind wirklich unglaublich«, kommentierte sie mit vernehmbarem Stolz in der Stimme. »Die Krankengymnastik wirkt wahre Wunder. Er sitzt mittlerweile mit uns am Tisch in seinem Hochstühlchen. Ich schätze, dass er bald laufen kann.«

Roddy bearbeitete derweil lautstark einen Kochtopf mit dem Deckel, jauchzte über die produzierten Töne und warf Hannah triumphierende Blicke zu.

»Sie müssen bestimmt viel Zeit für Roddy aufbringen«, forschte Hannah vorsichtig nach. »Und auf dem Hof haben Sie sicher auch gut zu tun.«

»Das stimmt allerdings«, antwortete Britta Doppheide. »Ich bin zwar ausgebildete Hotelfachfrau, aber als Bäuerin kann ich nicht mehr in diesem Beruf arbeiten. Dazu bin ich zeitlich nicht flexibel genug. Morgens muss ich beispielsweise beim Melken helfen. Eigentlich hatte ich vor, im Nebenhaus Ferienwohnungen einzurichten, aber es hat sich nicht ergeben.«

Leise Wehmut schwang in ihren Worten mit. Hannah hakte nicht nach. Das gehörte nicht zu ihrer Aufgabe. Einen Moment lang hörte man nur Roddys Anstrengungen, ein Holzbrett aus der Lade zu ziehen, das letzte Röcheln der Kaffeemaschine und ein dröhnendes Geräusch, das stetig anschwoll.

Roddy hob ruckartig den Kopf, wandte sich Britta Doppheide zu und hob erwartungsvoll die Arme. »Mamamam!«, brabbelte er. Seine Pflegemutter lachte, hob ihn auf und brachte ihn zum Fenster im Esszimmer, vor dem ein bulliger Traktor in rasanter Geschwindigkeit vorbeifuhr. Das Dröhnen wurde schwächer, bis es von einem Moment zum anderen in einem quietschenden Geräusch endete.

»Das war mein Mann«, erläuterte Britta Doppheide über die Schulter. »Roddy ist verrückt nach großen Fahrzeugen: egal ob Radlader, Tankwagen oder Futtermischer – Hauptsache sie sind laut. Wir waren total überrascht, denn unsere Michelle rannte immer schreiend weg, sobald eins dieser Ungetüme auf den Hof fuhr.«

Hatten Roddys Pflegeeltern etwa eigene Kinder? Hannah bereute allmählich, dass sie sich bisher nicht hatte überwinden können, genauer in die Akte zu schauen.

»Michelle war unsere Pflegetochter«, erklärte Britta Doppheide, der Hannahs Unsicherheit nicht entgangen war. »Wir mussten sie wieder abgeben an die Mutter.« Sie seufzte tief und sah einen Moment lang sehr bekümmert aus. Roddy patschte ihr derweil energisch ins Gesicht und jammerte immerfort: »Mamamam, Mamamamam!«

»Nein, Roddy. Heute können wir nicht rausgehen. Mama hat Besuch.« Britta Doppheide zeigte auf Hannah und sagte: »Wir essen gleich Kekse.« Schon hatte sie ihren Pflegesohn abgelenkt. Sie setzte ihn auf den Boden, wo er sich unverzüglich Richtung Hochstuhl auf den Weg machte.

»Er sagt ›Mama‹ zu Ihnen?«

»Ja, warum nicht? Unsere Vornamen Britta und Frank kann er noch nicht aussprechen. Ist doch viel einfacher so. Setzen Sie ihn schon mal auf seinen Platz? Ich rufe eben meinen Mann an, dass wir so weit sind. Er ist sicher noch kurz in den Stall gegangen.«

Vorsichtig näherte Hannah sich dem Jungen, aber er streckte ihr vertrauensvoll die Arme entgegen und ließ sich bereitwillig in den Hochstuhl setzen. Wirklich ungewöhnlich, dass er kein bisschen fremdelte!

Hannah schaute sich unauffällig weiter um. Ein Großteil der Möbel im Esszimmer schien alt zu sein: der ovale Tisch mit sechs Stühlen, gedeckt für drei Personen, ein schlichter Vitrinenschrank aus dunklem Holz, ein schmaler Sekretär mit einem abgenutzt wirkenden, breiten Lehnstuhl davor. Dazu gab es eine moderne Stehlampe und einen Laufstall mit reichlich Spielzeug für Roddy. Nebenan lag offenbar das Wohnzimmer, aber Genaueres war hinter der Doppeltür aus geriffeltem Glas nicht zu erkennen.

»Mein Mann kommt in ein paar Minuten«, sagte Britta Doppheide und stellte einen Plastikteller mit Bananenbrei vor Roddy. Er bekam einen Löffel in die Hand gedrückt und bediente sich eifrig.

»Er konnte überhaupt nicht mit einem Löffel umgehen, als er zu uns kam. Wir konnten ihm zunächst nur die Flasche geben«, kommentierte Britta Doppheide.

»Aber er war doch schon sieben Monate alt!«, entfuhr es Hannah.

»Auf dem Papier schon. Allerdings wirkte er damals eher wie ein Neugeborenes. Ich werde nie vergessen, wie ich ihn zum ersten Mal gesehen habe. Mein Gott, ist der klein, war mein erster Gedanke.« Sie schüttelte den Kopf. »Eine Mitarbeiterin vom Jugendamt in Tecklenburg musste mir einen passenden Autositz besorgen, denn meiner war eher für Kleinkinder gedacht, und ich hätte ihn damit nicht mitnehmen dürfen. Auch die Kleidung, die ich angeschafft hatte, war einige Nummern zu groß.«

Sanft drückte sie Roddy den heruntergefallenen Löffel wieder in die Hand und leckte sich gedankenverloren einen Klecks Brei vom Finger. »Wir haben sehr schnell gemerkt, dass mit seiner Motorik etwas nicht stimmte. Er lag völlig starr in seinem Bettchen – ohne jegliche Regung. Der Orthopäde hat festgestellt, dass etwas mit seiner Hüfte nicht in Ordnung war. Deswegen die Krankengymnastik.«

»Sie haben bestimmt eine Menge Termine mit Roddy«, warf Hannah ein.

»Ich bin praktisch jeden Tag mit ihm unterwegs. Arztbesuche, Therapien, die wöchentlichen Termine im Jugendamt mit seiner Mutter. Wenn Zeit bleibt, fahren wir zum Planschen ins Aaseebad nach Ibbenbüren. Es kommt ganz schön was an Kilometern zusammen.«

»Entscheidend ist sicher, dass Sie sich so intensiv mit ihm beschäftigen.«

»Das tun wir allerdings«, gab Britta Doppheide zurück und nahm Roddy den fast leeren Teller weg. »Möchtest du noch einen Keks, mein Schatz?« Sein strahlendes Lächeln sprach für sich.

In dem Moment öffnete sich die Tür zum Flur, und ein hochgewachsener, schlanker Mann in Jeans, Birkenstocks und blauem Pullover erschien. Die blonden Locken reichten bis auf den Hemdkragen.

Sieht nicht wie ein Bauer aus, ging es Hannah als Erstes durch den Kopf. Sie schalt sich innerlich sofort: Wie sah schon ein typischer Bauer aus?

Doppheide gab ihr die Hand und lächelte sie an. »Frau Schmielink. Haben Sie uns gut gefunden?«

»Kein Problem mit Navi. Ohne wäre es sicher schwer gewesen.«

»Papapa!«, plapperte Roddy dazwischen und forderte die Aufmerksamkeit seines Pflegevaters.

»Na, du Krümelmonster!« Doppheide stibitzte Roddys Keks und versteckte ihn hinter dem Rücken. Auf das aufgeregte

Zappeln des Jungen hin holte er den Keks wieder hervor, überreichte ihn mit großmütiger Geste und erntete ein strahlendes Lächeln. Das sah ganz nach einem eingespielten Ritual aus.

Seine Frau goss Kaffee ein. Doppheide hielt ihr seine Tasse hin: schmale Hände und gepflegte Fingernägel, denen man die schwere Arbeit auf dem Hof nicht ansah.

»Schön, dass es gleich mit dem Treffen geklappt hat, Frau Schmielink. Mit Frau Ferst war das nämlich nicht so einfach.«

Hannah stutzte einen Moment, bis sie begriff, dass von ihrer Vorgängerin die Rede war. »Wie meinen Sie das?«

Er nahm einen Schluck Kaffee und stellte die Tasse bedächtig ab. »Beim ersten Mal kam sie unangemeldet. Ich dachte, das wäre Absicht, um uns besser kontrollieren zu können. Aber dann erklärte sie, sie sei auf dem Rückweg von einem anderen Termin.«

Britta Doppheide legte ihrem Mann die Hand auf den Arm und schüttelte sachte mit dem Kopf. »Frank, lass doch!«, sagte sie leise.

Ihr Mann ließ sich nicht beirren. »Meine Frau war gerade mit Roddy unterwegs.«

»Roddy wurde an dem Nachmittag geimpft«, beeilte sich Britta Doppheide zu erklären. »Sein Impfpass ist nämlich verloren gegangen, und unsere Kinderärztin hat festgestellt, dass er keinen Schutz gegen die gängigsten Kinderkrankheiten hat.«

»Und ich hatte ein Gespräch mit unserem Futtermittellieferanten. Dabei ging es um die Preise für ein ganzes Jahr. Den Mann konnte ich nicht so einfach stehen lassen und mich um die Gutachterin kümmern«, sagte Doppheide energisch. »Also habe ich hinter meiner Frau hertelefoniert und Frau Ferst so lange zu meiner Schwester und meiner Mutter geschickt. Die beiden haben dann eine Weile mit ihr geplaudert, bis meine Frau wieder da war.«

»Ich habe mich fürchterlich beeilt, aber als wir ankamen, hatte Frau Ferst plötzlich keine Zeit mehr.«

»Sie musste dringend zum Training«, ergänzte Doppheide etwas bissig. »Sport war sowieso ihr großes Thema.«

»Aber sie kam doch sicher wieder?«, fragte Hannah.

»Am nächsten Tag«, bestätigte Britta Doppheide. »Es war ein ziemliches Fiasko.«

»Wieso?«

»Roddy hatte Fieber, weil er die Impfung nicht gut vertragen hatte. Frau Ferst hat ihn sich kaum angeschaut, uns aber viele Fragen gestellt und sich während des Gesprächs andauernd Notizen gemacht. Es war ziemlich irritierend.«

Auch Hannah fand dieses Verhalten befremdlich, aber es stand ihr nicht zu, dazu eine Wertung abzugeben.

»Roddy darf auf keinen Fall zurück zu seiner Mutter«, sagte Doppheide unvermittelt. »Wie kann man ein Kind so verkommen lassen? Wir möchten Roddy behalten. Er hat es gut hier. Am liebsten würden wir ihn adoptieren.«

»Das dürfte schwierig sein.«

»Ich weiß. Wir haben nur eine Bereitschaftspflegestelle. Aber Sie haben doch die Fotos von Roddy gesehen, die damals in der Klinik in Ibbenbüren gemacht wurden. Er war völlig apathisch, hat überhaupt keine Gefühlsregungen gezeigt. Schauen Sie sich den Burschen heute an – nur ein paar Monate später! Er ist fast so weit wie andere Kinder in seinem Alter.«

Hannah holte tief Luft. Frank Doppheide hatte sie mit seiner Forderung völlig überrollt. Dazu kam, dass sie nur in Ansätzen wusste, in welchem Zustand Roddy aus seiner Familie herausgeholt worden war und welche Ursachen es für das Versagen der Mutter gab. Irgendwie musste sie sich herausreden.

»Solange nicht geklärt ist, ob Roddy zu seiner Mutter zurückkehren kann, sollte man den Kontakt zwischen den beiden nicht abreißen lassen. Natürlich unter der Aufsicht des Jugendamtes.«

Frank Doppheides Gesicht verdüsterte sich. »Ich weiß. Einmal pro Woche muss meine Frau ihn zu den Treffen nach Tecklenburg bringen. Das ist Vorschrift. Damals mit Michelle war es genauso. Aber herauskommen wird dabei nichts. Gar nichts! Diese Frau darf Roddy nie zurückbekommen!«

»Wie meinen Sie das?«

»Sie sollten sich diesen so genannten Besuchskontakt unbedingt einmal anschauen!«

»Daran habe ich schon gedacht.«

»Gut. Sie werden sich bestimmt nicht täuschen lassen wie Ihre Vorgängerin. Man soll ja über Tote nicht schlecht sprechen, aber in dem Fall fällt mir das schwer. Frau Ferst schien mir ziemlich unerfahren. Eigene Kinder hatte sie auch nicht.«

»Frank!« Britta Doppheide schaute ihren Mann ängstlich an.

Ihre Vorgängerin war tot? Hannah glaubte ihren Ohren nicht zu trauen. Warum hatte ihr das denn niemand in der Beratungsstelle gesagt? Das hätte sie doch unbedingt wissen müssen!

Einen Moment lang schwieg sie. Doppheide starrte sie an, seine Frau war mit Roddy beschäftigt. Auf keinen Fall durften die beiden merken, dass Hannah nicht informiert war. Irgendwie musste sie ihre Verwirrung überspielen.

»Wann soll denn der nächste Termin mit Roddys Mutter sein?«, hörte sie sich sagen.

»Am Montag Nachmittag.«

»Ich muss schauen, ob ich das einrichten kann. Es wäre schon sehr hilfreich, wenn ich Roddy wenigstens ein Mal zusammen mit seiner Mutter beobachten könnte.«

Im Flur waren plötzlich eine Frauenstimme und eine helle Kinderstimme zu hören.

»Ia!«, jubelte Roddy, als sich die Tür öffnete und ein etwa dreijähriges Mädchen mit hellblonden Locken auf ihn zustürzte. Sie wurde begleitet von einer jungen Frau, deren Gesicht von Mütze und Schal zum Teil verdeckt war.

»Meine Schwester Carolin«, stellte Frank Doppheide vor. Eine gewisse Ähnlichkeit mit Gudrun Doppheide war zu erkennen. Zumindest hatte Carolin die hakenförmige Nase ihrer Mutter geerbt.

»Ich muss kurz stören«, sagte die junge Frau hastig. »Mama hat Fieber. Onkel Heribert kommt nach der Sprechstunde vorbei, aber ich soll schon mal ein Rezept für Antibiotika bei ihm abholen und zur Apotheke fahren. Er macht sich Sorgen, dass sie eine Lungenentzündung bekommen könnte. Kann ich Mia hierlassen? Dann bin ich schneller zum Melken zurück.«

»Kein Problem. Fahr ruhig, Carolin.« Frank Doppheide stand auf. »Ich muss dann auch wieder. Eine unserer Kühe erwartet Nachwuchs. Kann jeden Moment losgehen. – Ich hoffe, Sie schaffen es am Montag zum Jugendamt, Frau Schmielink«, sagte er eindringlich und gab Hannah die Hand. Blaue Augen.

Gudrun Doppheide stand am Fenster und sah, wie Hannah ihren Wagen auf dem Hof wendete.

Anscheinend waren ihre Gebete erhört worden. Ihre Menschenkenntnis trog sie bestimmt nicht. Dieses Mal würde es besser laufen. Schon bei ihrer flüchtigen Begegnung hatte sie gemerkt, dass diese Frau Schmielink ein völlig anderer Menschenschlag als ihre Vorgängerin war. Gudrun seufzte erleichtert.

Ihre Hand zitterte, als sie die Tablette aus der Verpackung drückte. Hastig nahm sie einen Schluck Wasser. Als sie das Glas abstellte, ließ ein Geräusch sie herumfahren. Frank lehnte am Türrahmen.

»Ist das nötig, Britta?«

»Ich kann einfach nicht mehr. Lange halte ich das nicht mehr durch.«

Kurz nach fünf

Der Feierabendverkehr verstopfte Münsters Straßen. Erschöpft bog Hannah in die Straße mit der Doppelhaushälfte ein, die seit mehr als zwei Jahren ihr Zuhause war.

Gesine und Lasse waren gerade erst von einer Spazierfahrt durch Gievenbeck zurück. Jans Tochter aus seiner ersten Ehe war nach dem Abitur nach Münster gezogen, um Psychologie zu studieren, inzwischen im vierten Semester. Gleich am ersten Tag in der Stadt hatte sie ihren Sebastian kennen gelernt und lebte mehr oder minder glücklich mit ihm in einer Wohngemeinschaft im Kreuzviertel. Im Vorjahr hatte es dort einige Turbulenzen gegeben, in die auch Hannah und Jan verwickelt gewesen waren, während sie als Pilger durch Israel reisten.

»Gesine, kannst du noch eine halbe Stunde bleiben, damit ich mir Notizen zu meinem Termin heute Nachmittag machen kann?«

»Kein Problem! Ich mache mein Brüderchen schon mal bettfertig.«

Hannah schloss sorgfältig die Tür hinter sich und wählte die Nummer der Beratungsstelle. Ihr Ärger darüber, dass niemand sie über den Tod ihrer Vorgängerin informiert hatte, war noch nicht ganz verraucht. Allerdings konnte sie sich kaum vorstellen, dass Dorothee ihr dies absichtlich verschwiegen hätte. Vermutlich war sie genauso ahnungslos wie Hannah. Warum hätten die Mitarbeiter des Tecklenburger Jugendamts die Tatsache, dass die Gutachterin verstorben war, an die Beratungsstelle weitergeben sollen? Falls man dort überhaupt davon wusste.

Sie ließ es eine Weile klingeln, aber niemand meldete sich. Sie versuchte es mit Dorothees Privatnummer, erreichte aber nur den Anrufbeantworter. Entnervt legte sie auf.

Die Notizen zu ihrem Gutachten mussten warten. Erst einmal wollte sie versuchen, etwas über ihre Vorgängerin herauszufinden. Hatte sie einen Unfall gehabt? Oder war sie krank gewesen? Warum hatte sie den Auftrag für das Gutachten dann überhaupt angenommen?

Hannah fuhr den Computer hoch und blätterte unterdessen in der Akte. Den Schwung großformatiger Fotos aus dem Ibbenbürener Krankenhaus legte sie hastig beiseite. Lange konnte sie sich nicht mehr davor drücken, sich damit zu befassen, aber noch hatte sie das Gefühl, den furchtbaren Anblick nicht ertragen zu können.

Seitenweise Formulare und handschriftliche Aufzeichnungen in einer klitzekleinen, krakeligen Schrift. Endlich eine Unterschrift: L. Ferst. Bauer Schulze-Breuning fiel Hannah ein. Hatte er nicht angedeutet, es habe etwas in der Zeitung gestanden? Kurz entschlossen gab sie den Namen in das Online-Suchfenster der Münsterland-Zeitung ein. Kein Treffer!

Hektisch nahm sie die Papiere wieder zur Hand. Es dauerte, bis sie fündig wurde: Die Richterin hatte für das Gutachten »Liliane Ferst, Sozialpädagogin« beauftragt.

Sie gab den vollständigen Namen mit dem Stichwort Münster ein und musste eine Weile scrollen, bis mehrere Zeitungsartikel angezeigt wurden. Sie klickte und überflog einige Absätze: Liliane F. hieß die Joggerin, die am Kanalufer ermordet aufgefunden worden war. In Münster. Es war Jans Fall!

Entgeistert starrte Hannah auf den Bildschirm. Sie hatte keinen dieser Artikel gelesen, weil sie die Zeitung meistens nur flüchtig durchblätterte. An manchen Tagen kam sie nicht einmal dazu.

Das großformatige Foto war vermutlich bei einem Rennen aufgenommen und zeigte eine hübsche junge Frau im bauchfreien Laufdress, die Haare zum Pferdeschwanz zusammengebunden.

Ihre Gedanken rasten. Jan musste das nicht wissen! Er war sowieso nicht begeistert von ihrer vorzeitigen Rückkehr in den Dienst. Dazu kam, dass sie mehrere Male beruflich in ein Verbrechen verwickelt und in Gefahr geraten war. Wenn Jan erfuhr, dass ihr Job und sein Fall miteinander zu tun hatten, würde er darauf drängen, dass sie den Auftrag zurückgab. Aber sie wollte dieses Gutachten unbedingt schreiben. Das war sie Roddy und den Doppheides schuldig.

»Hannah, kommst du mal?« Gesine. »Lasse muss gewickelt werden. Welchen Schlafanzug soll er anziehen?«

»Bin unterwegs.« Sie fuhr den Rechner herunter und ging ins Kinderzimmer.

Gesine kitzelte gerade mit ihren langen schwarzen Haaren Lasses nackten Bauch. Er juchzte. Nebenbei wickelte sie ihn, ohne dass er auch nur das geringste Theater machte. Ein Stich durchfuhr Hannah. Warum schaffte sie selbst das nicht?

Als Gesine ihm die Schlafanzugärmel überstreifen wollte, verzog er das Gesicht, ließ sich aber rasch wieder ablenken.

»Merkwürdig«, sagte Gesine, als sie den Reißverschluss hochzog. »Das macht er heute jedes Mal, wenn man seinen rechten Arm berührt. Ist da irgendetwas nicht in Ordnung?«

Gegen halb neun

Lasses Schreiphase war endlich vorüber. Hannah hatte gerade begonnen, die Akte »Roddy« zu lesen, als Jan nach Hause kam.

»Du bist spät dran«, sagte sie. »Lasse ist längst im Bett.«

»Wir hatten endlose Besprechungen.« Ächzend setzte er sich an den Tisch. »Man hat die Soko ›Joggerin‹ personell wieder aufgestockt.«

»Soll ich dir Tee machen?«, fragte Hannah. Sie hatte plötzlich heftiges Herzklopfen.

»Hm.« Geistesabwesend griff Jan nach einer Scheibe Brot. Hannah hantierte mit dem Wasserkocher.

»Die Tote hat vor zwei Wochen ein Speed-Dating mitgemacht. Beste Gelegenheit, an einen Psychopathen zu geraten, wenn du mich fragst. Allerdings ist es schwierig, an die Namen der Teilnehmer heranzukommen.«

»Hört sich aber trotzdem vielversprechend an. – Was hat sie beruflich gemacht?«

Suchend glitt Jans Blick über den Tisch, bis er die Butter entdeckte. »So recht nichts.«

»Soll heißen?«

»Sie hat vor gut drei Monaten ihre Stelle als Verbundleiterin für mehrere Kindertagesstätten in Münster gekündigt und war seitdem arbeitslos.«

»Sie hat gekündigt? Gab es dort Ärger?«

»Nein. Alles lief problemlos. Keine Konflikte mit ihrem Arbeitgeber oder Kollegen, keine Affären. Zwischen den Zeilen haben wir herausgehört, dass man sie für etwas oberflächlich hielt, sie ihre Aufgaben aber insgesamt zufriedenstellend erledigt hat.«

»Aber warum wollte sie dann weg?«

»Die Arbeitszeiten waren ihr angeblich zu unregelmäßig. Anscheinend pflegte sie lieber ihr zeitraubendes Hobby.«

»Lass mich raten: Joggen?«

»Das war nur ihr Fitnessprogramm für zwischendurch. Sie hat regelmäßig an Langstreckenläufen teilgenommen. Halbmarathons – in der Querfeldein-Version. Offenbar hat sie keinerlei Anstalten gemacht, einen neuen Job zu finden.«

Die Tätigkeit als Gutachterin wurde bestens bezahlt. Falls Liliane Ferst von einem ihr wohlgesonnenen Richter ausreichend Fälle zugeschoben bekam, konnte sie eine Weile davon leben. Jan wusste anscheinend nichts von ihrem Nebenverdienst.

»Und sonst? Familie? Nachbarn? Freunde?«, bohrte Hannah nach.

»Wir haben in jede Richtung ermittelt. Keine heiße Spur. Der Vater ist tot, die Mutter lebt in Soest, der Bruder mit Familie in Frankreich. Eine feste Beziehung hatte sie wohl schon länger nicht mehr, darum wohl die Sache mit dem Speed-Dating. Die Nachbarn haben wir wegen der Nähe zum Tatort besonders unter die Lupe genommen, aber die meisten sind ältere Leute, die rein körperlich überhaupt nicht in der Lage wären, die Tat auszuführen. Niemand drängte sich als verdächtig auf. – Ist noch Käse da?«

Wortlos zeigte Hannah auf eine Plastikdose.

»Vielleicht war sie auch nur zur falschen Zeit am falschen

Ort. Ein Zufallsopfer. Das scheint mir immer wahrscheinlicher. Dann wird es extrem schwierig sein, den Täter zu finden. Es kann Jahre dauern. Manchmal sind es Zufälle, die uns endlich weiterbringen.«

Jan stierte vor sich hin, bis Hannah den dampfenden Tee vor ihn hinstellte. »Wie ging's mit Lasse?«

»Hat sich prächtig mit Gesine amüsiert.«

Jan starrte sie einen Moment lang an. »Stimmt. Du warst ja unterwegs.« Er pustete auf den heißen Tee. »Scheint dir gut getan zu haben. Du hast schon lange nicht mehr nach meinen Fällen gefragt.«

»Wenn du Lasse erst mal den ganzen Tag lang um dich hast, wirst du schon merken, wie langsam man dabei im Kopf wird.«

»Hast du Zweifel, dass ich es schaffe?«

»Das habe ich nicht gesagt!« Obwohl: Insgeheim fragte sie sich manchmal schon, wie Jan nebenbei den Haushalt bewältigen würde.

»Sei nicht gleich eingeschnappt. Ich bekomme das bestimmt auf die Reihe. – Was hat dein Besuch in der Pflegefamilie ergeben?«

»Bisher nichts Wesentliches. Morgen erfahre ich mehr. Ich muss übrigens am Montag Nachmittag für ein paar Stunden weg. Es ist wichtig. Kannst du dir frei nehmen?«

»Ich muss mal schauen«, brummte Jan.

Hannah stand brüsk auf und ging. Sie hasste es, ihn um einen Gefallen bitten zu müssen. Vielleicht gab es doch eine andere Lösung.

Freitag, 10. Januar

Halb elf

Erschrocken brach Hannah ihr Überholmanöver ab und lenkte den Wagen wieder auf die rechte Spur. Mit einem Hupkonzert fegte ein Kleinlaster an ihr vorbei, den sie im Rückspiegel überhaupt nicht wahrgenommen hatte. Als der Fahrer vor ihr einscherte, machte er eine abschätzige Geste.

Wahrscheinlich ihr Fehler. Sie hatte nachts nur wenige Stunden geschlafen. Um halb fünf war sie von Lasse ein zweites Mal geweckt worden und hatte danach wach gelegen, bis es Zeit zum Aufstehen war.

Der Himmel leuchtete im strahlenden Blau und ließ ihre Stimmung steigen. Die Wolkenlücke, die laut Wetterpropheten nachts durchziehen sollte, hatte sich anscheinend verspätet und bescherte Hannah einen klaren, sonnigen Morgen.

Ein kurzes Telefongespräch mit Dorothee hatte ihre Ahnung bestätigt, dass niemand in der Beratungsstelle von Liliane Fersts gewaltsamem Tod gewusst hatte. Das Entsetzen bei ihren Kollegen war groß.

Anne war pünktlich eingetroffen, wie immer froh, ihrem Dorf nahe der holländischen Grenze für kurze Zeit zu entfliehen. Sie kannten sich seit den ersten Tagen des Studiums, das Anne schon kurze Zeit später zugunsten einer Ausbildung als Physiotherapeutin abgebrochen hatte. Ihre Freundschaft war geblieben. Sie hatten viel gemeinsam, obwohl Anne deutlich pragmatischer war. In Krisenzeiten war sie Hannahs großer Halt.

Was Anne wohl den ganzen Tag über mit Lasse anstellen mochte? Bestimmt machte sie mit ihm eine ausgiebige Runde durch den Ort. Hannahs schlechtes Gewissen meldete sich. Zeit zum Reden würden sie erst am Abend finden. Sie seufzte. Seit Lasses Geburt waren die regelmäßigen Treffen mit Anne spärlich geworden.

Sprakel und Greven glitten vorüber. Erst kurz vor Saerbeck fiel ihr auf, dass sie in der Hast des Aufbruchs das Navi vergessen hatte. Sei's drum! Sie würde sich irgendwie durchschlagen.

Am Abzweig zum Flughafen Münster-Osnabrück dachte sie flüchtig an die Israel-Fahrt mit Jan vor fast zwei Jahren. Ihre Hochzeitsreise. Wie lange würde es dauern, bis sie wieder als Paar ohne Kind unterwegs sein konnten?

Bei den ersten Häusern von Saerbeck hielt sie an und fingerte eine zerfledderte Karte aus der Ablage der Fahrertür. Nach der engen Ortsdurchfahrt bog sie nach links auf die Bundesstraße ab. Bald entdeckte sie das Straßenschild »Bevergerner Damm«, laut Karte die kürzeste Strecke zu ihrem Ziel.

Schnurgerade ging es über plattes Land direkt auf ein ausgedehntes Areal mit gigantischen Windrädern zu. Der Schlagschatten der Flügel lief in aberwitzigem Tempo über die sonnengetränkten Felder und Wiesen und einen umzäunten Gebäudekomplex mit einer überdimensionalen Fotovoltaik-Anlage.

In östlicher Richtung begleitete sie schon eine Weile der langgestreckte Höhenzug des Teutoburger Waldes. Sie bog nach rechts ab und erreichte bald Riesenbeck. Von dort waren es nur noch ein paar Kilometer bis Bevergern.

Niedrige Ackerbürgerhäuser mit verputzten Fassaden und Türbögen aus Sandstein, ein modernes Bankgebäude, rote Klinkerbauten, kleine Geschäfte, eine Apotheke. Auf dem Platz fand sie neben Hinweistafeln mit Informationen über die mittelalterliche Burg, die einst hier gestanden hatte, den aktuellen Stadtplan.

Roddys Mutter hatte ähnlich wie Britta Doppheide bereitwillig ein kurzfristiges Treffen ermöglicht. Offensichtlich war allen Beteiligten bewusst, wie sehr Roddys Zukunft von Hannahs Gutachten abhing.

An einem winzigen Parkplatz unterhalb der hoch aufragenden Kanalwand führte eine steile Treppenanlage hinauf zu einer stählernen, historischen Brücke, die Hannah vage bekannt vorkam. Dunkel erinnerte sie sich an einen lange zurückliegenden Familien-Ausflug zu einer Kusine ihrer Mutter. Hier am »Nassen Dreieck« zweigte der Mittellandkanal vom Dortmund-Ems-Kanal ab. Kurz entschlossen stellte sie ihr Auto ab und ging zu Fuß weiter.

Einige verstreute Häuser, dann ein kleines Wäldchen. Das verwitterte Straßenschild versicherte, dass die mit Schlaglöchern durchsetzte Zufahrt zur Kanalstraße gehörte. Am Ende ein Häuschen, davor ein klapprig wirkender, roter Kleinwagen.

Die Platten des Gehwegs waren an einigen Stellen abgesackt. In den Beeten zu beiden Seiten rotteten vertrocknete Überreste von sommerlichen Stauden und Laubhaufen vor sich hin. Büsche wucherten in alle Richtungen. Der einzige Hinweis auf Kinder war eine rostige Schaukel. Ringsherum ragten Bäume auf. Das Klingelschild war mit einem Zettel überklebt. Der Name stimmte.

Tanja Grabkow empfing Hannah in einem dunkelgrünen Trainingsanzug. Sie wirkte blass, die roten Haare hingen glatt bis auf die Schultern, und sie war ziemlich groß. Hannah wusste vom flüchtigen Durchgehen der Akte, dass sie 28 war, hätte sie aber deutlich älter geschätzt. Vielleicht lag das an dem teigigen, kantigen Gesicht. Oder an den Schatten unter den Augen? Oder an beidem …?

»Bitte schauen Sie sich nicht so genau um, Frau Schmielink. Ich habe ein paar Tage mit einer Erkältung im Bett gelegen. Mein Haushalt ist nicht ganz auf Schwung«, redete die Frau drauflos, während sie Hannah durch einen schmalen, fensterlosen Flur vorbei an einem Kinderwagengestell ohne Aufsatz und einem überfüllten Schuhregal in die Küche schleuste.

Sauber, registrierte Hannah. Kein verdrecktes Geschirr in der Spüle, der Boden gefegt. Die Fenster benötigten eine Putzaktion, aber das war im Januar verzeihlich. Ihre eigenen sahen nicht besser aus. Es war kühl in dem Raum.

»Ist Ihnen kalt? Ich habe gerade ein bisschen gelüftet.« Tanja Grabkow hatte offensichtlich gemerkt, dass Hannah fröstelte. »Ich kann die Heizung höher stellen, aber es dauert ein bisschen.« Sie wirkte bemüht, aber unsicher.

»Lassen Sie nur! Es geht schon.«

»Möchten Sie sich sofort umschauen?«

»Wie wäre es, wenn wir uns erst unterhalten?«, schlug Hannah vor. »Wo?«

»Am besten hier. Im Wohnzimmer stehen Kisten herum, die ich noch nicht auspacken konnte. Mir fehlt ein Schrank. Ich weiß nicht, wohin mit den ganzen Sachen.« Ein schiefes Lächeln. Unregelmäßige Zähne. Aber dafür konnte sie schließlich nichts.

»Sie wohnen noch nicht lange in Bevergern.« Hannah bemühte sich, ihre Unwissenheit hinter einem Aussagesatz zu kaschieren und setzte sich. Einige Reklameblättchen kamen ins Rutschen. Als sie sich danach bückte, sah sie mehrere Zigarettenkippen unter der Eckbank.

»Wir sind erst im Sommer aus dem Sauerland zugezogen. Unsere Wohnung dort war zu klein, nachdem Roddy dazukam. Der Ort gefällt mir, die Miete hier ist günstig. Die Kinder haben draußen viel Platz zum Spielen. Es gibt einen tollen Fußballverein, wo Roddy später kicken kann. Außerdem kann man hier besser Arbeit finden. – Möchten Sie etwas trinken?«

»Wasser wäre gut.«

Tanja Grabkow stand auf, holte ein Glas aus dem Schrank über der Spüle und Wasser aus dem Kühlschrank, der ansonsten gähnend leer war.

»Die Sache mit der Arbeitssuche war unser Verhängnis«, fuhr Roddys Mutter fort und setzte sich wieder. Sie senkte den Kopf. Ihre Haare mussten vor längerer Zeit rot gefärbt worden sein. Der dunkle Ansatz war mittlerweile mehrere Zentimeter lang.

»Wie meinen Sie das, Frau Grabkow?«

»Uns ging es finanziell nicht besonders gut in Meschede. Wir lebten von Sozialhilfe und Kindergeld. Davon kann man keine großen Sprünge machen. Ich wollte den Kindern etwas bieten können.«

»Was ist mit dem Vater der Kinder? Der ist doch unterhaltspflichtig.«

»Im Prinzip ja. Aber er hat sich verdünnisiert.«

»Verdünnisiert?«

»Abgetaucht. Spurlos. Um Kimberley hat er sich damals ein bisschen gekümmert, aber als Roddy unterwegs war, hat er die Biege gemacht. Das Jugendamt bezahlt Unterhaltsvorschuss. Steht ja auch alles in den Akten.«

»Sicher, aber es ist immer besser, man hört die Sachlage aus dem Mund der Betroffenen. Sie wollten also arbeiten?«

»Klar doch! Natürlich hätte ich das mit der Kinderbetreuung irgendwie regeln müssen, aber ich dachte, erst mal den Job. Alles andere findet sich schon.«

Sie strich mit den Händen fahrig auf der Tischplatte hin und her. Offensichtlich fiel es ihr schwer weiterzureden.

»Erzählen Sie mir, was dann passiert ist«, sagte Hannah.

»Nach dem Umzug war so viel zu erledigen. Ich kannte mich hier doch gar nicht aus! Ich musste einen Kindergartenplatz für Kimberley finden. Das war total schwierig, alle Gruppen waren voll. Bin von Pontius nach Pilatus gelaufen, bis die Leiterin der ›Arche‹ einen Notplatz hatte. Außerdem musste ich zum Sozialamt nach Tecklenburg und zum Einwohnermeldeamt. Roddy brauchte ein Kinderbett, also habe ich einen Möbelladen gesucht, aber der war zu teuer, da bin ich zur Caritas-Möbelkammer und so weiter und so fort. Immer mit zwei Kindern im Schlepptau. Ich kannte ja niemanden hier und konnte sie nirgendwo lassen. Und dann wurde Roddy krank.«

Sie schüttelte den Kopf, als wolle sie die Erinnerung vertreiben. »Ich habe nicht gemerkt, wie schlecht es ihm ging. Wirklich nicht! Sonst hätte ich ihn doch nicht bei Kimberley gelassen.«

»Was fehlte ihm denn, Frau Grabkow?«

»Er hat gebrochen. Zum ersten Mal, als wir in dieser Möbelkammer waren. Es war eine fürchterliche Sauerei, und die Frau dort war nicht gerade begeistert.« Eine Träne lief ihr über die Wange. »Ich dachte, das geht schnell vorbei. Aber am nächsten Tag kam Durchfall dazu. Die Kindergartenleiterin hatte mir Hoffnung auf einen Platz für Kimberley gemacht. Sie wollte mich anrufen, aber mein Handy funktionierte nicht. Also bin ich hin. Ohne die Kinder. Ich wollte keinen schlechten Eindruck machen.«

Die Tränen liefen nun unaufhörlich.

»Am nächsten Tag hatte ich mittags ein Vorstellungsgespräch bei einem Imbiss. Ich konnte die Kinder nicht mitnehmen. Der Chef sollte nicht wissen, dass ...« Sie schniefte.

» ... Sie eventuell nicht voll einsatzfähig waren.«

»So ungefähr. Ich wollte den Job haben. Unbedingt. Anschließend war ich einkaufen. Als ich nach Hause kam, ging es Roddy nicht gut. Er war blass, aber er hat kaum geweint. Ehrlich nicht! Kimberley hat mir nicht gesagt, dass er so viel gebrochen hatte. Er hat nichts bei sich behalten können. Den ganzen Tag über. Das wusste ich doch nicht.«

»Und dann?«

»Am nächsten Morgen hat er sich nicht gemeldet. Ich dachte, er schläft sich gesund. Erst mittags wurde ich unruhig. Als ich nach ihm sah, hat er sich gar nicht mehr gerührt.« Sie schluchzte. »Einen Kinderarzt hatte ich hier in Bevergern noch nicht gefunden. Also bin ich sofort mit ihm ins Krankenhaus nach Ibbenbüren. Es war beinahe zu spät.«

»Frau Grabkow, ich habe ein Foto gesehen. Roddy war ganz wund im Windelbereich.«

»Weil er tagelang Durchfall hatte. Kimberley hat ihn nicht richtig saubergemacht. Und nicht eingecremt.«

»Er sah auch sehr dünn aus«, warf Hannah vorsichtig ein.

»Besonders kräftig war er von Anfang an nicht. Ein Frühchen eben. Drei Tage Brechdurchfall, und er sah aus wie ein Skelett. Furchtbar! Das hätte alles nicht passieren dürfen!« Sie schlug die Hände vor das Gesicht.

Hannah ließ ihr Zeit. Die Frau machte sich anscheinend wirklich Vorwürfe. »Inzwischen haben Sie doch sicher einen Kinderarzt«, hakte sie schließlich nach.

»Natürlich«, schniefte Tanja Grabkow. »Ich bin mit Kimberley bei Doktor Temmen in Behandlung.«

Hannah notierte sich den Namen. »Und Ihre Tochter geht in den Kindergarten? Ist das weit von hier?«

»Sie sind bestimmt eben dran vorbeigefahren. Die ›Kleine Arche‹ ist ganz neu. Sieht ein bisschen wie ein Schiff aus.«

»Ist Kimberley in der Übermittagbetreuung?«

»Ja, genau. Das Essen dort schmeckt ihr, und sie fühlt sich da wohl. Was soll sie allein hier zu Haus? Kinder gibt es in der Nähe nicht. In der Arche hat sie viele Freundinnen. Ich hole sie immer gegen halb fünf ab.«

»Gut.« Hannah klappte ihre Mappe zusammen.

»Frau Schmielink?« Tanja Grabkow sah sie aus großen Augen an. »Ich weiß, dass ich Fehler gemacht habe. Aber ich wollte doch nur das Beste für die Kinder. Bekomme ich Roddy zurück?«

»Das kann ich jetzt noch nicht sagen. Ich brauche noch mehr Informationen.«

»Frau Ferst hat mir geglaubt.«

Hannah zog es vor, darauf nicht zu antworten.

»Furchtbar, was mit ihr passiert ist! Wissen Sie Genaueres? Der Mann vom Jugendamt in Tecklenburg sagte mir nur, dass sie beim Joggen ermordet worden ist.«

»So stand es in der Zeitung«, sagte Hannah zögerlich.

»Nicht zu fassen! Sie hat mir erzählt, dass sie für Cross-Läufe trainiert. Einer davon findet hier in der Gegend statt. Der Teuto-Lauf. Sie nimmt jedes Jahr daran teil. Fast 30 Kilometer bergauf und bergab sind das. Deswegen musste sie natürlich auch im Winter in Form bleiben.«

»Das haben Sie alles von ihr erfahren?«

»Ja. Sie hat total begeistert davon gesprochen.«

Hannah konnte es kaum glauben. Von professioneller Distanz zum Klienten hatte Liliane Ferst anscheinend noch nie etwas gehört!

»Können Sie mir bitte die Kinderzimmer zeigen, Frau Grabkow?«

Tanja Grabkow zog die Schachtel aus der hintersten Ecke der Besteckschublade hervor und zündete sich hastig eine

Zigarette an. Dann schaute sie auf die Uhr. Der Besuch war kürzer ausgefallen als sie erwartet hatte. Sie hatte noch jede Menge Zeit.

Gegen zwölf Uhr

Hannah parkte ihr Auto wieder am Burgplatz. Von dort waren es nur ein paar Schritte bis zur »Kleinen Arche«.

Tanja Grabkow hatte das in verschiedenen Blautönen gehaltene Gebäude gut beschrieben. Die Konstruktion ließ tatsächlich an einen Schiffsrumpf denken. Die kreisrunden Fenster zur Straße hin waren Bullaugen nachempfunden, an einem Ausguck auf dem Dach flatterte ein gelbes Fähnchen. Im Hintergrund ein riesiger Außenspielplatz mit einer Vielzahl aufwändiger Spielgeräte, künstlich angelegten Hügeln und Rampen. Der Träger dieser Einrichtung musste gut Geld in die Hand genommen haben.

An der gläsernen Eingangstür hing ein handschriftlicher Zettel mit dem Hinweis auf Fälle von Windpocken und Läusen in der Delphin- und Seehundgruppe. Die Tür war um diese Tageszeit vorschriftsmäßig verschlossen, aber auf Hannahs Klingeln hin erschien eine junge Frau und betätigte den Summer.

Kaum hatte Hannah die Halle betreten, kam ein etwa vierjähriger Knirps angelaufen und sagte vorwurfsvoll: »Du bist ja gar nicht meine Mama.«

Niedlich. »Deine Mama kommt bestimmt gleich«, beschwichtigte Hannah ihn.

»Ich hab' dich hier noch nie gesehen. Wie heißt denn dein Kind?«, fragte er und legte schelmisch den Kopf zur Seite.

»Sven, lauf zurück in deinen Gruppenraum«, warf die junge Frau energisch ein. »Deine Pommes werden kalt.« Zögerlich machte der Junge sich auf den Weg. Immer wieder schaute er sich um. Die Erzieherin lächelte Hannah an: »Was kann ich für Sie tun?«

»Mein Name ist Hannah Schmielink. Ich bin im Auftrag des Jugendamtes Tecklenburg hier. Man hatte mir gestern am Telefon gesagt, dass ich mit der Leiterin der Gruppe sprechen könnte, in der Kimberley Grabkow untergebracht ist.«

Das Lächeln gefror ein wenig. »Einen Moment bitte.«

Aus dem Raum, in dem Sven verschwunden war, hörte Hannah vielstimmiges Geplapper. Pommes und – vermutlich – Bratwürstchen hatten eine Duftspur in der Halle hinterlassen. Eine mit Regalen und Plakatwänden umgebene Sitzecke verströmte ein Minimum an Gemütlichkeit. Eine Winterlandschaft mit Krippenstall und Figuren wartete etwas zerrupft auf die Einmottung bis zum nächsten Weihnachtsfest. An den Wänden hingen gebastelte Glitzersterne, Wolken aus Wattebäuschen und bunte Zeichnungen. Flüchtig streifte Hannah der Gedanke, dass ihr ein solches Ambiente in absehbarer Zeit vertraut sein würde. Wann musste sie eigentlich anfangen, einen Platz für Lasse zu suchen?

»Wird Zeit, dass das hier wegkommt. Wir brauchen Platz für die Karnevals-Dekoration«, riss eine Frauenstimme Hannah aus ihren Gedanken. »Jana Lechtenberg. Ich bin die Leiterin der Delphin-Gruppe.«

Die stark übergewichtige junge Frau reichte Hannah die Hand und führte sie in einen großzügigen Büroraum. »Hier sind wir ungestört. Nehmen Sie doch Platz. – Sie kommen also wegen Kimberley Grabkow?«

»Nicht direkt. Eher wegen ihrer Mutter.«

»Aha.« Ein kleines Zögern, dann sprach Jana Lechtenberg

weiter. »Das ist bestimmt eine gute Idee. Frau Grabkow ist alleinerziehend und hier in Bevergern ziemlich isoliert. Mir tut sie manchmal leid. Es wäre schon gut, wenn jemand sie bei der Erziehung unterstützen würde. Am besten wäre natürlich eine Fachkraft, die ihr zusätzlich bei der Organisation des Haushalts unter die Arme greifen könnte. Zum Beispiel eine sozialpädagogische Familienhilfe.«

»So weit sind die Überlegungen noch nicht gediehen.« Hannah wurde langsam mulmig. »Sind Sie der Auffassung, dass Kimberleys Mutter überfordert ist?«

»Irgendwie schon. Sie gibt sich größte Mühe mit ihrer Tochter. Morgens oder beim Abholen nimmt sie sich öfter Zeit, um zu hören, wie es Kimberley geht. Die berühmten Tür- und Angelgespräche. Aber ihre finanzielle Lage ist schon schwierig.«

»Wie meinen Sie das?«

»Es fällt uns auf, dass sie alle Veranstaltungen meidet, für die wir zusätzliches Geld einsammeln müssen. Wie beim Basteln der Martinslaternen neulich. Sobald keine Kosten entstehen wie beim Krippenspiel vor Weihnachten, ist sie dabei. Außerdem hat es lange gedauert, bis Kimberley mit der üblichen Ausrüstung ausgestattet war.« Sie wies auf die mit Namensschildchen versehenen Fächer und Garderobenhaken, wo sich Gummistiefel, Hausschuhe und Turnbeutel in einer farbenprächtigen Galerie aneinanderreihten.

»Wie hat Kimberley sich denn bei Ihnen eingelebt?«

»Am Anfang war sie zurückhaltend und sehr still, aber das ist durchaus üblich bei Kindern, die zuziehen und niemanden in der Gruppe kennen.«

»Und wie hat sie sich entwickelt?«

»Ich würde sagen, gut. Sie ist für 45 Stunden angemeldet und verbringt somit einen großen Teil des Tages hier. Insofern konnte sie sich schnell eingewöhnen.«

»45 Stunden?«

Jana Lechtenberg lächelte wissend. »Sie haben sicher keine Kinder im Vorschulalter? Seit einigen Jahren können die Eltern sich am Anfang des Kindergartenjahrs entscheiden, ob sie ihr Kind für 25, 35 oder 45 Wochenstunden anmelden wollen. Dementsprechend sind auch die Elternbeiträge gestaffelt. Aber bei Kimberley spielt die Stundenzahl keine Rolle. Die Kosten übernimmt das Sozialamt, ebenso für das Mittagessen. Das ist auch gut so.«

»Wie meinen Sie das?«

»Das Essen ist natürlich kindgerecht zubereitet, und es gibt jeden Tag Gemüse oder Salat. Wir mussten Kimberley öfter ermuntern, davon zu probieren.«

»Was wollen Sie damit sagen?«

»Wir haben vermutet, dass sie das alles nicht kannte. Es kommt allerdings selbst in Akademikerhaushalten vor, dass Kinder ausschließlich Nudeln, Pommes und Pizza bekommen.«

Hannah machte sich gedanklich Notizen und beschloss, ein wenig weiter zu bohren, um dem Kern ihres Besuches näher zu kommen.

»Wie schätzen Sie Kimberleys körperliche Entwicklung ein?«

»Sie ist zart. Das hat sich auch durch die regelmäßigen Mahlzeiten bei uns nicht geändert. Ihre Ernährung wäre auf jeden Fall ein Ansatzpunkt für eine Unterstützung durch das Jugendamt. Außerdem muss sie dringend zum Zahnarzt. Das hatte Frau Grabow uns zugesagt. Ich bin mir aber nicht sicher, ob sie schon dazu gekommen ist.«

»Wie sieht es denn mit Kimberleys Sozialkontakten aus?«

»Sie kommt gern hierher und hat sich der Gruppe der älteren Mädchen angeschlossen, aber sie kümmert sich auch öfter um die Jüngeren.«

Hannah wurde hellhörig. »Wie sieht dieses Kümmern aus?«

»Wir haben mehrere Kinder in der Gruppe, die noch keine drei Jahre sind. Sie spielt mit ihnen, füttert sie und ist überhaupt sehr umsichtig für ihr Alter. Wir halten die Kinder dazu an, kleinere Aufgaben zu übernehmen, den Tisch abzuputzen, ihre schmutzigen Tassen und Teller zu spülen, abzutrocknen und so weiter. Für Kimberley sind das Selbstverständlichkeiten. Sie erledigt das gern, manchmal auch für andere mit.«

»Für andere Kinder?«

»Ja. Zum Beispiel für die beiden türkischen Jungen in unserer Gruppe, die sich zieren, solche ›Mädchenarbeit‹ zu übernehmen. Wenn es Probleme gibt, springt Kimberley ein. Wir müssen sie gelegentlich bremsen, denn eigentlich soll sich kein Kind drücken können.«

Aber bestimmt ist es in manchen Situationen bequemer, sich der fleißigen Kimberley zu bedienen, als sich ständig mit den kleinen Paschas auseinandersetzen zu müssen, war Hannah sicher.

»Spricht Kimberley über ihren Bruder Roddy?«

»Selten. Wir fragen öfter nach. Er ist lieb, sagt sie dann. Und groß und stark geworden.«

Vom Flur kam lautes Stimmengewirr und Geschrei. Jana Lechtenberg richtete sich auf und legte die Hände auf den Tisch. »Die Übermittagsgruppe ist fertig mit dem Essen und geht nach draußen. Eigentlich bin ich für die Aufsicht auf dem Spielplatz eingeteilt. Ungefähr ein Drittel der Kinder bleibt bis halb fünf. Haben Sie noch weitere Fragen?« Ein dezenter Rauswurf.

»Nein. Sie haben mir sehr geholfen. Aber ich würde Kimberley gern kurz sehen.«

Jana Lechtenberg hatte sich schon halb erhoben. »Das wird nicht möglich sein. Kimberley ist gestern und heute nicht gekommen. Ich vermute, sie ist krank.«

Hannah nahm ihre Tasche von der Stuhllehne und fragte möglichst beiläufig: »Ist sie öfter krank?«

»Ja, sie fehlt häufiger. Mal einen Tag, mal mehrere. Wie gesagt, sie ist zart. Aber sie ist gern bei uns.«

»Du?«

Hannah zuckte zusammen. Jemand hatte sie auf dem Vorplatz der Kita am Ärmel gezupft. Der kleine Sven. Seine elegant gekleidete Mutter stand neben einem SUV auf dem Parkstreifen und schaute verärgert.

»Ich wollte dir noch was sagen«, sagte Sven mit Bestimmtheit.

Hannah beugte sich amüsiert zu dem kleinen Fratz. »Was denn, Sven?«

»Ich bin froh, dass Kimberley heute nicht da war.«

»Wieso denn? Ist sie nicht nett?«

»Doch, schon. Aber ich möchte nicht neben ihr sitzen beim Mittagessen. Keiner will neben ihr sitzen. Sie riecht nämlich manchmal so komisch.«

Vage registrierte Hannah, dass sie die geduckte Sandstein-Kirche bereits zweimal umrundet hatte. Der Ortskern mit den kleinen Gassen war sehenswert, aber sie hatte kaum Augen dafür. Vor dem Heimathaus gegenüber fegte jemand zwischen den steinernen Bänken und Blumenkübeln und starrte sie eindringlich an.

Hatte Tanja Grabkow behauptet, Kimberley sei in der Arche? Diese Worte waren nicht gefallen, aber sie hatte Hannah auf jeden Fall in dem Glauben gelassen. Keine Rede davon, dass ihre Tochter krank sei. In dem schmalen Zimmer mit den ordentlich auf dem Bett drapierten Schmusetieren war sie jedenfalls nicht. Aber wo sonst?

Hannah hatte nicht in alle Räume geschaut. Nicht in Tanja Grabkows Schlafzimmer, nicht in den Keller. Falls das Häuschen überhaupt einen hatte. Roddy besaß kein eigenes Zimmer. Ein Bett gab es für ihn immer noch nicht. Bis zu seiner Inobhutnahme hatte er im Aufsatz des Kinderwagens im Zimmer seiner Schwester geschlafen. Gewickelt wurde er auf dem Küchentisch.

Hannahs Unruhe wuchs. Wo konnte Kimberley sein? Von Bekannten oder Freunden hatte ihre Mutter nicht berichtet. Und wie passte die Krankmeldung im Kindergarten ins Bild?

Tanja Grabkow hatte ihren Sohn Roddy vernachlässigt. So viel stand fest. Nun schien sie verhindern zu wollen, dass Hannah ihre Tochter traf. Ging es der Frau darum, etwas zu verbergen?

Hannah war unentschlossen. Sie neigte dazu, sich in Dinge hineinzusteigern. Um diese Schwäche wusste sie. Aber schon öfter hatten ihre Ahnungen sich im Nachhinein als zutreffend herausgestellt. War sie verpflichtet, der Sache auf den Grund zu gehen? Oder sollte sie die Angelegenheit auf sich beruhen lassen und nach Hause fahren? Wo endete ihre Aufgabe?

Ohne es recht zu merken, hatte sie den Parkplatz angesteuert. Sie stieg in ihr Auto.

Die Kanalstraße schien sich dieses Mal noch länger hinzuziehen als bei ihrer ersten Fahrt. Wieder passierte sie die historische Brücke. Als sie um die sanfte Kurve in das Wäldchen einbog, sah sie eine kleine Gestalt in rosa Jacke und pinken Gummistiefeln am Straßenrand entlangtrotten. Hannah drosselte das Tempo. Je näher sie kam, desto mehr Einzelheiten konnte sie erkennen: den Kunstpelzbesatz der Kapuze, lange dunkle Haare, die den knallroten Rucksack teilweise verdeckten, die Plastiktüte vom Supermarkt am Ortseingang in der Hand des Mädchens.

An der Höhe des Abzweigs hatte Hannah beinahe zu ihr aufgeschlossen. Sie war ziemlich sicher, dass es Tanja Grabkows Tochter war und bremste ab. Sollte sie die Gelegenheit nutzen und das Mädchen ansprechen? Ihr anbieten, sie nach Hause zu fahren? Vielleicht konnte sie von Kimberley mehr darüber erfahren, was vor einigen Monaten mit Roddy geschehen war. Aber sie war erst fünf! War es in Ordnung, eine Minderjährige ohne Erlaubnis der Mutter zu befragen?

Das Mädchen bog jetzt in die Zufahrt zu Tanja Grabkows Haus ein und wandte sich um. Hannah erhaschte einen kurzen Blick in ein schmales, blasses Gesicht. Kimberley schaute irritiert, drehte sich wieder um und beschleunigte ihr Tempo. Gut möglich, dass ihr das langsam fahrende Auto merkwürdig vorkam.

Hannah gab Gas. Erst im Hafenbereich fand sie eine Wendemöglichkeit vor einem schneeweißen, nobel wirkenden Apartmentkomplex.

Die Pizzeria hatte mittags geschlossen. Enttäuscht wandte Hannah sich ab. Eine Kleinigkeit hätte sie jetzt vertragen können.

Direkt neben dem Lokal führte ein schmaler Gang von der Hauptstraße weg. Spontan änderte Hannah ihre Planung. Essen konnte sie später noch. Ein bisschen Bewegung würde ihr nach der Anspannung der letzten Stunden gut tun. Anne erwartete sie bestimmt noch nicht zurück.

Ein Rinnsal plätscherte in einem Bett aus mit Algen und Moos überzogenem Sandstein, dahinter ein verwunschener Garten. Ein paar Schritte weiter ragte eine Mühle vor dem stahlblauen Himmel auf. Eine hölzerne Galerie umlief den Koloss aus Bruchsteinen auf halber Höhe. Die Flügel fehlten.

Nach einer Biegung begann ein von Bäumen gesäumter Weg, der Hannah an die Münsteraner Promenade erinnerte, allerdings schmaler und mit Gräben zu beiden Seiten. Ein Schild mit einem weißen »H« auf schwarzem Grund signalisierte ihr, dass sie sich auf dem »Hermannsweg« befand, einer Wanderstrecke entlang des Teutoburger Waldes.

Im Vorübergehen konnte Hannah direkt in die penibel aufgeräumten Wohnzimmer und Küchen der angrenzenden Häuser schauen. Einige Anwohner hatten allerdings mitten am Tag die Jalousien herabgelassen. Verständlich, denn wer wollte schon jedem Passanten Einblick in seine Privatsphäre geben?

Der Gedanke durchzuckte Hannah von einer Sekunde auf die andere: Tanja Grabkows Häuschen im Wald befand sich abseits vom Ort. Sie hatte keine direkten Nachbarn, brauchte also keinerlei soziale Kontrolle zu befürchten über das, was sie dort tat – oder nicht tat.

Waren die niedrige Miete und ausreichend Platz zum Spielen für die Kinder nur vorgeschobene Gründe für ihre abgelegene Behausung? Passierte dort etwas, das niemand sehen durfte?

Ohne es recht zu merken, war Hannah an einem Teich angelangt. Unter den ausgreifenden Zweigen einer Trauerweide holte sie ihr Handy hervor und suchte auf der Homepage nach der Telefonnummer. Wenn sie Glück hatte, würde sie noch jemanden erreichen.

»Praxis Doktor Temmen. Was kann ich für Sie tun?«

»Guten Tag, ich habe eine Bitte.« Hannah bemühte sich, möglichst hektisch zu klingen. »Meine Freundin ist mit ihrer

Tochter in Ihrer Praxis. Ich hatte versprochen, sie abzuholen, aber ich schaffe es nicht. Könnten Sie ihr das bitte bestellen? Ich kann sie nämlich nicht erreichen. Sie sitzt bestimmt im Wartezimmer oder ist beim Herrn Doktor im Behandlungsraum.«

»Wie heißt denn Ihre Freundin?«

»Tanja Grabkow. Sie hatte einen Termin um zwölf.«

»Es ist nur noch eine Mutter mit ihrem Sohn im Wartezimmer. Ich sehe den Namen Grabkow nicht auf der Liste für heute. Wie heißt denn die Tochter Ihrer Freundin?«

»Kimberley.«

»Kann ich auch nicht finden. Ich schaue mal im Computer nach. Buchstabieren Sie mir bitte den Namen.«

Hannah hielt den Atem an, als die Sprechstundenhilfe mit einem »Moment bitte« verstummte. Wenn ihr Verdacht sich nun bestätigte?

»Tut mir leid, aber ich finde den Namen Grabkow nicht in unserer Patientenkartei. Vielleicht ein Missverständnis?«

»Könnte sein. Danke«, murmelte Hannah und drückte das Gespräch weg.

Nach einer weiteren Runde um den Teich hatte sie sich entschieden. Sie kramte in ihrer Tasche nach der Akte »Grabkow« und wählte die Nummer des Jugendamtes in Tecklenburg. Mehrmals wurde sie verbunden, bis eine gestresst klingende Dame ihr mitteilte, dass der für den Fall zuständige Mitarbeiter einen Außentermin hatte.

»Sie scheinen aufgeregt zu sein, Frau Schmielink. Worum geht es denn? Ich habe Einblick in den Fall.«

»Mir sind bei meinem Besuch bei Tanja Grabkow heute einige Ungereimtheiten aufgefallen. Beispielsweise hat sie behauptet, ihre Tochter sei in der Kita. Vermutlich hatte sie sie aber zum Einkaufen in den Supermarkt geschickt. Das sind gut drei Kilometer zu laufen, und das Mädchen ist erst fünf Jahre alt. Ich vermute, dass Frau Grabkow Kimberley vom Kita-Besuch abgehalten hat, damit sie ihr beim Putzen und Aufräumen hilft. Und das wahrscheinlich nicht zum ersten Mal!«

»Diese Umstände rufen nicht unbedingt das Jugendamt auf den Plan, Frau Schmielink.«

»Das ist nicht alles. Sie hat mir den Namen ihres Kinderarztes genannt, aber dort ist sie überhaupt nicht bekannt.«

»Ist sie nicht erst vor einigen Monaten nach Bevergern gezogen?«

»Auch das ist ziemlich auffällig! Sie wohnt völlig außerhalb des Ortes und hat keinerlei Nachbarn. Verstehen Sie? Niemand kann kontrollieren, was sie tut.«

»Ich fürchte, Sie bewegen sich im Bereich der Spekulation. Sie müssen vorsichtig sein. Die Anhaltspunkte, die Sie schildern, sind für uns alltäglich. Frau Grabkow will ihren Sohn zurückhaben. Dass sie dabei die Tatsachen ein wenig zurechtbiegt, halte ich für nachvollziehbar.«

Hannah schwieg, bis die Frau weiter sprach: »Ich schlage vor, Sie tragen zuerst weitere Informationen zusammen. Wichtig ist vor allem, dass Sie Roddys Mutter in Kontakt mit ihrem Sohn sehen. Um ihn geht es zuallererst.«

»Das ist mir klar.«

»Gut. Dann sollten Sie auf jeden Fall am Montag gegen halb drei Uhr hier im Jugendamt sein.«

Die Bäckerei an der Durchgangsstraße hatte geöffnet. Hannah bestellte ein belegtes Brötchen und einen Pott Kaffee und setzte sich an eins der Tischchen vor der Schaufensterscheibe. Abgesehen von zwei älteren Frauen mit Rollator waren nur

Autos auf der Hauptstraße zu sehen. Sie war allein im Laden, die Verkäuferin hatte sich mangels Kundschaft in den Hintergrund zurückgezogen.

Die Anspannung des Vormittags fiel von ihr ab, und die schlaflosen Nachtstunden holten sie allmählich ein. Immerhin war der Kaffee stark. Sie spielte mit dem Gedanken, sich als Nachspeise eine Nussecke zu gönnen, um ihrem Blutzuckerspiegel etwas Gutes zu tun.

Tanja Grabkow ging ihr einfach nicht aus dem Kopf. Die Frau war undurchschaubar. Im Gespräch war sie recht überzeugend gewesen, hatte Fehler eingeräumt und einen Anflug von Reue gezeigt. Hannah war geneigt gewesen, ihr zu glauben, dass ihre Situation als Alleinerziehende in fremder Umgebung zu Roddys verheerendem Gesundheitszustand geführt hatte.

Plötzlich fiel Hannah eine Einzelheit aus dem Gespräch mit der Erzieherin ein. Kimberley hatte demnach öfter behauptet, ihr Bruder sei groß und stark geworden. Plapperte sie nur ihrer Mutter etwas nach? Oder hatte sie Roddy tatsächlich in der Zwischenzeit gesehen?

Draußen schlenderte eine junge Frau mit einem Buggy vorbei. Plötzlich dachte Hannah an Lasse, zum ersten Mal seit Stunden. Hastig kramte sie ihr Handy heraus.

»Hier bei Schmielinks«, meldete Anne sich etwas außer Atem.

»Hier auch Schmielink.«

»Hallo, Kleine.« Hannah schmunzelte. Manchmal nannte Anne sie so, auch wenn der Größenunterschied zwischen ihnen unbedeutend war.

»Alles in Ordnung bei euch?«

»Bestens. Wir kommen gerade zur Tür herein.«

»Jetzt erst? Normalerweise macht Lasse um diese Zeit längst seinen Mittagsschlaf. Wie hast du es geschafft, ihn so lange wach zu halten?«

»Draußen war es herrlich! Wir kamen am Kindergarten vorbei, und auf dem Außengelände war mächtig etwas los. Lasse hat völlig fasziniert zugeschaut. Du kannst ihn bald anmelden.«

»War es nicht zu kalt? Hast du ihm seine Mütze aufgesetzt?«

»Die habe ich nicht gefunden. Er hatte mein Tuch um den Kopf und sah aus wie ein verwegener Pirat.«

»Das Gläschen für ihn steht im Kühlschrank.«

»Das hast du mir heute Morgen schon drei Mal gesagt. Er wird nicht verhungern, Hannah. Glaub mir!«

»Ich würde gerne noch einmal bei der Pflegefamilie vorbeifahren und ein paar Dinge klären. Ist nur ein kleiner Abstecher. Ist das okay für dich?«

»Lass dir Zeit. Ich komme schon zurecht. Wenn Lasse schläft, mache ich auch ein Nickerchen.«

Hannah trank ihren letzten Schluck Kaffee und griff zu ihrer Tasche. Als sie aufschaute, sah sie ein kleines, rotes Auto, das vor der Fußgängerampel anhielt. Unter der Mütze der Fahrerin quoll glattes, rotes Haar hervor.

Eine lärmende Gruppe von Schulkindern stürmte die Bäckerei und verdeckte Hannah die Sicht, sodass ihr entging, wohin Tanja Grabkow fuhr.

Halb drei

Eine dünne Wolkenschicht hatte sich in der Zwischenzeit vor die Sonne geschoben. Hannah fühlte eine seltsame Leichtigkeit, als sie sich der Bauerschaft näherte. Ihr Sohn war bei Anne gut aufgehoben: Sie musste niemandem über die nächsten Stunden Rechenschaft ablegen. Endlich hatte sie einmal die Gelegenheit, sich Zeit zu nehmen – für sich. Nur für sich!

Kurz entschlossen hielt sie in der Ortschaft an, die sie schon vor ihrem ersten Besuch bei Doppheides durchquert hatte, und parkte auf einem kleinen Platz, der zur Kindertagesstätte gehörte. Das Gebäude wirkte verlassen. Nachmittagsbetreuung war in diesem Dorf anscheinend nicht gefragt.

Der Klinkerbau eines Hotels wirkte erdrückend neben der kleinen Kirche. Eine leicht abschüssige Straße mit einigen Fachwerkhäusern führte zur Brücke über die Ems, wo ein Schilderwald erahnen ließ, dass sich hier bei entsprechender Wetterlage Heerscharen von Radlern tummelten.

Auf der Brücke war es windstill. Der Fluss wand sich in seinem Bett durch die Landschaft, deren ausgewogene Proportionen an ein Gemälde holländischer Meister erinnerten. Die Weite stimmte friedlich. Selbst die Wolkendecke schien wieder aufzulockern, und der Sonnenball zeigte sich für Augenblicke hinter dünnen Schleiern.

Die feuchte Kälte kroch Hannah in die Glieder. Sie folgte einem schmalen, von hohem Gras gesäumten Pfad am Emsufer entlang bis zu einem lichten Wäldchen. Durch das Gewirr von Ästen sah sie den Fluss blinken. Nach wenigen Metern atmete sie tief durch, ihr Kopf leerte sich allmählich. Mit Bedauern kehrte sie um.

Wo hatte sie gestern nur ihre Augen gehabt? Heute sah Hannah die Einzelheiten rund um den Hof Doppheide in aller Deutlichkeit: Auf der Weide neben der Zufahrt rosteten eine Tränke und mehrere uralte Geräte vor sich hin, die knorrigen Bäume auf der Obstwiese hätten längst ausgelichtet werden müssen. Das unebene Pflaster auf dem Hof mit den unzähligen Asphaltflicken rüttelte ihren Wagen durch. Vor der Remise lagen ein Haufen Steine, eine Rolle mit rostigem Stacheldraht und eine verbeulte Schubkarre.

Die Luft war eisig, als sie ausstieg. Britta Doppheides dunkler Kombi war nicht zu sehen, und auf Hannahs Klingeln rührte sich im Haupthaus nichts. Mit leiser Enttäuschung wandte sie sich ab.

»Hallo! Kann ich Ihnen helfen?«

Hannah fuhr herum. Frank Doppheides Schwester stand in der Tür des schmalen Fachwerkhauses.

»Ich war gerade in der Nähe und hätte noch einige Fragen an Ihre Schwägerin und Ihren Bruder«, murmelte Hannah. Die junge Frau war recht hübsch, vielleicht etwas übergewichtig, was am Vortag wegen ihrer winterlichen Kleidung nicht aufgefallen war. Sie hieß Carolin, erinnerte Hannah sich. Wieder fiel ihr die große Nase auf.

»Britta hat mit Roddy einen Termin beim Orthopäden in Emsdetten. Aber ich kann meinen Bruder anrufen. Er ist irgendwo im Gelände mit Reparaturarbeiten beschäftigt.« Ehe Hannah reagieren konnte, hatte Carolin Doppheide ihr Handy gezückt. Am liebsten wäre Hannah schleunigst in ihr Auto gestiegen, sie fror erbärmlich im Schatten der Remise.

»Frank ist in ein paar Minuten hier. Möchten Sie so lange mit zu mir kommen?«

»Danke. Sehr freundlich, aber ich kann im Wagen warten. Sie haben bestimmt zu tun.«

»Wie man's nimmt. Meine Tochter kommt gleich mit dem Taxibus vom Kindergarten und ist dann oft ziemlich anstrengend. Deswegen bin ich heute früher von der Arbeit gekommen. Außerdem geht es meiner Mutter nicht gut.«

»Da habe ich ja Glück gehabt, Sie überhaupt zu treffen.«

»Ehrlich gesagt bin ich ganz froh, dass ich die Gelegenheit habe, Sie unter vier Augen zu sprechen.«

»Nur zu«, ermunterte Hannah sie.

»Ich wollte Ihnen sagen, dass Roddy es hier wirklich gut hat. Meine Schwägerin und mein Bruder kümmern sich aufopfernd um ihn.«

»Das habe ich schon gemerkt. Er hat sich prächtig entwickelt in den letzten Monaten.«

»Haben Sie von der Geschichte mit Michelle gehört?«

»Das Pflegekind, das hier auf dem Hof war?«

»Als sie zurück zu ihrer Mutter musste, hat es eine Katastrophe gegeben.«

»Wie meinen Sie das?«

»Britta hat vorausgesehen, dass etwas passieren würde. Sie ist ungeheuer feinfühlig und durchschaut Menschen sofort. Monatelang hat sie die Leute vom Jugendamt angefleht, Michelle hierzulassen, aber der Richter hat anders entschieden. Das Mädchen ist zu Tode gekommen. Wie genau, wissen wir nicht. Das hat Britta ungeheuer zugesetzt.«

Hannah fröstelte. Nicht nur, weil ihr die Kälte mittlerweile in die Glieder gekrochen war. Carolins Informationen erklärten natürlich einiges. Vor allem, warum Doppheides so intensiv um Roddy kämpften.

»War Michelle ebenfalls durch das Kreis-Jugendamt Tecklenburg vermittelt?«

»Ich glaube nicht. Sie kam von weiter weg. Ich ... wollte Ihnen noch etwas sagen«, stammelte die junge Frau sichtlich verlegen. Sie schaute sich kurz um, aber ihr Bruder war noch nicht in Sichtweite. »Sie haben bestimmt schon bemerkt, dass es um unseren Hof finanziell nicht besonders gut steht. Mein Bruder ist nicht unbedingt der geborene Landwirt. Er müsste investieren, aber die Milchpreise sind im Keller, und er scheut das Risiko.«

Carolin geriet ins Stocken, gab sich dann aber einen Ruck und sprach weiter. »Die beiden Ferienwohnungen im Nebenhaus sollten ein zweites Standbein für uns werden. Meine Eltern hatten den alten Spieker frisch renovieren lassen, da starb mein Vater. Die Kredite sind bis heute nicht abbezahlt.«

»Aber statt Feriengästen wohnt nun Ihre Mutter in der einen Wohnung.«

»Und Mia und ich in der anderen. Das war natürlich nicht so gedacht, aber ich bin ungeplant schwanger geworden. Im Haupthaus gab es nicht genug Platz für uns alle. Es blieb keine andere Möglichkeit, als die Ferienwohnungen zu nutzen. Ich musste nach Mias Geburt schnell wieder arbeiten, um meinen Lebensunterhalt zu verdienen und brauchte meine Mutter zur Kinderbetreuung. Es ist alles wie verhext.«

»Aber Sie zahlen doch sicher Miete.«

»Wenig. Dafür helfe ich meinem Bruder abends beim Melken.«

»Wie lange dauert das?«

»Ungefähr zwei Stunden. Mein Bruder fängt meistens allein an, ich komme dazu.«

»Und wer passt so lange auf Mia auf? Ihre Mutter?«

»Meistens. In Ausnahmefällen Britta. Morgens ist sie es, die Frank im Stall unterstützt. Meine Mutter schafft es einfach nicht mehr wegen ihres Rheumas. Sie hat meinem Vater jahrzehntelang geholfen. Im Winter ist es im Stall feuchtkalt –

manchmal nur knapp über null Grad. Meine Hände sind oft so klamm, dass ich sie zum Wärmen den Kühen auf den Bauch lege.«

»Ich finde, durch Ihre Mithilfe leisten Sie einen beträchtlichen Beitrag zur Arbeit auf dem Hof.«

»Danke, dass Sie das sagen.« Carolin schaute erneut über ihre Schulter. »Da kommt Frank. Bitte verraten Sie ihm nicht, dass ich Ihnen von unserer Misere erzählt habe. – Hallo, Frank.«

Doppheide trug einen dicken Mantel, dazu Stiefel, und zog einen kleinen Karren hinter sich her, der mit allerlei Werkzeug, Kabeltrommeln und Drahtrollen beladen war.

»Frau Schmielink! Ich wusste gar nicht, dass Sie heute kommen wollten.« Er zog die Arbeitshandschuhe aus und gab ihr freundlich, aber etwas reserviert die Hand.

»Ich will Sie nicht lange aufhalten, aber ich war bei Roddys Mutter und hätte noch einige Fragen an Sie.«

Doppheides Schwester verabschiedete sich. »Britta müsste nachher Mia nehmen, damit ich zum Melken kommen kann, Frank. Mama geht es nicht gut.«

»Ich schaue heute Abend nach ihr«, versprach ihr Bruder. Zu Hannah sagte er in verbindlichem Ton: »Ich muss meine Flickaktion auf der Weide sowieso abbrechen. Wird bald zu dunkel. Außerdem ist es Zeit, im Stall nach dem Rechten zu schauen. Wollen Sie mitkommen? Sie haben bestimmt noch nie ein neugeborenes Kälbchen gesehen.«

Hannah folgte Doppheide durch den Verbindungsgang, der zu ihrer Verwunderung mit spiegelblanken Bodenkacheln gefliest war. Durch einen Türspalt sah sie in einen winzigen Büroraum mit Regalen, Computer und Faxgerät. »Braucht man für den ganzen Bürokratie-Kram«, brummte der Bauer.

Dann bestand er darauf, dass sie eines der Kleidungsstücke überzog, die in chaotischer Unordnung an einem Brett neben der Bürotür hingen.

»Den Stallgeruch bekommt man ohne Waschen nicht aus den Sachen raus«, erläuterte er. »Meine Frau ist jedes Mal sauer, wenn ich kurz in den Stall gehe, ohne mir meinen Overall überzustreifen. Sie riecht die Kühe auf zehn Meter Entfernung. Am besten setzen Sie sich auch etwas auf den Kopf.« Hannah zog sich folgsam ein altes, viel zu weites Sweatshirt über und nahm einen weichen Baumwollhut. Amüsiert blickte sie an sich herunter.

Doppheide öffnete die nächste Tür. Kalte Luft strömte ihnen entgegen, kaum wärmer als draußen. Eine Neonröhre an der Decke flackerte auf. Ein fensterloser Raum. Auf dem Betonfußboden Strohreste. Roh verputzte Wände mit etlichen Zählerkästen und Leitungen. Spinnweben. Ein Sammelsurium von Reisigbesen, Plastikkanistern und Behältnissen aller Art, ein altes Fahrrad, eine Schaufel, offene Säcke aus dickem Papier, Werkzeug, eine Schubkarre. Offensichtlich gehörte dieser Raum schon zum ursprünglichen Bauernhaus, in dem sich die Stallungen befanden.

Durch eine offene Tür sah Hannah einen glänzenden, überdimensionalen Behälter. »Ist das der Milchtank?«

»Richtig. Fasst knapp 3000 Liter. Alle zwei Tage wird die Milch abgeholt.« Der Boden in diesem Raum war wiederum gefliest und wirkte klinisch sauber.

»Interessiert Sie unser Melkstand?«

Ohne ihre Antwort abzuwarten, betätigte er einen Lichtschalter und öffnete die Tür zu einem merkwürdigen Raum. In der Mitte befand sich eine tiefe, längliche Grube, die ebenso gefliest war wie der Nachbarraum, an beiden Seiten breite

Betonsockel mit einem Wirrwarr von Gestänge und Leitungen.

Hannah hörte geduldig zu, wie Doppheide ihr den Melkvorgang erklärte. Ihr Blick schweifte umher und blieb an einem schwarz-umrandeten, eingeschweißten Foto an der Wand neben der Treppe in die Grube hinab hängen: ein Mann von gut 60 Jahren. Die Ähnlichkeit war unverkennbar.

»Mein Vater«, sagte Doppheide, der Hannahs Blickrichtung gefolgt war. »Er ist hier gestorben.«

»Im Stall?«, entfuhr es Hannah.

»Ein Herzinfarkt. Wir vermuten, dass ihm schlecht war und er nach draußen wollte. Aber er hat es nicht mehr geschafft und ist an dieser Stelle gestürzt. Meine Mutter hat ihn am Fuß der Treppe gefunden. Er war bereits tot.«

Unwillkürlich schaute Hannah zu der steilen Treppe: die stählernen, genoppten Stufen, die blank gewetzten Kanten, der riesige Abstand von der letzten Stufe zum Boden der Grube. Ein Geländer gab es nicht.

»Wie furchtbar für Ihre Mutter!«

»Sie betritt den Stall nur noch, wenn es unbedingt sein muss.«

»Ein Trauma«, schlussfolgerte Hannah.

»So nennt man das heutzutage wohl.« Die Falten neben Doppheides Mund schienen sich in Sekunden vertieft zu haben. Er sah älter aus, nicht mehr so jungenhaft.

Eigentlich kannten sie sich nicht gut genug für dieses Thema, aber er hatte selbst das Gespräch darauf gebracht, und Hannah wollte sich dem nicht entziehen.

»Wie alt war Ihr Vater?«

»63.«

»So jung!«

»Es kam für uns alle völlig unerwartet. Doktor Schüttemeyer sprach von einem Sekundenherztod.«

Einen Augenblick spielte Hannah mit dem Gedanken, Steffens plötzlichen Tod zu erwähnen, aber was ging es Frank Doppheide an, dass sie mit knapp 40 Jahren Witwe geworden war? Ihr Bedürfnis, darüber zu reden, hatte mit den Jahren nachgelassen. Sie dachte nur noch selten an Steffen.

»Meine Mutter macht sich heute noch Vorwürfe, dass sie nicht eher nach meinem Vater geschaut hat.«

»Wie meinen Sie das?«

»Sie hatte ihm morgens beim Melken geholfen. Als sie fast fertig waren, hat er die Kälbchen getränkt und im Stall aufgeräumt. Sie ist ins Haus gegangen, um das Frühstück vorzubereiten. Dabei hat sie in Gedanken wohl das Licht im Vorraum ausgemacht. Das passierte ihr öfter. Im Melkstand selbst gibt es keine Schalter wegen der Feuchtigkeit im Raum.«

»Es war also dunkel hier drin, als er vom Stall zurückkam«, sagte Hannah zögerlich.

»Ja.« Er seufzte. »Mein Vater kam nicht zum Frühstück. Mutter dachte, er sei wie so oft in seine Kammer gegangen, um zu schnitzen und hat ahnungslos auf ihn gewartet. Bis es zu spät war. Das hat sie sich nie verziehen.«

»Ihr Vater hat geschnitzt? Hier im Stall?«

»Kommen Sie!«, sagte Frank Doppheide. »Erst mal das Kälbchen.«

Er führte sie durch einen schmalen, hohen Gang. Hinter einer halbhohen Wand hörte Hannah dumpfe Geräusche und Klirren. Süßlich-herber Geruch lag in der Luft. Dort musste der Stall mit den Kühen sein.

Sie erreichten eine offene Halle: hoch aufgetürmte Strohballen, riesige, mit Holz gefüllte Drahtkörbe, etliche Maschinen und mehrere eiserne Gitterboxen, schmal und ohne Boden. In einer stand das braun-weiß gefleckte Kälbchen auf einem dicken Strohpolster und starrte sie aus großen Augen an. Auf seinen wackeligen Beinen bewegte es sich unruhig hin und her und wandte nervös den Kopf ab.

»Heute Nacht habe ich es geholt«, sagte Doppheide.

Hannah wurde plötzlich bewusst, dass sie vielleicht erst der zweite Mensch war, den dieses Tier zu Gesicht bekam. »Ich habe es mir kleiner vorgestellt.«

»Die Mutter war drei Wochen über die Zeit. Schauen Sie sich dieses an«, antwortete Doppheide und wies auf die Nachbarbox. »Es ist zehn Tage alt und genauso groß.«

Das zweite Kälbchen leckte ausdauernd an den Gitterstäben. Hannahs Blick fiel auf den Boden. Augenblicklich war sie froh, dass sie sich von Doppheide zu Gummistiefeln hatte überreden lassen. Die schmierige, braun-grüne Masse zu ihren Füßen hätte im Auto sicher ekelig an ihren Schuhen gerochen.

»Warum setzt man die beiden nicht zusammen?« Hannah sprach aus, was ihr spontan durch den Kopf ging. Ein neugeborenes Kälbchen, getrennt von der Mutter, allein in einer Box?

»Einzelhaltung ist eigentlich gegen das Tierschutzgesetz, aber so stelle ich schneller fest, wenn ein Kalb nicht säuft oder sonstwie nicht zufrieden ist und kann sofort eingreifen. Nach 14 Tagen kommen sie zusammen in eine kleine Gruppe.«

»Und diese Ohrmarken?« Beide Tiere hatten grellgelbe Plastikstücke in jedem Ohr.

»Gibt es gleich nach der Geburt. Tut dem Tier aber nicht weh«, fügte Doppheide milde lächelnd hinzu. »Immer gleich zwei für den Fall, dass eine verloren geht. Ohne Ohrmarke würde das Tier getötet, weil man dann seine Herkunft nicht mehr verfolgen kann. EU-Verbraucherschutz-Richtlinien!«

Frank Doppheide berührte sie leicht am Arm. Er ging voraus zu einer Tür, die Hannah bisher übersehen hatte.

Nur ein kleines Fenster ließ Licht herein. Erst als Doppheide mehrere Schalter betätigt hatte, sah Hannah die Werkbank, Messer, Meißel und andere Gerätschaften. Und die Skulpturen! Es waren Hunderte. Kleine. Große. Personen. Tiere. Gruppen. Sehr gegenständliche, aber auch eher abstrakte Werke. Die Wände ringsherum waren mit Regalen bestückt, die überquollen von Plastiken. Der Boden war übersät mit Holzspänen.

Dankbar registrierte Hannah, dass Doppheide einen kleinen Heizofen anstellte. Inzwischen waren ihre Füße in den Gummistiefeln beinahe zu Eisklötzen geworden. Ihre Augen wanderten über die Regale. Die Zeit glitt davon.

»Eine Krippe!« Sie berührte die weichen Konturen der Maria und kraulte den beleibten Ochsen zwischen den Hörnern.

Ein riesiger Waldschrat schien aus einer Baumwurzel gemacht und starrte sie mit vor Wut verzerrter Fratze an. Die wulstigen Augenbrauen, die tiefen Falten: Hannah wagte nicht, das Kunstwerk anzufassen. Es schien beinahe zu explodieren vor mühsam im Zaum gehaltenen Emotionen.

»Sehr kraftvoll«, seufzte sie.

»Danke.«

Hannah schnellte herum. Sie hatte die Anwesenheit von Frank Doppheide fast vergessen. »Soll das heißen …?«

»Der Kerl ist von mir. Die Krippe auch. Die Hinterlassenschaften meines Vaters stehen in den beiden Regalen dort drüben.« Er nickte in die Richtung der eher konventionellen Schnitzarbeiten. »Meine Sachen sind etwas anders.«

»Das kann man wohl sagen«, hauchte Hannah. Ihr lagen tausend Fragen auf der Zunge, die alle nichts mit ihrem Auftrag zu tun hatten. »Wer bekommt diese Stücke? Verkaufen Sie die?«

»Weniger«, erwiderte Doppheide. Ein Schatten glitt über sein Gesicht. Hannah biss sich auf die Zunge. Sie war zu persönlich geworden.

»Es ist ein Hobby. Ein Ausgleich. Wie für meinen Vater. Als ich den Hof übernahm, habe ich Papas Kammer sofort für mich beansprucht. Niemand hat widersprochen.« Er nahm ein Schnitzmesser und drehte es gedankenverloren in der Hand. »Ich bin Tischler und habe nach der Ausbildung mehrere Jahre bei meinem Meister in Münster-Wolbeck gearbeitet. Deswegen war ich auch nicht hier, als Vater starb. Dabei hätte meine Mutter mich dringend gebraucht. Carolin war auf dem Weg zur Arbeit. Einzig und allein Doktor Schüttemeyer hat ihr in dem Moment zur Seite gestanden. Glücklicherweise ist er sofort gekommen.«

Er legte das Messer zurück. »Am Tag vor Heiligabend haben wir ihn beerdigt.« Er räusperte sich und schaute Hannah aus seinen blauen Augen an.

»Frank?«

Unvermittelt stand Britta Doppheide mit Roddy auf dem Arm in der Tür. »Ich habe Ihr Auto auf dem Hof gesehen, Frau Schmielink. Ist etwas nicht in Ordnung?«

»Wir haben auf dich gewartet, Britta. Ich habe Frau Schmielink so lange unsere Kälbchen gezeigt.«

Doppheides Erklärung gab Hannah Gelegenheit sich zu fassen. In den letzten Minuten hatte sie vollkommen vergessen, warum sie eigentlich gekommen war. Roddy half ihr, denn er strahlte sie an und hob die flache Hand. Hannah wusste, was er erwartete. Sie schlug ein und versuchte, sich zu konzentrieren.

»Ich habe noch ein paar Fragen. Vielleicht können Sie mir

helfen, Frau Doppheide. Wissen Sie etwas von einem Kinderarzt, bei dem Frau Grabkow mit Roddy in Behandlung war?«

»Nein, keine Ahnung.« Britta Doppheide nahm den Jungen auf den anderen Arm.

»Aha.« Hannah zögerte kurz, aber dann entschloss sie sich, ihrem Verdacht nachzugehen. »Mich interessiert, ob Roddys Schwester bei den Kontakten im Jugendamt dabei war.«

»Meistens ja. Die Kleine ist ganz verrückt nach Roddy, und er scheint sie auch sehr zu mögen. Ist das wichtig?«

»Vielleicht. Ich weiß es noch nicht. – Frau Doppheide, ich versuche auf jeden Fall, am Montag in Tecklenburg dabei zu sein. Es kann sein, dass ich Sie auffordern werde, den Raum zu verlassen. Bitte tun Sie das! Auch wenn es Ihnen schwer fällt. Ich habe meine Gründe.«

»Wenn Sie meinen …« Roddys Pflegemutter klang etwas verschnupft.

Doppheide schaute auf die Uhr.

»Ich will Sie nicht länger aufhalten. Sie haben bestimmt zu tun«, sagte Hannah. »Ihre Schwägerin hat mir vorhin erzählt, dass Sie Ihrem Mann morgens immer beim Melken helfen. Wer passt eigentlich in der Zeit auf Roddy auf?«

»Er schläft meistens noch«, antwortete Britta Doppheide. »Wenn er aufwachen sollte, hören wir ihn durch das Babyphon. In der Regel beschäftigt er sich aber eine Weile in seinem Bettchen. Das ist kein Problem für ihn.«

Hannah hing ihren Gedanken an Frank Doppheides beeindruckende Skulpturen in seiner Kammer neben dem Stall nach. Der grelle Blitz traf sie völlig unvorbereitet bei der Einfahrt in eine Kurve. Im Blindflug versuchte sie, die Spur zu halten. Als sie wieder freie Sicht hatte, kam ein Motorrad direkt auf sie zu. Unter wildem Hupen wich der Fahrer gerade noch rechtzeitig aus. Im Rückspiegel sah sie seinen heftigen Schlenker und den erfolgreichen Versuch, das Gleichgewicht zu halten.

Sie trat auf die Bremse und hielt an. Ihr war schwindelig. Der Kreislauf musste vollkommen abgesackt sein.

Sekunden später stoppte ein anthrazitfarbener Mercedes neben ihr, dem sie die Zufahrt zur Landstraße versperrte.

»Junge Frau, könnten Sie wohl … Was ist los? Geht es Ihnen nicht gut?« Der Mann gestikulierte, bis sie die Tür öffnete. Sie erkannte ihn sofort: Großbauer Schulze-Breuning.

Willenlos ließ Hannah sich aus dem Wagen helfen. »Fast hätte es geknallt. Ein Motorrad«, sagte sie leise.

»Kommen Sie!« Schulze-Breuning führte sie zu dem grünen Holzhäuschen in unmittelbarer Nähe der Straße, schloss die Tür auf und winkte sie hinein.

In dem kleinen Raum war es kühl. Schulze-Breuning öffnete einen Vitrinenschrank und nahm ein Glas heraus. Dann ging er zu einer kleinen Theke mit einem Spülbecken und goss ihr Wasser ein.

»Danke.« Hannah nahm einen Schluck. Es war eiskalt. Sie umschloss das Glas mit den Händen. Allmählich arbeitete ihr Kreislauf wieder normal.

Schulze-Breuning hob einen Plastikstuhl von einem Stapel und schob ihn Hannah hin. Dann grinste er. »Sie sind doch die Dame vom Jugendamt.«

»Kann man so sagen «, gab Hannah zurück und setzte sich. »Irgendetwas hat mich eben total geblendet. Wenn der Motorradfahrer nicht so geistesgegenwärtig ausgewichen wäre, hätte das schlimm ausgehen können.«

»Die tiefstehende Sonne. Im Winter fährt man um eine bestimmte Uhrzeit direkt hinein. Kann höllisch gefährlich sein. Ist ja noch mal gut gegangen.«

Hannah wusste nichts darauf zu sagen. Etwas verlegen sah sie sich um. »Was ist das für ein Häuschen? Ihr Partyraum?«

»Unser Melkhus.«

»Soll heißen?«

»Im Sommer kann man hier frische Milch und alle möglichen Milchprodukte direkt von unserem Hof probieren: Shakes, Quarkspeisen, Milchpudding. Hauptsächlich ist das Angebot für die Radler vom Ems-Radweg gedacht. Der führt in wenigen hundert Metern vorbei. Das Melkhus ist dort ausgeschildert. Manchmal sitzen Dutzende von Gästen unter den schattigen Bäumen und genießen glückliche Milch von glücklichen Kühen.«

»Und das lohnt sich für Sie?« Hannah trank einen Schluck von ihrem Wasser, das inzwischen etwas angenehmer temperiert war.

»Mal mehr, mal weniger. Der nasse Sommer letztes Jahr war nicht gerade verkaufsfördernd. Aber meine Frau hat Spaß an der Sache, und für den Hof ist das Melkhus ein gutes Aushängeschild. Gut möglich, dass wir noch weitere Schritte in Richtung Selbstvermarktung unternehmen.«

»Scheint eine gute Idee zu sein.«

»Es gab einen Vortrag bei den Landfrauen über die Melkhüser im Kreis Steinfurt. Die junge Frau Doppheide schien auch interessiert. Bis die allerdings Geld flüssig machen konnten, hatten wir schon Fakten geschaffen. Aber sie hat ohnehin keine Zeit mehr für berufliche Selbstverwirklichung, weil sie ja jetzt ihren kleinen Prinzen betüddeln muss.«

»Sie meinen ihr Pflegekind?«

»Natürlich! Sie präsentiert ihn seit einiger Zeit überall. Ob Erntedankfest, Martinsumzug oder Adventskaffee der Frauengemeinschaft: Klein-Roddy ist immer dabei. Man könnte meinen, er sei der Hoferbe. Selbst können sie anscheinend keinen produzieren.«

Hannah wollte sich gerade höflich, aber bestimmt verabschieden, weil sie sein abfälliges Gerede nicht länger ertragen konnte, als plötzlich eine jüngere Ausgabe von Schulze-Breuning in der Tür stand: die gleiche etwas zu breit geratene Nase, buschige Augenbrauen, dicke, dunkle Haare.

»Papa? Ist was passiert? Ich habe dein Auto anhalten sehen.«

»Mein Sohn Thorsten«, sagte Schulze-Breuning mit deutlichem Stolz in der Stimme. »Die Dame vom Jugendamt kam von Doppheides und hätte in der Kurve beinahe einen Unfall gehabt.«

Schulze-Breuning junior schaute Hannah aufmerksam an. Sie schätzte ihn auf gut zwanzig. Zwar glichen sich Vater und Sohn äußerlich, aber das selbstgefällige Gehabe des Älteren ging dem Junior völlig ab. Er trat von einem Bein auf das andere, bis er sich zu einer Frage durchgerungen hatte. »Ist bei Doppheides etwas nicht in Ordnung? Ich habe den Wagen von Doktor Schüttemeyer in den letzten Tagen mehrmals hinfahren sehen.«

»Frau Doppheide ist krank.«

»Welche? Es gibt drei davon«, feixte Schulze-Breuning. »Die Jungbäuerin?«

»Nein, ihre Schwiegermutter.«

»Gudrun! Erstaunlich, wie sehr sie in letzter Zeit kränkelt! Früher war sie von der unverwüstlichen Sorte.« Er beugte sich vertrauensvoll zu Hannah: »Ist schon äußerst praktisch, wenn man mit seinem Hausarzt gut befreundet ist.«

Sein breites Grinsen war schwer zu deuten. Als Hannah nicht reagierte, setzte er nach: »Ich meine ja nur. Andere

Leute müssen sich in die Praxis begeben, wenn sie krank sind. Bei Doppheides kommt der Doktor vorgefahren. Morgens und abends. Wenn es sein muss, auch in der Mittagspause. Aber kein Wunder, wenn man seit Jahrzehnten so eng verbandelt ist. Ich könnte Ihnen da so einiges erzählen. In der Bauerschaft ...«

Hannah stellte das Glas klirrend auf die Theke. »Ich werde jetzt weiterfahren. Vielen Dank für das Wasser, Herr Schulze-Breuning.«

»War mir ein Vergnügen.«

Was für ein Ekel!

»Wieso interessiert es dich, was bei Doppheides vor sich geht? Mit denen haben wir nichts zu schaffen!«

Thorsten Schulze-Breuning senkte den Kopf.

»Und steh hier nicht so rum! An die Arbeit! Die Kühe melken sich nicht von allein.«

Viertel vor sieben

»Wir hätten doch besser eine Pizza kommen lassen und uns einen gemütlichen Abend auf der Couch machen sollen.« Anne musterte Hannah aufmerksam. »Du siehst aus, als würdest du jeden Moment umkippen.«

Hannah nippte an ihrem Rotwein. »So fühle ich mich auch.«

»Anstrengender Tag?«

»Eher die letzte Nacht. Und die Nächte davor.«

»Lasse?«

»Ja. Eine Weile schlief er durch, aber in den letzten Wochen wacht er regelmäßig ein bis zwei Mal pro Nacht auf und brüllt unvermittelt in voller Lautstärke los. Ich stehe dann senkrecht im Bett. Meistens schlafe ich danach nicht wieder ein, und morgens fühle ich mich wie gerädert.«

»Und Jan? Hört er Lasse überhaupt?«

»Doch! Manchmal schon«, gab Hannah kleinlaut zu. »Wenn ich es nicht schaffe, Lasse zu beruhigen, wandert Jan mit ihm auf und ab. Ich horche die ganze Zeit auf die beiden und finde nicht in den Schlaf. Geht einfach nicht.«

»Ich kann mir vorstellen, dass das an die Substanz geht. Ist aber trotzdem gut, heute Abend mal rauszukommen. Wir müssen ja nicht so lange bleiben. Das Lokal gefällt mir übrigens.«

Sie waren »ihrem« Griechen in der Stadt zum ersten Mal untreu geworden. Das Ambiente des Italieners unweit der Gievenbecker Ortsmitte lag zwischen edel und behaglich, und die Karte klang vielversprechend. Außerdem war das Lokal bequem zu Fuß zu erreichen. Als Vorspeise hatten beide eine Minestrone genommen – passend zu den Temperaturen.

»Ich bin einfach nicht für die Mutterrolle geschaffen«, sagte Hannah mit düsterer Miene. Ihrer langjährigen Freundin brauchte sie nichts vorzumachen.

»Wer ist schon die geborene Mutter?«

»Die Pflegemutter des kleinen Roddy zum Beispiel. So ruhig und geduldig wäre ich auch gern.«

»Sie wollte sicher einen guten Eindruck auf dich machen. Ein Kind ewig zu behüten, ist auch nicht ideal. Das wissen wir doch von Silke und Luisa damals.«

An das Verschwinden von Annes Nachbarmädchen dachte Hannah nur schaudernd zurück. Während eines Wochenendbesuchs bei Annes Familie war sie rein zufällig in den Fall hineingezogen worden. »Du hast recht. So wie Silke möchte ich nicht enden.«

»Scaloppine ai funghi.« Der Kellner schaute fragend. Als Hannah geistesabwesend nickte, setzte er den Teller schweigend vor sie hin. »Und das Risotto Milanese mit gebratenem Zander ist dann für die andere Dame.« Anne wurde mit einem strahlenden Lächeln bedacht. »Guten Appetit wünsche ich.«

Raffiniert gewürzt, fand Hannah nach den ersten Bissen. Dann wanderten ihre Gedanken wieder zu ihrem aktuellen Fall. »Mir geht Roddys leibliche Mutter nicht aus dem Kopf. Gibt es bei der Kindererziehung eigentlich nur Extreme, oder kann man den goldenen Mittelweg zwischen Helikopter-Eltern und Vernachlässigung finden?«

Anne schaute verblüfft auf. »Lasse wird dich eines Tages zum Loslassen zwingen. Wenn euer Verhältnis zu eng wird, gibt es Konflikte, und du lässt ihn gezwungenermaßen ein Stück weiter von der Leine. Das ist jedenfalls meine Erfahrung mit Basti und Marie. Den Anfang machst du gerade mit deinem Wiedereinstieg in den Beruf. Meinst du, es hat Lasse geschadet, dass er heute einen Tag lang von seiner Patentante betreut wurde?«

»Rede keinen Quatsch! Natürlich nicht! Ich freue mich außerdem auf die Arbeit. Es ist irgendwie eine Art von Rückkehr zu meinem früheren Leben.«

Plötzlich tauchten Lasses weit aufgerissene Augen vor Hannah auf, das Entsetzen in seinem Blick bei der Fahrt zur Beratungsstelle, als sie keinen Parkplatz fand. Einen Augenblick lang spielte sie mit dem Gedanken, Anne anzuvertrauen, wie oft sie schon die Nerven verloren und Lasse angebrüllt hatte.

»Es stimmt. Nur Lasse und ich – das ist auf die Dauer einfach zu eng. Es ist nicht gut für mich und auch nicht für ihn.«

»Wo liegt dann das Problem?«

»Ich mache mir Gedanken, wie ich es mit seiner Betreuung machen soll, wenn Jans Elternzeit beendet ist.«

»Eine Tagesmutter?«

»Ich kann mir absolut nicht vorstellen, Lasse einer völlig Fremden anzuvertrauen. Man führt ein oder zwei Gespräche, und dann soll sie einen großen Teil des Tages für ihn sorgen? Das schaffe ich nicht.«

Anne goss Hannah und sich Rotwein nach. »Am Anfang ist es sicher schwer. Ich hatte damals glücklicherweise meine Schwiegermutter.«

»Eine Kita ist keine Alternative. Bei den vielen Unter-Dreijährigen heutzutage haben die Erzieherinnen doch überhaupt keine Zeit, sich um Einzelne zu kümmern.«

»Was sagt Jan denn dazu? Habt ihr Stress wegen des Themas?«

Hannah schwieg einen Moment. »Nicht nur deswegen.«

»Dachte ich mir.«

Samstag, 11. Januar

Halb elf Uhr

Die Wolken hingen tief über Münsters Innenstadt, die Temperaturen bewegten sich knapp über dem Gefrierpunkt. Ausgerechnet heute!

Anne hatte das Parkhaus Alter Steinweg angesteuert und schraubte sich von Parkdeck zu Parkdeck hinauf, ohne ihren Redefluss zu unterbrechen.

»Manchmal glaube ich, mein Sohn ist schon in der Phase ›lazy genius‹.«

»Des bitte was?« Hannah packte den zappelnden Lasse in seinen Sportwagen und war nicht ganz bei der Sache.

»Zu genial, um irgendetwas für die Schule tun zu müssen. Alle Jungen durchlaufen angeblich diese Phase. Allerdings sehen Bastis Lehrer das ein wenig anders. Wir erwarten zwei bis drei Fünfen auf dem Halbjahreszeugnis.«

»Wirklich heftig«, gab Hannah abwesend von sich. Hatte sie eigentlich Lasses Lieblingskekse mitgenommen?

»Das kannst du laut sagen. Kunst wird kein Problem sein, aber Chemie und Französisch könnten meinen Sohn im Sommer die Versetzung kosten.«

Sie waren auf der vierten Etage angelangt und verließen das Parkhaus per Aufzug. Auf den Besuch in Hannahs Lieblingsbuchhandlung an der Salzstraße würden sie heute verzichten, mit Lasse im Schlepptau fehlte ihr definitiv die Ruhe, um die Neuerscheinungen zu durchforsten. Ihrer Leidenschaft zum Schmökern würde Hannah in absehbarer Zeit sowieso nicht nachkommen können.

In einem Bekleidungsgeschäft entschloss sie sich spontan zum Kauf einer flaschengrünen Strickjacke aus Mohair mit passendem Shirt. Schließlich konnte sie in der Beratungsstelle nicht die alten Schätzchen tragen, in denen sie seit Monaten zu Hause herumlief.

»Früher bin ich für so eine Aktion drei mal in die Stadt gegangen«, sagte sie zu Anne. »Heute schaffe ich das in fünf Minuten: aussuchen, anprobieren, kaufen.«

»Wie das Mutter-Sein uns Frauen doch verändert!«, grinste Anne.

Um der Feuchtigkeit von oben zu entgehen, hielten sie sich auf dem Prinizipalmarkt unter den Bögen, den Arkadengängen, die Münsters Innenstadt so unverwechselbar machen. Die Adventskränze baumelten sinnentleert über ihren Köpfen und deprimierten Hannah auf unerklärliche Weise. Das lustlose Bummeln von Schaufenster zu Schaufenster nervte sie genauso wie die nicht zu ihrer düsteren Stimmung passende Live-Musik vor dem Rathaus. Der Mann mit dem Saxophon tat ihr leid. Niemand schien Muße zum Verweilen zu haben.

Unter den Bögen drängelten immer mehr Passanten, als das Nieseln in feinen Regen überging. Zeitweilig kamen sie mit dem Sportwagen kaum noch vorwärts. Lasse fing an, vor sich hin zu knüttern.

»Wie wäre es mit heißer Schokolade?«, schlug Anne vor. »Vielleicht im Foyer des Landesmuseums? Das will ich mir schon länger einmal ansehen. Soll ja ziemlich mondän geworden sein.«

Hannah spannte ihren Regenschirm auf. Minuten später kramte sie nach ihren Lederhandschuhen, ihre Finger waren in der empfindlichen Kälte blau angelaufen. Anne schob unverdrossen den Sportwagen, Lasse mümmelte an einer Knäckebrotscheibe.

Der hohe Raum in kühlem Weiß, dunkler Holzboden, gedämpfte Stimmen einer Menschentraube in Erwartung einer Führung. Mit einem schnellen Blick in die schlauchförmige, hoffnungslos überfüllte Cafeteria des Museums drehte Anne ab. »Lass uns etwas anderes suchen.«

Leichter gesagt als getan. Sie waren nicht die Einzigen, die von dem ungemütlichen Wetter genug hatten. Die Cafés am Domplatz schienen äußerst angesagt zu sein. Warteschlangen am Eingang sprachen Bände.

Sie hatten die Hoffnung auf ein trockenes Plätzchen schon beinahe aufgegeben, als sie am Stubengassen-Komplex vorbei kamen. »Machen wir einen letzten Versuch«, meinte Anne.

Wärme und Lärm schlugen ihnen entgegen, aber der freundliche junge Kellner versicherte ihnen, dass es im ersten Stock freie Tische gäbe.

Hilflos schaute Hannah sich im Eingangsbereich um, bis sie einen parkenden Buggy entdeckte. Der Sportwagen passte in die Lücke daneben. Lasse zappelte erfreut, als Anne ihn auf den Arm nahm, und schaute sich mit großen Augen um.

Die ausladende Treppe teilte sich auf halber Höhe. Mit jeder der ausgetretenen Stufen hinauf wurde es wärmer und stickiger. »Das war wohl nichts«, meinte Hannah enttäuscht, als sie die obere Ebene erreicht hatten.

Anne antwortete nicht. Sie scannte gerade den gesamten Raum und bewegte sich wie von Fäden gezogen auf einen Platz weit hinten am Fenster zu. Hannah folgte ihr blind. Sie kannte das. Annes Radar für Gäste, die im Aufbruch begriffen waren, war unübertroffen. Und tatsächlich stand gerade ein junges Paar auf und wandte sich zum Gehen.

Hannah schwitzte bereits, als sie Jacke, Schal und Handschuhe ablegte und Lasse auf den Schoß nahm. Sie schaffte nur einen kurzen Blick in die Getränkekarte, bis die Bedienung nach ihren Wünschen fragte. »Die haben den Laden aber gut im Griff«, meinte Anne anerkennend.

Tatsächlich war die Atmosphäre in dem riesigen Raum entspannt, obwohl ein ständiges Kommen und Gehen herrschte. Palmen, Kronleuchter und Sitzecken mit Tischen in unterschiedlicher Höhe vermittelten Behaglichkeit inmitten des Tohuwabohus. Das Publikum war gemischt, und der Gesprächsbedarf bei den Gästen unterschiedlichster Altersstufen anscheinend gewaltig.

Lasse wand sich auf Hannahs Schoß, als Anne ihre heiße Schokolade serviert bekam und gedankenverloren von der Sahne löffelte.

»Gib ihn mir mal rüber«, sagte sie lächelnd und schob den Becher vorsichtshalber ein wenig zur Seite. Dann präparierte sie einen Löffel mit Sahne und ließ Lasse daran lecken. Seiner Miene nach zu urteilen war er entzückt über dieses neuartige Geschmackserlebnis.

»Schau nicht so kritisch«, sagte Anne mit einem Seitenblick auf Hannah. »Einmal werde ich ihn wohl verwöhnen dürfen.«

»Ich glaube, ich müsste Lasse mal wickeln.«

»Der stirbt schon nicht, wenn du damit noch eine Stunde wartest.«

Hannah schluckte. »Sag nicht so etwas. Mir fällt dazu sofort der kleine Roddy ein und sein grässliches Ekzem.«

Sie erzählte ihrer Freundin in kurzen Worten von ihren bisherigen Recherchen und Tanja Grabkows Lügengeschichten. Namen nannte sie nicht, um wenigstens der Form halber die Schweigepflicht zu wahren.

»Aber warum hat sie dir verheimlichen wollen, dass die Schwester des Jungen nicht in der Kita war? Das ist doch völlig harmlos. Fast alle Eltern lassen ihr Kind mal schwänzen.«

»Kann sein, dass sie lediglich vertuschen wollte, dass sie das Mädchen für die Erledigung der Hausarbeit missbraucht. Ich halte es nämlich nicht für einen Zufall, dass die Wohnung an dem Tag einigermaßen sauber war.«

»Unglaublich! Eine Fünfjährige! Was macht sie selbst den ganzen Tag lang?«

»Keine Ahnung. Gegen Mittag war sie per Auto im Ort unterwegs.«

»Vielleicht wollte sie vermeiden, dass du das Mädchen antriffst und nachfragst, was damals genau passiert ist.« Anne schwieg einen Moment. »Dann soll der Junge also auf keinen Fall zurück zur Mutter, sondern bei der Pflegefamilie bleiben?«

Hannah nahm einen Schluck von ihrer Apfelschorle. »Der Junge hat dort ein liebevoll eingerichtetes Schlafzimmer mit Spieluhr und einer Armada von Plüschtieren. Die Pflegeeltern waren offensichtlich bemüht, einen guten Eindruck auf mich zu machen. Allerdings haben sie nur eine Bereitschaftspflegestelle. Der Junge kann eigentlich nicht auf Dauer bleiben. Und einiges hat mich bei der Familie auch irgendwie irritiert.«

»Nämlich?«

»Zum Beispiel, dass der Junge seine Pflegeeltern ›Papa‹ und ›Mama‹ nennen soll.«

»Wie bitte? Das bringt ihn ja vollkommen durcheinander. Er hat doch noch Kontakt zu seiner leiblichen Mutter!«

»Die Pflegemutter sieht offensichtlich kein Problem darin. Ich finde das befremdlich. Mir kommt es vor, als ob sie und ihr Mann komplett verdrängen, dass Roddy eines Tages wieder weg muss. Vielleicht gibt es aber handfeste Gründe dafür.«

Lasse griff nach Annes Löffel und schien Nachschub zu erwarten. Sie gab ihm den kleinen Keks, der zu ihrer Schokolade serviert worden war, und hörte Hannah aufmerksam zu.

»Ich hatte gestern ein Gespräch mit der Schwester des Pflegevaters. Sie hat mir anvertraut, dass der Hof in finanziellen Schwierigkeiten steckt. Mir schien, als wollte sie andeuten, dass ihr Bruder und ihre Schwägerin das Pflegegeld für Roddy unbedingt brauchen, um über die Runden zu kommen.«

»Die muss aber ziemlich naiv sein, wenn sie dir das erzählt. Es ist doch klar, dass dich diese Information misstrauisch macht.«

»Ich glaube, sie hat ein furchtbar schlechtes Gewissen, weil sie für den finanziellen Engpass auf dem Hof mitverantwortlich ist. Würde zu weit führen, dir das alles zu erklären. Wahrscheinlich hat sie nicht richtig nachgedacht, wie das Gespräch mit ihr auf mich wirken könnte.«

»Aber du bist ins Grübeln gekommen ...«

»Zugegebenermaßen. Sie hat beiläufig erwähnt, dass ihre Schwägerin morgens zwei Stunden beim Melken hilft. Roddy ist in der Zeit ohne Aufsicht. Er schläft erst noch, aber was passiert, wenn er aufwacht? Die Matratze seines Bettchens ist tiefer gelegt, vielleicht damit er nicht rausklettern kann.«

»Aber ob es sinnig ist, ein vernachlässigtes Kleinkind jeden Tag stundenlang allein zu lassen?«

»Genau.« Hannah war froh, dass Anne ihre Bedenken nachvollziehen konnte. »Vielleicht suchen sie einfach nur einen Hoferben.«

»Wie kommst du denn darauf?«

»Ein Nachbar hat mir erzählt, dass die Pflegeeltern des Jungen keine Kinder bekommen können. Wahrscheinlich nur dummes Gerede.«

»Vielleicht auch nicht. – Was für ein vertrackter Fall!«

Mit einem Mal kam Hannah ein Gedanke. »Anne, können

wir uns nachher gemeinsam die Fotos in der Akte anschauen? Einige sind wirklich erschütternd. Du kannst dazu vermutlich fachlich einiges sagen. Der Junge ist bei einem Orthopäden in Behandlung.«

»Wenn du mich als Physiotherapeutin für kompetent genug hältst, machen wir das.« Sie grinste zu ihren Worten. »Lass uns abhauen. Der Geräuschpegel hier drinnen macht mich langsam meschugge.«

Gegen ein Uhr

Anne nahm ein Foto nach dem anderen in die Hand, betrachtete sie schweigend und legte sie nebeneinander auf das Bett im Gästezimmer.

»Heftig!«, murmelte sie schließlich. »Ausgesprochen heftig. Davon hast du gar nichts gesagt.«

Hannah spürte, wie ihr das Blut ins Gesicht schoss. »Ich habe mir die Akte bisher nur flüchtig angeschaut, weil ich es irgendwie nicht über mich bringen konnte.«

Anne schüttelte den Kopf. »Dir wären eine Menge Zweifel erspart geblieben, wenn du dich eher damit befasst hättest. Dieses Windel-Ekzem muss über einen längeren Zeitraum entstanden sein, nicht innerhalb von einigen Tagen, wie Roddys Mutter behauptet hat. Der Junge wirkt außerdem total ausgemergelt. Auf keinen Fall wie ein Kind von gut sechs Monaten! Lass mich in die Akte schauen, welches Gewicht dort vermerkt ist.«

Während Anne die Unterlagen studierte, erinnerte sich Hannah an das erste Gespräch mit Britta Doppheide, in dem sie von ihrem großen Erstaunen berichtet hatte, wie klein der Junge bei der Übergabe gewesen war.

»Um Gottes Willen! Nur 3,5 Kilo. Und eine Hüftdysplasie noch dazu!«, stieß Anne aufgebracht aus.

»Was bedeutet das noch mal genau?«

»Es ist eine angeborene Fehlstellung der Hüftknochen, meistens durch eine Beckenendlage bei der Geburt verursacht. Bei entsprechender Behandlung mit breiten Windeln oder Spreizhosen ist das gut zu korrigieren. Heutzutage stellt man die Diagnose oft schon im Krankenhaus bei der zweiten Vorsorgeuntersuchung mit Hilfe von Ultraschall fest. Spätestens bei der U3 zwischen der vierten und sechsten Lebenswoche hätte Roddys Kinderarzt diese Erkrankung erkennen müssen.«

»Immer vorausgesetzt, dass seine Mutter überhaupt mit ihm zum Kinderarzt gegangen ist. In Bevergern hat sie jedenfalls keinen. Und Roddys Impfpass ist angeblich verloren gegangen.«

»Wie lange wohnt sie dort schon?«

»Ungefähr ein halbes Jahr.«

»Die dritte Vorsorgeuntersuchung hätte sie also noch an ihrem früheren Wohnort machen müssen. Weißt du etwas darüber?«

»Nein. Aus der Akte geht das nicht hervor. – Was passiert, wenn diese Fehlstellung nicht behandelt wird?«

»Das kann äußerst schmerzhaft werden. Oft hinken die Kinder. Mit 30 ist dann eine Hüft-Operation fällig.« Anne legte die Fotos zusammen. »Offensichtlich hat Roddys Mutter die Sache schleifen lassen. Das scheint mir ein schwerer Fall von Vernachlässigung zu sein.«

»Das Jugendamt sieht das aber anders.«

»Wie bitte? Wo haben die denn ihre Augen?«

»Ich bin nicht sicher, ob sich dort jemand die Fotos und den Bericht aus dem Krankenhaus angeschaut hat.«

»Weil die Gutachterin das schon erledigen wird oder was? Wenn ich nur daran denke, was neulich im Fernsehen gebracht wurde! Manche Gutachter schreiben ganze Passagen aus anderen Gutachten ab und vergessen sogar, die Namen auszutauschen. Weder die Richter noch die zuständigen Jugendämter befassen sich näher mit dem Fall. Niemand kontrolliert die Gutachter. Sie haben uneingeschränkte Macht und entscheiden über Schicksale.«

Annes Worte hallten in Hannahs Ohren, denn genau das war auch ihre Aufgabe im Fall Roddy.

»Und du willst nicht zum Kaffee bleiben?«

»Ich habe Werner versprochen, dass ich gegen drei zu Hause bin. Ein bisschen Zeit für die Familie muss am Wochenende noch sein.«

Hannah umarmte ihre Freundin zum Abschied. »Danke jedenfalls, dass du so kurzfristig als Babysitter eingesprungen bist.«

Anne lachte. »Demnächst gern öfter. Pass auf dich auf, Kleine. Der Wiedereinstieg ins Berufsleben ist kein Pappenstiel. Wenn du eine Runde jammern möchtest oder einen Rat brauchst, ruf an!«

Mit etwas Wehmut schaute Hannah Annes Wagen hinterher. Wie so oft in letzter Zeit war sie froh, dass der vor zwei Jahren drohende Umzug von Annes Familie nach Bremen abgesagt worden war. In letzter Sekunde hatte Werner einen neuen Arbeitsplatz in Gronau gefunden, sodass Anne und Marie, Hannahs Patenkind, in erreichbarer Nähe geblieben waren. Erst jetzt fiel ihr auf, dass sie sich überhaupt nicht nach Annes Tochter erkundigt hatte.

Sonntag, 12. Januar

Gegen zehn Uhr morgens

Lasse hatte sich nachts nur einmal kurz gemeldet, aber wie so oft konnte Hannah anschließend nicht wieder einschlafen. Stundenlang hatte sie sich von einer Seite auf die andere gewälzt und ausgemalt, was alles schief gehen konnte in den nächsten Tagen. Wie sollte sie es demnächst schaffen, nach einer solchen Nacht acht Stunden lang konzentriert ein Beratungsgespräch nach dem anderen zu führen?

Gegen halb sieben stand sie auf und holte den Korb mit Bügelwäsche aus dem Keller, um etwas Sinnvolles zu tun, bevor Lasse wach würde. Nach Annes Abschied am Samstag hatte sie Berge von Wäsche in die Maschine geworfen, weil sie ab Mittwoch kaum Zeit für Hausarbeit haben würde. Jan wollte sie nicht sofort mit Putzen, Waschen und dergleichen belasten, denn er hatte bestimmt anfangs mit Lasse und der Zubereitung der Mahlzeiten genug zu tun. Später konnte man weitersehen.

Jan brütete beim Frühstück vor sich hin. Schließlich seufzte er: »Ich setze mich nachher an den Computer und bereite die Übergabe der laufenden Fälle an die Kollegen vor.«

»Irgendwelche Fortschritte im Mordfall ›Joggerin‹?«, fragte Hannah vorsichtig.

»Immer noch eine Sackgasse nach der anderen«, knurrte er.

»Was ist mit dem Speed-Dating?«

»Sie ist gar nicht hingegangen. Das haben wir nun endlich von einer Freundin erfahren, nachdem wir einige Mühe darauf verwandt hatten, an die Teilnehmerliste zu kommen. – Inzwischen haben wir auch sämtliche Mitglieder der Laufabteilung ihres Vereins unter die Lupe genommen. Fehlanzeige! Sie war ehrgeizig, geradezu verbissen, wenn es um ihr Hobby ging, aber beliebt. Wir sind auf niemanden gestoßen, der sich in Widersprüche verwickelt hätte oder sonstwie verdächtig wirkte.«

»Vielleicht jemand aus ihrer Vergangenheit? Ein Ex, der sich abgeschoben fühlte?«

»Bisher nichts Greifbares.«

»Und wie sieht es mit der Tatwaffe aus? Seid ihr damit weitergekommen?«

»In dem Punkt gibt es immerhin Fortschritte. Inzwischen ist die KTU sicher, dass sie mit einem Plastikseil erdrosselt wurde, aber das haben wir bisher nicht gefunden. Wie auch?« Jans Blick ging zum Fenster hinaus. »Man müsste eine neue Perspektive entwickeln …«, murmelte er vor sich hin. Er schüttelte sachte den Kopf. Hannah fragte nicht weiter nach.

Ihre Augen brannten vor Müdigkeit, während sie versuchte, den Rest zu bügeln und gleichzeitig Lasse auf seiner Krabbeldecke zu beaufsichtigen.

Gestern Abend hatte sie ihre Aufzeichnungen für das Gutachten geordnet und die Notizen zu ihrem Gespräch mit Tanja Grabkow gelesen. Deren rührende Vorstellung als Alleinerziehende, die völlig überfordert in eine unselige Geschichte geschlittert war, hatte im ersten Moment überzeugend auf sie gewirkt. War es Liliane Ferst ähnlich gegangen?

Zum wiederholten Mal hatte Hannah versucht, aus den handschriftlichen Aufzeichnungen ihrer Vorgängerin schlau zu werden. Es gelang ihr mittlerweile mit viel Fantasie, die Namen der beteiligten Personen zu entziffern. Aber welche Schlüsse hatte Liliane Ferst gezogen? Wie hatte sie die Fotos und den Arztbericht gedeutet? Eine Wertung konnte sie den flüchtigen Kritzeleien nicht entnehmen.

Für ein verantwortungsvolles Gutachten waren weitere Informationen nötig. Wie war die Beziehung zwischen Roddy und seiner Mutter? Ging Tanja Grabkow liebevoll mit ihrem Sohn um? Wie reagierte das Kind auf sie? Auf die morgige Fahrt nach Tecklenburg zum Kontakttreffen der beiden konnte Hannah keinesfalls verzichten.

Lasse war unzufrieden und tat dies lautstark kund. Entnervt stellte Hannah das Bügeleisen ab und setzte sich zu ihm auf den Boden. Es dauerte eine Weile, bis sie herausgefunden hatte, dass sein Lieblings-Holzklotz unter den Schrank gerollt war. Und noch länger, bis sie ihn mit Hilfe eines Besenstiels wieder hervorgeholt hatte. Zufrieden grunzend nahm er die grüne Rolle zwischen die Finger, gab ihr einen Schubs und robbte hinterher.

Als Hannah abrupt aufstand, rauschte es in ihrem Kopf, die Farben vor ihr verblassten. Halt suchend griff sie nach dem Bügelbrett, das auf dem glatten Laminat ins Rutschen geriet. Hilflos sah sie zu, wie das Bügeleisen umkippte und auf den Boden fiel. Zischend entwich eine Dampfwolke aus dem Wassertank.

Lasse schrie erschrocken auf. Hannah starrte sekundenlang vor sich hin und hielt sich am Bügelbrett fest. »Verdammter Mist! Verdammt! Verdammt!«, murmelte sie und bekämpfte den jähen Impuls, dem Bügeleisen einen Tritt zu geben. Auf keinen Fall wollte sie wieder vor Lasse die Nerven verlieren!

»Was ist passiert?« Jan schaute ungläubig auf das augenscheinlich defekte Gerät. »Lasse?«

»Nein. Es war meine Schuld.«

»Du bist ziemlich blass, Hannah. Setz dich mal hin!«

»Ich muss an die Luft.«

Jan zuckte die Achseln und hob das Bügeleisen auf. »Vielleicht bekomme ich das noch wieder hin.«

Unschlüssig schaute sie sich draußen um. Bloß nicht schon wieder die ewig gleichen Straßen ihrer Nachbarschaft! Weg! Egal wohin! Auf jeden Fall wollte sie etwas anderes sehen.

Kurz entschlossen stieg sie ins Auto und fuhr los. Nach einer Weile realisierte sie, dass sie sich wie ferngesteuert in Richtung City bewegte. Der gleichmäßig graue Himmel motivierte nicht unbedingt zu einer Runde um die Promenade. Vielleicht war der Botanische Garten eine gute Alternative?

Noch bevor sie den Schlossplatz erreichte, meinte sie, schwaches Kirchengeläut zu hören. Kurz entschlossen bog sie ab in eine enge Gasse mit niedrigen Häuschen, die so gar nicht in die Münsteraner Innenstadt zu passen schienen. Schon bald tauchte eine schnurgerade Backsteinmauer auf, dahinter der wuchtige Komplex des Kapuziner-Klosters. Vage erinnerte Hannah sich, dass ihre Kollegin Dorothee hier öfter den Sonntagsgottesdienst besuchte. Sie selbst hatte seit Lasses Taufe kaum einen Fuß in eine Kirche gesetzt.

Das schmale Kirchenschiff schien auf den ersten Blick voll besetzt, aber bei genauerem Hinschauen entdeckte Hannah einige Lücken. Eine ältere Frau im dunklen Wollmantel machte am Bankende bereitwillig Platz, sodass Hannah sich an ihr vorbei in die unbequeme Sitzreihe schieben konnte.

Die Klosterkirche wirkte schlicht. Wände und Gewölbe waren weiß getüncht und mit Strahlern ausgeleuchtet. Wenige barocke Figuren in seitlichen Nischen, ein schmuckloser Altar, eine auffällig glitzernde, aber zugleich transparente Fläche hinter dem Kreuz als Begrenzung des Chorraums.

»Ich komme gleich zurück. Ich weiß nicht, ob ich mein Auto abgeschlossen habe.« Die Frau neben Hannah griff nach ihrer Handtasche und verließ eilig ihren Platz.

Die Orgel setzte ein. Ein Geistlicher im Messgewand, ein junger Mönch in brauner Kutte und zwei Messdiener erschienen. Kurz darauf kam Hannahs Banknachbarin zurück und setzte sich. Mit einer fahrigen Bewegung deponierte sie ihre Tasche wieder am Haken der vorderen Bank. Hannah warf einen Blick zur Seite: halblange Haare, blond mit grau durchsetzt, ein feines Netz von Linien um die schmalen Lippen, ein altmodisch wirkendes Brillengestell. Ihre Handrücken waren mit Altersflecken übersät.

Der Geistliche sprach einleitende Worte. Kälte kroch Hannah in den Rücken, während sie den ordentlich gestutzten, rotblonden Vollbart des jungen Mönchs betrachtete und überlegte, ob er wohl der Jüngste in seinem Konvent war.

Ein sachte anschwellendes Summen: ein Chor sang vom Orgelboden herab. Hauptsächlich hörte man die Frauenstimmen. Hoch, aber sicher. Tenor, Bariton und Bass hielten sich sanft im Hintergrund.

Die Frau neben Hannah rang unruhig die Hände und nestelte an ihrem breiten Goldring.

Hannahs Gedanken schweiften ab. War es richtig, schon jetzt wieder in den Beruf einzusteigen? Und das in Vollzeit – zumindest für eine Weile. Wie sollte es weiter gehen nach Jans Elternzeit? Wie sollte sie Lasse und ihrem Beruf gleichermaßen gerecht werden? Wem konnte sie ihren Sohn anvertrauen?

Sie schloss die Augen und sah Frank Doppheide vor sich. Plötzlich wusste sie es wieder: Sie hatte nachts von ihm geträumt.

Die Liturgie war weit fortgeschritten, als Hannah zurück in die Wirklichkeit fand. Wieder das Summen von der Orgelempore, dann traumhaft weiche Musik zu Worten in französischer Sprache. Langgezogene Töne, fast schwebend, sich ständig wiederholend, nicht wirklich melodiös. Schließlich leiser, immer leiser …

Sie fühlte sich leicht, als der letzte Ton verklang. Die Frau neben ihr weinte sachte in ihr Taschentuch. Hannah sah, dass ihr Ring aus zwei einzelnen Reifen zusammengesetzt war. Das erklärte wohl einiges. Vor allem die Tränen. Ohne nachzudenken berührte Hannah für einen Moment den Unterarm der Frau, die aber keine Regung zeigte.

Der Segen. Das Schlusslied. Ruhig und erfrischt verließ Hannah die Kirche, schräg vor ihr mit gesenktem Kopf die Frau im Wollmantel. Einen Moment lang überlegte Hannah, ob sie sie ansprechen sollte, aber sie wollte nicht aufdringlich wirken.

In der Menschenmenge vor dem Ausgang verlor sie ihre Banknachbarin zunächst aus dem Blick. Als sie in ihr Auto stieg, sah sie im Rückspiegel, wie die Frau ihr kaum merklich zunickte.

Viertel vor zwölf

Jan steckte den Kopf durch die Küchentür. »Die Sonne kommt durch. Schaffst du noch einen kleinen Spaziergang?«

Draußen waren tatsächlich Streifen von Blau am Himmel zu erahnen. Einsilbig stimmte Hannah zu. Ihren Besuch im Kapuzinerkloster hatte sie ihm verschwiegen – wie so manches in der letzten Zeit.

Lasse bekam Gemüse aus einem Gläschen und eine frische Windel, während Jan den Buggy ins Auto packte. Die Sonne durchflutete mittlerweile das gesamte Haus, während im Westen bereits neue Wolkengebirge am Horizont auftauchten.

Die Warendorfer Straße war für einen Sonntag Mittag recht belebt. Hannah war ärgerlich auf Jan. Warum kurvte er quer durch die Stadt, anstatt kurzerhand die Burg Hülshoff ganz in ihrer Nähe anzusteuern? Für einen kleinen Gang und etwas frische Luft reichte das doch!

An der Danziger Freiheit bog er ohne Erklärung in ein gutbürgerliches Wohngebiet ab: stattliche Häuser und Villen, klotzige Neubauten mit gepflegten Vorgärten. »Klein-Muffi«, wo Hannah mehrere Semester lang gewohnt hatte, lag nicht weit entfernt, aber in einem Stadtteil wie Mauritz hatte man zu Studienzeiten nichts verloren. Viel zu edel, viel zu teuer.

Unvermittelt parkte Jan in einer sanften Kurve am Straßenrand.

»Was wollen wir hier?« Hannahs Laune sank weiter.

»Spazieren gehen.«

Tatsächlich schimmerte der Dortmund-Ems-Kanal zwischen zwei Häusern hindurch. In der Wasserfläche spiegelten sich die letzten blauen Löcher des Himmels.

»In welche Richtung sollen wir gehen?«, fragte Hannah missmutig, als sie den Saumpfad erreicht hatten.

»Können wir gleich entscheiden. Ich möchte mir diese Stelle erst genauer ansehen.« Aus unerfindlichem Grund schien er in Gedanken versunken.

Lasse starrte mit großen Augen vor sich hin. Hannah schob den Buggy in Richtung Schleuse, in der Hoffnung, dass er bald in seinen längst überfälligen Mittagsschlaf fand.

Als sie umkehrte, stand Jan immer noch an derselben Stelle und nahm die Umgebung in Augenschein. Ein Mann im Trainingsanzug joggte die steile Treppe hinauf zur schmalen Brücke über den Kanal.

Natürlich! Auf einmal wusste sie, was Jan bewogen hatte, hierher zu fahren.

»Hier ist es passiert?«

»Ja«, antwortete er lakonisch. »Gerrit hat mich gebeten, mir den Tatort anzusehen, um eine neue Hypothese zu überprüfen. Ich war ja damals nicht dabei, weil ich erst später zur Soko dazugestoßen bin.«

Hier war Liliane Ferst also ermordet worden. Nichts deutete mehr auf die Tat hin, aber Hannah war beklommen zu Mute. Nicht nur, weil Jan immer noch nichts von ihrer Verbindung zu dem Fall wusste.

»Da vorn hat sie halb gesessen, halb gelegen«, sagte Jan und zeigte auf eine mit Graffiti besprühte, hölzerne Bank. »Gewohnt hat sie dort drüben in dem neuen Haus mit Balkon.«

Nicht schlecht! Blick auf den Kanal. So eine Wohnung kostete.

Lasse gab ein langgezogenes Jaulen von sich.

»Wollen wir losgehen, bevor er über seinen Mittagsschlaf weg ist?«, drängte Hannah.

»Auf der anderen Seite des Kanals soll man schnell im Grünen sein. Allerdings hat Gerrit von einer ziemlich schlechten Wegstrecke gesprochen. Hast du Lust nachzusehen, damit ich den Buggy nicht umsonst die Treppe hoch trage? Ich schaue mich so lange weiter hier um.«

Die Aussicht auf ein unbekanntes Stück Münster weckte Hannahs Lebensgeister. Sie stieg rasch die Treppe hoch, überquerte die Brücke, erkannte aber mit einem Blick, dass Gerrit Recht gehabt hatte. Spitze Schottersteine ragten aus dem matschigen Boden. Keine Chance für den Buggy.

Die von hohen Bäumen dicht gesäumte Allee lockte sie noch ein Stück weiter. In kurzen Abständen reihten sich Reliefs aus massigen Sandsteinblöcken aneinander, davor hölzerne Kniebänke, Grablichter, Heidebüsche in windschiefen

Töpfen und winzige Buchsbaumhecken. Eine lange vergrabene Erinnerung tauchte auf. Der Prozessionsweg, vor Jahrhunderten für Wallfahrten von Mauritz nach Telgte angelegt! Vor etlichen Jahren war sie gelegentlich hier entlang geradelt zu den Treffen einer studentischen Arbeitsgruppe.

Ein durchdringendes Klingeln schreckte sie auf. Ein Radfahrer in dunkler Kleidung und leuchtend blauem Helm kam ihr entgegen. Geschickt kurvte er um die reichlich vorhandenen Pfützen herum. Hannah trat hastig zur Seite.

Da sah sie die imposante weiße Skulptur, die mitten auf dem Weg zwischen den dunklen Baumstämmen aufleuchtete: Jesus am Kreuz, eingerahmt von Maria und dem Jünger Johannes.

Fasziniert ging Hannah auf die Kreuzigungsszene zu, die gegenständlicher und deutlich älter als die anderen Stationen wirkte. Eher barock. Der Prozessionsweg machte an dieser Stelle einen leichten Knick, und man war fast im Grünen. Nur die im Hintergrund über die Umgehungsstraße fahrenden Autos störten die Idylle. An einem bunten Hinweisschild für eine Gaststätte kehrte sie um. Jan wartete bestimmt schon auf sie.

Von der Brücke aus sah sie Lasses Buggy verlassen am Kanalufer stehen. Keine Spur von Jan! Nur ein Fahrrad lehnte einsam an der Bank.

Das konnte doch nicht sein! Er hätte doch Lasse nicht allein zurückgelassen.

Alarmiert rannte sie die Treppe hinunter. Auf halber Höhe hörte sie plötzlich eine tiefe Stimme: »Was tun Sie hier, Sie Spanner?« Gleich darauf Jan: »Lassen Sie mich los! Ich bin Polizeibeamter.«

Der Radfahrer mit dem blauen Helm! In dem Gebüsch aus immergrünen Sträuchern hinter der Bank rangelte er mit Jan, der sich energisch zur Wehr setzte.

»Können Sie sich ausweisen?«, bellte der Mann, der um einiges größer als Jan war und sich anschickte, ihn aus dem Gebüsch zu zerren.

»Ich bin nicht im Dienst. Lassen Sie mich los, verdammt noch mal!«

»Hallo?«, mischte Hannah sich atemlos ein. »Mein Mann arbeitet wirklich bei der Kripo.«

Der Radfahrer drehte sich um. Sein Helm war ihm ein Stück ins Gesicht gerutscht, aber es war definitiv der Mann, der ihr auf dem Weg begegnet war. Widerwillig ließ er Jan los und kam aus dem Gebüsch hervor. Jan stapfte hinterher.

»Ich habe von der Brücke aus gesehen, wie Sie sich in die Büsche geschlagen haben«, sagte der Mann ohne großes Bedauern. »Erst dachte ich, Sie müssten pinkeln, aber als ich hier unten ankam, hockten Sie immer noch da, und das kam mir verdächtig vor. – Ermitteln Sie in dem Mordfall?«

»Wie kommen Sie denn darauf?«, knurrte Jan.

»Weil dies die Stelle ist, an der die junge Joggerin zu Tode gekommen ist. Das weiß doch jeder, der hier öfter vorbeikommt.«

»Und Sie kommen also häufiger hier vorbei?«

»Mehrmals in der Woche. Ich wohne in Telgte, der Prozessionsweg ist meine bevorzugte Trainingsstrecke. Von hier aus fahre ich ein Stück den Kanal entlang, und dann geht es auf dem Pleistermühlenweg zurück.«

»Haben Sie das Opfer gekannt?« Jan hatte sich anscheinend wieder gefangen.

»Das wäre zu viel gesagt. Ich habe ein paar Mal eine Joggerin an dieser Bank gesehen, die Dehnungsübungen machte.«

»Und Sie glauben, dass sie die Ermordete war?«

»Sie sah der Frau auf dem Foto in der Zeitung jedenfalls

ziemlich ähnlich. Außerdem stand in dem Artikel, dass das Opfer ganz in der Nähe gewohnt hat. Das würde passen. Dehnungsübungen machen Jogger meistens zum Ende ihres Trainings.«

»Waren Sie auch am 30. Dezember hier unterwegs?«

Der Radfahrer zögerte kurz, griff sich an die Nase und schob dann seinen Helm wieder in die richtige Position. »Das ist der Tag, an dem die Frau ermordet wurde?«

»Exakt. Was nun: ja oder nein?«

»Wie man's nimmt.«

»Machen Sie es nicht so spannend.«

»Ich kam gegen kurz vor fünf hier an, bin dann aber umgekehrt.«

»Ach ja?«

»Die Brücke war zu dem Zeitpunkt bereits gesperrt. Man sah von der gegenüberliegenden Seite, dass rund um die Bank mächtig was los war: Flatterband, Rettungswagen, die Menschen in weißen Plastikanzügen und jede Menge anderer Leute. War alles bestens von Scheinwerfern ausgeleuchtet. Ich habe noch mit einigen Passanten gesprochen und bin anschließend zurück nach Telgte.«

»Sie sind offenbar ein guter Beobachter. Ich würde mir gern Ihren Namen und Ihre Adresse notieren. Eventuell können wir Sie als Zeugen brauchen.«

»Ja, dann ...« Während Jan die Angaben des Mannes notierte, schaute Hannah nach Lasse. Er schlief tief und fest.

Der Radfahrer stieg auf und setzte seine Tour fort.

»Du wusstest genau, dass der Weg auf der anderen Seite nicht Kinderwagen-tauglich ist«, sagte Hannah vorwurfsvoll.

»Den Spaziergang dort drüben können wir später mal machen, wenn Lasse laufen kann«, meinte Jan beschwichtigend.

»Du hast mich losgeschickt, um zu testen, ob du mich auf der Brücke von deinem Versteck aus sehen kannst.«

»So ungefähr. Ich wollte außerdem herausfinden, ob du mich im Gebüsch entdecken würdest.«

»Habe ich nicht! Sonst wäre ich nicht so waghalsig die Brücke hinuntergerannt!«

»Ich hatte Lasse jederzeit im Blick, Hannah.«

Sie schwieg einen Moment und sagte dann: »Dein Experiment ist also voll geglückt?«

»Kann man so sagen. Gerrit glaubt, dass der Mörder sich in dem Gebüsch hinter der Bank versteckt und seelenruhig abgewartet haben könnte, bis Liliane Ferst auf der Brücke erschien. Das war umso leichter, als die Dämmerung schon eingesetzt hatte und die Wolken an dem Tag extrem tief hingen. Selbst du hast mich nicht gesehen, obwohl du mich gesucht hast und es heute deutlich heller ist. Liliane Ferst war arglos und hat vermutlich überhaupt nicht auf das Gebüsch geachtet.«

Hannah schaute zu dem kastigen Neubau mit den geräumigen Balkonen. »Der Täter ist ein hohes Risiko eingegangen, weil man ihn von dort drüben hätte sehen können. Oder jemand hätte vorbeikommen können. So wie dieser Radfahrer eben.«

»Er hat einen brauchbaren Hinweis zum möglichen Tatablauf gegeben. Wenn man bedenkt, dass Liliane Ferst fast 1,80 groß war, kann es nicht so einfach gewesen sein, sie mit einem Seil zu erdrosseln. Wir sind bisher davon ausgegangen, dass sie ihren Mörder kannte.«

»Aber sie wird sich kaum mit einem Bekannten zum Plausch hier auf die Bank gesetzt haben, während es nasskalt und fast dunkel war«, warf Hannah ein.

»Genau das hat mich die ganze Zeit über an dem Szenario gestört. Sie hatte über zehn Kilometer hinter sich und wollte sicherlich auf schnellstem Weg nach Hause, um zu duschen. Aber wenn jemand wusste, dass sie immer an dieser Bank ihre Dehnungsübungen macht, dann könnte es anders gelaufen sein.«

»Sie hält an, stellt ein Bein auf die Bank, hält sich an der Lehne fest und beugt sich nach vorn. Oder wie auch immer. Jedenfalls hatte der Täter Gelegenheit, ihr das Seil um den Hals zu ziehen.«

»Es muss also nicht zwangsläufig jemand gewesen sein, den sie kannte. Wir sind möglicherweise die ganze Zeit von einer falschen Hypothese ausgegangen.« Jan starrte auf das Display seines Smartphones. »Den Typen werden wir morgen unter die Lupe nehmen.«

»Den Radfahrer?«

»Der kennt sich hier ziemlich gut aus. Außerdem hat er angegeben, dass er in der Nähe war. Wenn man bedenkt, dass Straftäter oftmals an den Tatort zurückkehren, passt er verdammt genau ins Profil.«

»Aber würde er nicht jeglichen Kontakt zur Polizei vermeiden?«

»Manchmal eben nicht. Für einige ist es ein zusätzlicher Kick.« Jan steckte sein Smartphone ein und runzelte die Stirn. »Warten wir ab, ob sich was ergibt.«

Die Wolken hatten sich zusammengezogen, die Sonne war endgültig verschwunden. Hannahs Bedürfnis nach einem Spaziergang am schnurgeraden, kahlen Ufer des Kanals hielt sich in Grenzen. Außerdem war ihr bei Jans Worten klar geworden, dass er den Montag als Arbeitstag einplante.

Sie hatte ein Problem.

Montag, 13. Januar

Viertel nach eins

Hannah stand unter Strom, als sie in die Maximilianstraße im Kreuzviertel einbog.

Gestern Abend war ihr ein Stein vom Herzen gefallen, als Jans Tochter sich nach einigem Hin und Her bereit erklärt hatte, Lasse ausnahmsweise an einem Montag zu betreuen. »Aber um vier kommt meine Arbeitsgruppe hierher. Wir sind nächste Woche mit der Präsentation dran. Das kann ich nicht absagen.«

Sie vereinbarten, dass Gesines Freund Sebastian sich in der Zeit mit Lasse beschäftigen sollte. Der wusste noch nichts von seinem Glück, aber Widerstand war nicht von ihm zu erwarten.

Minuten später nahm Hannahs Stieftochter ihren Bruder, eine vollgepackte Tasche und die Krabbeldecke in Empfang. Gesine grinste und schüttelte den Kopf, aber Hannah war sicher, dass der Fußboden in der WG-Küche ihren Sohn sonst zum freudigen Probieren sämtlicher dort verteilter Dreckpartikel verleiten würde.

Als sie in Münster-Nord auf die A1 einbog, schaute sie auf die Uhr. Wenn alles glatt ging, konnte sie noch pünktlich in Tecklenburg ankommen.

Die Hochnebeldecke ließ hier und da blaue Stellen durchscheinen. Zum ersten Mal seit dem gestrigen Abend entspannte Hannah sich ein wenig. Nach Lasses üblicher Nörgelei beim Wickeln hatte sie noch ihre gesamten Vorräte überprüft und einen ellenlangen Einkaufszettel geschrieben, den sie am Morgen so weit wie möglich in Gievenbeck abgearbeitet hatte.

Flüchtig dachte sie an die Frau weiter vorn in der Schlange an der Supermarktkasse. Sie war sich fast sicher, dass es ihre gestrige Banknachbarin aus der Kapuziner-Kirche gewesen war. Der dunkle Wollmantel, die blonden, mit Grau durchsetzten Haare, die Brille: Sie war es unverkennbar. Dass sie nur wenige Waren auf das Band gelegt hatte, passte auch. Als Hannah bezahlt hatte, war von der Frau nichts mehr zu sehen gewesen.

Nach dem Einkauf hatte sie das Badezimmer geputzt, die Bettwäsche gewechselt und ihrer Schwester in Köln zum Geburtstag gratuliert. Marlene hatte ewig über »Mamas zunehmende Wunderlichkeit« palavert. Genervt hatte Hannah das Gespräch unter einem Vorwand beendet.

Die Abfahrt Lengerich wurde angezeigt, und wenig später tauchten die ersten Häuser von Tecklenburg auf dem dunklen Bergrücken des Teutoburger Waldes auf. Mehrere enge, für Münsterländer ungewohnt steile Kehren führten zum Parkplatz am Kreishaus: Sie war fünf Minuten zu früh.

Das Gebäude war an den Hang gebaut, eine Bausünde aus den Sechzigerjahren mit mehreren Stockwerken aus Glas und Aluminium, getragen von wuchtigen Stelzen, sodass man problemlos unter dem Erdgeschoss hindurch zu einem Geländer spazieren konnte. Von dort bot sich ein Blick über den ansonsten malerischen Ort: schwarzweiße Fachwerkhäuschen mit roten Dachziegeln schmiegten sich an den Hang, ein Hotel mit Außenterrasse, winzige Gärten, und auf dem Hügel im Hintergrund krönte der Turm der Burgruine die Szenerie.

Weiter links hätte sie durch eine Lücke in der Bebauung eine traumhafte Aussicht über das Münsterland haben können – wenn das Wetter es zugelassen hätte. Leider machte der »Balkon des Münsterlandes« seinem Namen heute keine Ehre.

Hannah spürte ihre Anspannung vor dem Treffen mit Roddy, seiner leiblichen Mutter und seiner Pflegemutter. Die Eingangstür zur gläsernen Halle klickte hinter ihr ins Schloss, eine Informationstafel wies ihr den Weg. »2. Obergeschoss: Jugendamt«.

Der zuständige Sozialpädagoge hatte schütteres Haar und trug eine braune Strickjacke über einem zerknitterten Hemd. Hannah schätzte ihn auf Mitte 50. Mit einem schlaffen Händedruck begrüßte er sie und stellte sich als Volker Pantlitz vor.

Britta Doppheide war bereits vor ihr eingetroffen. Roddy saß auf einem Spielteppich und beschäftigte sich eingehend mit Puzzle-Teilen aus Holz. Als Hannah seine Pflegemutter ansprach, drehte er sich um, und ein strahlendes Lächeln erschien einmal mehr auf seinem Gesicht.

Sie nahmen an einem kleinen Tisch Platz. Der Raum wirkte schon jetzt überfüllt. Hannah holte ihre Unterlagen heraus und schaute auf die Uhr. Die vereinbarte Zeit war bereits um einige Minuten überschritten.

»Frau Grabkow kommt bestimmt gleich«, sagte Pantlitz, dem ihr Blick nicht entgangen war. »Manchmal ist die Parkplatzsituation bei uns etwas angespannt.«

»Wenn ihr nicht wieder etwas dazwischengekommen ist«, warf Britta Doppheide ein. »Sie hat sich schon mehrmals ziemlich kurzfristig abgemeldet, sodass ich vergeblich mit Roddy den Weg hierher gemacht hatte.«

»Aus welchen Gründen hat sie denn abgesagt?«

Pantlitz räusperte sich. »Einmal wegen eines vereiterten Zahns. Letzten Monat war ihr Auto nicht angesprungen.«

»Und davor war die Tochter mit Fieber aus dem Kindergarten heimgekommen.« Britta Doppheide klang verärgert.

Die Tür öffnete sich. Tanja Grabkow erschien und nickte allen Anwesenden zu, während sie die zögerlich wirkende Kimberley vor sich her in den Raum schob. Ohne sich um die Erwachsenen zu kümmern, ging das Mädchen rasch durch den Raum zum Spielteppich und hockte sich zu ihrem Bruder.

»Roddy!« Ihre Stimme war sanft. Der Junge schnellte herum, juchzte strahlend und robbte wieselflink auf seine Schwester zu. Kimberley hob die Hand, und er klatschte sie begeistert ab.

Das Mädchen beugte sich vor und knuddelte ihn, küsste ihn dann sachte auf den Kopf. »Da bist du ja!«, murmelte sie immer wieder. Tränen liefen ihr über die Wangen. Ungerührt griff Roddy in ihre langen dunklen Haare und zog kräftig daran. Sie lächelte.

Hannah riss sich von der rührenden Szene los. Tanja Grabkow stand immer noch im Hintergrund. Als sie Hannahs Blick begegnete, trat sie einen Schritt vor, in der Hand einen blaugrauen Plüsch-Elefanten.

Kimberley setzte sich zu Roddy auf den Spielteppich und holte ein rotes Auto aus einer Kiste mit Spielzeug. Begeistert rollte er das Fahrzeug über den Boden.

Tanja Grabkow wich Hannahs erneutem Blick aus, hockte sich auf den Boden und schaute dem Spiel ihrer Kinder aus einigem Abstand zu.

Hannah stand auf und ging näher heran. Auf der Höhe des Mädchens bemerkte sie einen Geruch wie von altem Bratenfett, gemischt mit dem Müffeln eines lange nicht ausgewaschenen Kühlschranks. Unauffällig schnupperte sie noch einmal. Eindeutig: Es war das Mädchen. Ihre rosa Cordjeans und das lila T-Shirt sahen allerdings sauber aus, die Haare waren zu einem ordentlichen Pferdeschwanz zusammengebunden. Vielleicht roch man die ungepflegten Zähne.

Hannah entfernte sich Richtung Tür, von wo sie eine andere Perspektive von der Szene bekam. Volker Pantlitz hatte begonnen, in einer Aktenmappe auf seinen Knien zu blättern. Anscheinend interpretierte er so seine Aufgabe als Aufsichtsperson. Britta Doppheide saß regungslos am Tisch, nur ihr wippender Fuß verriet, wie angespannt sie war.

Hannah ging noch ein paar Schritte und schaute sich um. Roddy konnte seine Mutter bisher nicht sehen, denn seine Schwester befand sich zwischen ihnen. Gesprochen hatte Tanja Grabkow noch kein Wort.

Eine ganze Weile tat sich nichts.

»Geben Sie ihm doch Ihr Geschenk!«

Tanja Grabkow schreckte bei Hannahs Worten auf und starrte auf das Plüschtier. Zögerlich hielt sie es Roddy hin.

»Roddy!«, sagte Kimberley mit sanfter Stimme.

Ihr Bruder sah den Elefanten direkt vor sich, kiekste erfreut und griff danach. Dann schaute er hoch und sah seine Mutter. Das Lächeln gefror, seine Hand sank nach unten. Tanja Grabkow stupste ihre Tochter an und ließ den Plüsch-Elefanten wie nebenbei in Kimberleys Hand gleiten. Von ihr nahm Roddy ihn sofort an.

Hannah spürte, wie Britta Doppheide sie bedeutungsvoll anschaute. »Gehen Sie jetzt bitte hinaus!«, flüsterte Hannah ihr zu. »Bleiben Sie aber auf keinen Fall vor der Tür stehen.« Roddys Pflegemutter runzelte die Stirn, stand aber verabredungsgemäß auf.

»Kimberley, würdest du einen Moment mit Frau Doppheide rausgehen? Ich möchte gern etwas mit deiner Mutter besprechen.«

Zögerlich erhob sich das Mädchen. Roddy war mit dem Stofftier beschäftigt. Tanja Grabkow hockte wie erstarrt auf dem Boden vor ihrem Sohn.

Hannah nickte Britta Doppheide aufmunternd zu. Die nahm Roddys Schwester bei der Hand und verließ mit ihr das Zimmer. An der Tür drehte Kimberley sich noch einmal um. Ihr Gesichtsausdruck war herzzerreißend, aber Hannah musste jetzt handeln.

»Roddy!«, sagte Hannah. Der Junge schaute auf und erfasste blitzschnell die veränderte Situation. Er riss die Augen auf, der Mund verzog sich, und dann schrie er auch schon. Seine Gesichtsfarbe ging rasch in ein Krebsrot über. Dicke Tränen kullerten über die Wangen.

Keine Reaktion von seiner Mutter.

»Wollen Sie ihn nicht auf den Arm nehmen und trösten?«, schlug Hannah vor.

Eine Schweißperle erschien auf Tanja Grabkows Stirn, aber sie zeigte keine Regung. Mit einer ungelenken Bewegung nahm sie Roddy hoch. Sofort wandte er das Gesicht von ihr ab. Das Schreien verwandelte sich in ein hysterisches Kreischen. Wie ein Wurm wand er sich in ihren Händen.

Tanja Grabkow hielt das Kind mit ausgestreckten Armen von sich weg. Unter ihren Achseln erschienen Schweißflecken. Nach endlosen Sekunden legte sie Roddy auf dem Spielteppich ab. Er schrie mit unverminderter Lautstärke und strampelte wie wild. Mit einem Fuß traf er den Plüsch-Elefanten und kegelte ihn von sich.

Volker Pantlitz saß mit offenem Mund da. Seine Akte war auf den Boden gerutscht. Er hatte es nicht bemerkt.

Eine Viertelstunde später

»Möchten Sie auch?«

Hannah nickte dem Sozialpädagogen zu, der sich ein Glas Wasser eingoss.

»Was für eine Szene!«, stöhnte Pantlitz. Er war noch blasser als vor einer halben Stunde. »Dieses Geschrei heute war eine Premiere. Wahrscheinlich, weil die Pflegemutter zum ersten Mal den Raum verlassen hat.«

Hannah schüttelte den Kopf. »Es lag an der Schwester.«

»Wie kommen Sie denn darauf?« Pantlitz starrte sie entgeistert an.

Hannah stellte ihr Wasserglas ab. »Kimberley hat offensichtlich eine sehr enge Beziehung zu ihrem Bruder. Sie hat ihn geherzt, mit ihm geschmust, ihn geküsst, ein Spielzeug für ihn aus der Kiste gesucht.«

»Er spielt immer mit diesem roten Auto«, murmelte Pantlitz vor sich hin. »Eigentlich hat Kimberley getan, was man von Frau Grabkow hätte erwarten können.«

Hannah schwieg dazu. Genau das war der Punkt, der ihm schon viel früher hätte auffallen müssen. Tanja Grabkows Täuschungsmanöver mit dem Plüsch-Elefanten hatte perfekt funktioniert.

»Verhält Frau Grabkow sich immer so wie heute?«

»Was meinen Sie?«

»Sie ist völlig im Hintergrund geblieben und hat Kimberley vorgeschickt. Dann hat sie versucht, Roddy mit dem Elefanten abzulenken, damit er sie möglichst gar nicht wahrnimmt.«

Pantlitz kratzte sich am Kopf. »Ein Plüschtier hat sie jedes Mal dabei.«

Hannah fiel die Galerie von Schmusetieren ein, die ihr in Roddys Zimmer bei seiner Pflegefamilie aufgefallen waren. Eins für jedes Kontakttreffen?

»Sie wusste überhaupt nichts mit dem Kind anzufangen und war völlig hilflos, wie sie es beruhigen sollte«, fasste Hannah ihre Beobachtungen zusammen.

»Das stimmt. Ich hatte den Eindruck, dass der Junge regelrecht Angst vor seiner Mutter hatte. Aber warum?«

»Ich weiß es nicht. Irgendetwas muss sich tief in Roddys Gedächtnis eingegraben haben. Schließlich war er nur wenige Monate alt, als man ihn seiner Mutter weggenommen hat. Erstaunlich, dass er sich überhaupt erinnert.« Hannah ging einige Schritte auf und ab. »In der Akte findet sich zwar keinerlei Hinweis, aber vielleicht gab es einen Vorfall am früheren Wohnort von Tanja Grabkow in Meschede.«

»Gut möglich, denn die Familie wohnte erst ein paar Tage in Bevergern, als Roddy in Obhut genommen wurde.«

»Meschede hat doch bestimmt ein eigenes Jugendamt. Können Sie dort Auskunft bekommen?«

Wortlos griff Pantlitz zum Telefon und suchte eine Weile, bis er die entsprechende Nummer gefunden hatte. Er wurde mehrfach verbunden. Ungeduldig hörte Hannah zu, wie er den Fall in kurzen Zügen schilderte.

»Sie schaut im Computer nach«, sagte er erklärend, als sich eine Pause ergab.

Dann hörte er längere Zeit zu und machte sich Notizen. Hannahs Anspannung wuchs. Endlich legte er den Hörer auf und schaute sie bedeutungsvoll an. »Es gab einen anonymen Hinweis bezüglich Tanja Grabkow. Allerdings ging es dabei nicht um Roddy, sondern um Kimberley.«

»Nämlich?«

»Bevor man der Sache nachgehen konnte, war Tanja Grabkow mit unbekannter Adresse verzogen.«

Hannahs Herz klopfte. Ihre Ahnung hatte sie also nicht getrogen.

»Die Kollegin in Meschede sagte außerdem, es habe bereits vor einigen Wochen eine Anfrage zu dem Fall gegeben. Von Liliane Ferst.«

»Wie bitte?«

»Der Anruf sei kurz vor Weihnachten gekommen, aber an dem Tag war das Computersystem der Stadtverwaltung Meschede zusammengebrochen, und sie habe Frau Ferst vertrösten müssen. Sie glaubte, die Angelegenheit sei nicht mehr akut, denn eine erneute Nachfrage hat es nie gegeben.«

Wie auch! Liliane Ferst war am 30. Dezember ermordet worden.

Hannah war aufgewühlt und keinesfalls in der Lage, gleich in ihr Auto zu steigen und loszufahren. Sie musste sich fassen und den Kopf freibekommen. Zügig stapfte sie los, ohne zunächst darauf zu achten, wohin.

Sie war in der Fußgängerzone gelandet, einer schmalen, Kopfstein-gepflasterten Gasse, gesäumt von etlichen Ladenlokalen, die wohl in erster Linie auf die Bedürfnisse von Tagestouristen zugeschnitten waren: Boutiquen, Geschäfte für Schuhe, Bekleidung, Dekoartikel und Souvenirs wechselten sich ab mit urigen Kneipen und gepflegten Hotels.

Die blasse Wintersonne fiel auf die Tische vor einer Eisdiele, wo ein älteres Paar mit zwei kleinen Mädchen in Decken verpackt saß und an riesigen Kugeln schleckte. Im Vorübergehen hörte Hannah, dass sie Holländisch sprachen.

Am Marktplatz mit der dicken Linde noch mehr Gastronomie, hinter einem dunklen Torbogen ein Blick auf verschachtelte Dächer im Schatten des Berges. Hannah fröstelte.

Auf dem gegenüberliegenden Bergkamm thronten die mächtigen Türme des Ibbenbürener Kraftwerks in strahlendem Sonnenlicht. Eine üppige Wolke aus Wasserdampf quoll senkrecht in die Höhe.

Sie kehrte um. Die breite Sandsteintreppe hinauf zur Kirche mit dem Helm aus grauen Schieferplatten hatte sie auf dem Hinweg übersehen. 15 Stufen bis zu einer Oase der Stille, einem winzigen Kirchhof mit geduckten Fachwerkhäusern ringsherum, nur wenige Schritte von der touristischen Meile entfernt.

Das Schild »Offene Kirche« lockte Hannah. Als sie die schwere Tür hinter sich losließ, atmete sie auf. Sie war allein.

Eine einzelne Säule trug die Holzdecke des quadratisch wirkenden Innenraums in kühlem Grau und Weiß. Unter der Empore mit der Orgel ließ sie sich in eine der hinteren Bankreihen gleiten.

Was sollte sie tun? Irgendwie ein Gutachten zusammenstückeln? Wurde sie Roddy so gerecht? Und der Familie Doppheide? Wer weiß, was in Meschede passiert war! Ein anonymer Hinweis erfolgte doch nicht ohne Grund.

Tanja Grabkow hatte sich ohne viele Worte verabschiedet, ohne Hannah in die Augen zu sehen, vermutlich im Bewusstsein, dass sich ihr heutiges Versagen zu ihren Ungunsten in dem alles entscheidenden Gutachten niederschlagen würde.

Warum klammerte sich Roddys Mutter nur mit aller Macht an ihren Sohn, obwohl sie offensichtlich ein total gestörtes Verhältnis zu ihm hatte? Das Verhalten ließ Hannah ratlos zurück, ebenso wie das unzähliger Eltern, die ihre Kinder vernachlässigen, schlagen, demütigen, verbrennen, fesseln, missbrauchen und einsperren, sich aber weigern, sie loszulassen.

Sonnenstrahlen malten bunte Farbflecken auf die Wände des lichtdurchfluteten Chorraums.

»Lass mich das Richtige tun«, flüsterte Hannah.

Kurz nach vier

Das blasse Orange am Horizont kündigte bereits die hereinbrechende Dämmerung an, als Hannah in der letzten Kurve vor dem Hof Doppheide einen hellen Taxibus im Rückspiegel sah. Er folgte ihr mit beträchtlichem Tempo und bog ebenfalls in die Pappelallee ein. Mit Schwung wendete er vor der alten Tennentür und parkte neben Hannah. Beim Aussteigen hörte sie eine helle Kinderstimme: »Tschüss, Leon. Morgen spielen wir wieder zusammen.«

Der bullige Taxifahrer schlug die Tür zu und schaute sich um. »Wo ist denn deine Oma, Mia?«

»Die ist noch schlapp. Sie hat ganz schlimmen Husten. Ich besuche erst mal Roddy.« Carolin Doppheides Tochter trug Hausschuhe zu ihrem pinkfarbenen Schneeanzug und eine bunte Kindergartentasche über der Schulter.

Der Taxifahrer nickte, stieg wieder ein und preschte los.

»Hallo, Mia. Ich glaube, Roddy ist gar nicht da«, machte Hannah sich bemerkbar.

Das Mädchen schaute betrübt. »Stimmt. Tante Brittas Auto ist weg. Dann gucke ich mal, was Onkel Frank in seiner Schnitzbude macht.« Mit diesen Worten reckte sie sich und öffnete die Tür vor sich. »Willst du mitkommen?«

Der Verbindungsgang zum Stallgebäude, die Haken mit der Arbeitskleidung, die Gummistiefel. Mia schien das alles nicht zu interessieren. Unbeirrt eilte sie weiter. »Onkel Frank!

Ich bin's!« Sie riss die Tür zu seiner Kammer auf. Hannah folgte ihr.

Frank Doppheide saß vor einer Skulptur. Der Lichtkegel einer Lampe fiel auf sein Gesicht und die blonden Haare. Im Hintergrund lief leise Klaviermusik. Etwas Verträumtes. Chopin?

Als er Hannah erkannte, glitt ein warmes Lächeln über sein Gesicht, und er stand auf. »Frau Schmielink! Meine Frau hat mir schon alles berichtet. Da haben Sie ja wohl einen Volltreffer gelandet!«, sagte er freudig und gab ihr die Hand. Dann schickte er Mia zur Oma. Maulend zog sie davon.

»Es gibt weitere Neuigkeiten. Deswegen bin ich hier«, beeilte Hannah sich zu erklären.

»Kommen Sie doch mit ins Haus«, meinte Doppheide. »Ich wollte sowieso eine Pause vor dem Melken machen.«

Sie nahmen am Esszimmertisch Platz, wo Hannah mit ihm und seiner Frau vor Tagen Kaffee getrunken hatte.

»Das ist ja ein Ding!«, entsetzte sich Doppheide, nachdem Hannah von dem Telefongespräch mit dem Jugendamt in Meschede berichtet hatte.

»Ich wollte Ihre Frau fragen, ob sie irgendetwas darüber weiß. Vielleicht hat Liliane Ferst eine Bemerkung gemacht. Sie hat sich nämlich ebenfalls in Meschede nach Tanja Grabkow erkundigt.«

»Davon weiß ich nichts. Meine Frau ist kurzentschlossen mit Roddy zum Schwimmen gefahren. Nach dem Stress im Jugendamt wollte sie ihm heute noch etwas Gutes tun.« Doppheide fuhr sich mit der Hand durch die Locken. »Ein anonymer Hinweis wegen Kimberley, sagen Sie. Wer kann das gewesen sein? Die Erzieherinnen aus dem Kindergarten?«

»Das kann ich mir nicht vorstellen. Vermutlich würden die eher die Erziehungsberatungsstelle einschalten oder sich direkt beim Jugendamt melden. Ich tippe eher auf Nachbarn. Wenn Tanja Grabkow dort welche hatte. In Bevergern hat sie ja keine.«

»Wissen Sie ihre Adresse in Meschede? Dann schaue ich im Internet nach.«

Wortlos zog Hannah die Akte aus der Tasche und wurde schnell fündig.

»Kommen Sie«, sagte Doppheide und berührte sie leicht am Arm. Er ging voran zu dem winzigen Büroraum im Verbindungsgang, setzte sich an den Computer und fuhr ihn hoch.

»Google Earth«, erklärte er. »Ich spiele öfter damit herum, um fremde Städte oder Gegenden zu erkunden. Als Milchbauer hat man kaum Gelegenheit wegzufahren.«

Er klickte ein Symbol auf dem Bildschirm an. Auf einem schwarzen Feld erschien ein Globus. Als Doppheide die Adresse eingab, rückte die Karte immer näher heran, bis ein Ort zu sehen war, dann einzelne Straßen, Häuser, Bäume und Autos. Selbst die Markierungen in der Straßenmitte konnte Hannah erkennen.

»Scheint eine Siedlung zu sein«, sagte Doppheide.

»Sind das Einfamilienhäuser oder Blocks?« Hannah beugte sich tiefer über seine Schulter, um besser sehen zu können.

Eine Sekunde später kippte das Bild, und man sah die Häuser von der Seite. Doppheide holte sie näher heran, aber plötzlich verschwamm alles.

»Das nennen die Macher des Programms Schutz der Privatsphäre«, grinste Doppheide. »In die Fenster hineinschauen darf man den Leuten dann doch nicht.«

»Aber die Nachbarn könnten das tun. Soweit man erkennen kann, hatte Tanja Grabkow dort welche.«

Doppheide fuhr herum, auf dem Gang waren Stimmen zu hören.

»Hier bist du!« Gudrun Doppheide erschien im Türrahmen, mit ihrer Enkeltochter an der Hand. »Wir wollten dir die Zeitung zurückbringen.« Mia rückte die Papierrolle heraus, die sie sich unter den Arm geklemmt hatte, und gab sie ihrem Onkel.

Gudrun Doppheide wandte sich an Hannah. »Frau Schmielink, nicht wahr? Ich gebe Ihnen lieber nicht die Hand, nicht dass ich Sie noch anstecke!« Frank Doppheides Mutter schien sich etwas erholt zu haben, wenn auch die Ränder unter den Augen noch nicht ganz verschwunden waren. Ihre Stimme war jedenfalls zurück.

Ihr Blick richtete sich fragend auf den Computer. Als sie hörte, worum es ging, blieb sie einen Moment lang stumm. Mia zupfte an ihrem rostroten Pullover. »Oma!«, sagte sie drängelnd. »Du wolltest mit mir Uno spielen, bis Mama kommt.«

»Sofort, Mia«, murmelte Gudrun Doppheide. Falten waren auf ihrer Stirn erschienen. »Warum fährst du nicht hin, Frank?«, sagte sie mit Nachdruck.

»Ins Sauerland? Das liegt aber nicht gerade vor der Tür.«

»Die Fleckvieh-Schau in Borken morgen ist nun wirklich nicht so wichtig. Du kannst die Zeit besser dazu nutzen, in Meschede etwas von Tanja Grabkows Nachbarn zu erfahren. Wenn du rechtzeitig losfährst, bist du nachmittags zum Melken längst zurück.«

Frank Doppheide sah nicht begeistert aus.

»Denk an Britta! Roddy darf nicht weg von hier.« Plötzlich brach ein tiefes Husten aus Gudrun Doppheide heraus. Sie griff zu einem Taschentuch und hielt es sich vor den Mund. Ihr Gesicht war rot angelaufen.

»Okay«, sagte ihr Sohn. »Aber nur, wenn Sie mitfahren, Frau Schmielink. Haben Sie Zeit?«

Im rasch schwindenden Tageslicht nahm Hannah die kurvige Straße in Richtung Greven.

Sie war unsicher, ob sie die richtige Entscheidung getroffen hatte, aber Doppheide hatte nicht lockergelassen. Ihr als Frau würden die Nachbarinnen mehr erzählen, hatte er gemeint. Außerdem sei sie sozusagen offiziell vom Jugendamt.

Schließlich hatte Hannah unter Vorbehalt eingewilligt. »Ich muss erst ein paar organisatorische Dinge klären. Ich melde mich dann.«

Die Gebäude des Hofs Schulze-Breuning tauchten auf: das stattliche Haupthaus, die imposanten neuen Stallungen, auf der Südseite die Dächer mit den Sonnenkollektoren.

Flüchtig dachte Hannah an ihren Beinahe-Unfall im Gegenlicht der Sonne. Jetzt erst fiel ihr auf, dass der gleißende Lichtstrahl, der sie geblendet hatte, eine Reflexion von den Dachaufbauten des Großbauern gewesen sein konnte. Vermutlich wusste Schulze-Breuning genau um die Gefahren in dieser Kurve, tat aber nichts, um die Situation zu entschärfen. Der Mann wurde Hannah immer unsympathischer.

Gegen sechs Uhr

Lasse war eingeschlafen. Wahrscheinlich holte er den fehlenden Mittagsschlaf nach, der Trubel in der Wohngemeinschaft hatte ihn nicht zur Ruhe kommen lassen.

Gesine hatte Hannah noch auf eine Tasse Tee in die Küche eingeladen, wo mehrere WG-Bewohner sich ganz selbstverständlich zu ihnen dazusetzten. Man erörterte, in welchen Film man abends gehen wollte. Jemand wurde zum Brot-Holen geschickt und beauftragt, auch gleich Käse und Milch mitzubringen. Der junge Mann inspizierte umständlich die Haushaltskasse.

Hannah fühlte sich auf eine wehmütige Art wohl in dem chaotischen, aber gemütlichen Raum mit den offenen Regalen, dem wuchtigen Tisch und den schwarz-weißen Fliesen. Die Situation erinnerte sie an Zeiten, als jeder Tag anders verlaufen war, Pläne kurzfristig und leicht zu ändern waren, und alle Wege offen standen: privat wie beruflich. Festlegen musste man sich erst später – irgendwann in ferner Zukunft.

Sie hätte lange so sitzen können – eingehüllt in freundliche Gespräche und das Klappern der Teetassen.

In aufgekratzter Stimmung bog sie mit Schwung in die Einfahrt ein, wo Jans Auto sie zu einem abrupten Bremsmanöver zwang. Sie hatte nicht damit gerechnet, dass er schon zurück war.

Vorsichtig trug sie Lasse ins Haus, aber er wachte trotzdem auf. Der Duft orientalischer Gewürze empfing sie im Flur. In der Küche setzte sie Lasse in seinen Hochstuhl.

»Hm! Daran könnte ich mich gewöhnen«, begrüßte sie gutgelaunt ihren Mann, der dabei war, den auf dem Herd köchelnden Inhalt eines Topfes zu probieren. »Lamm-Ragout?«

»Dorothee hat vorhin aus der Beratungsstelle angerufen.« An seiner Stimme hörte sie, dass etwas nicht in Ordnung war.

»Warum? Wegen Mittwoch?«

»Nein. Sie wollte dir nur sagen, dass sie Näheres über den Tod dieser Gutachterin, die du vertrittst, erfahren hat.« Er knallte den Probierlöffel auf die Arbeitsplatte, den Deckel auf den Topf, drehte sich um und schleuderte ihr entgegen: »Wie lange weißt du schon, dass sie die ermordete Joggerin ist?«

Hannah setzte sich an den Küchentisch, um Zeit zu gewinnen. Sie hätte damit rechnen müssen, dass er davon Wind bekommen würde, und sich eine Ausrede ausdenken sollen.

»Erst seit gestern«, bog sie die Wahrheit ein wenig zurecht. »Vorher bin ich überhaupt nicht dazu gekommen, mir die Akte gründlich anzuschauen. Auf den Namen der Gutachterin war ich noch gar nicht gestoßen.«

»Ach!« Mit lautem Getöse holte Jan einen Topf für Nudeln aus dem Schrank und füllte Wasser hinein. Es spritzte im weiten Umkreis um den Wasserkran. »Und warum hast du mir gestern Abend nicht erzählt, dass du in den Mordfall ›Liliane Ferst‹ verwickelt bist?«

»Sei doch nicht so aufbrausend! Ich habe überlegt, es dir zu sagen, aber du musst den Fall doch sowieso morgen abgeben. Dann hast du nichts mehr damit zu tun.«

Er ging einen Schritt auf Hannah zu und baute sich vor ihr auf. »Du weißt ganz genau, dass wir um jeden Anhaltspunkt in diesem Fall ringen. Dass Liliane Ferst als Gutachterin ihr Geld verdiente, war uns bisher entgangen.«

»Sie hatte erst vor kurzem mit dieser Honorartätigkeit begonnen. Die Aufträge bekam sie direkt von einem Richter am Vormundschaftsgericht. Möglicherweise wusste niemand in ihrer direkten Umgebung davon.«

»Kann sein. Auf jeden Fall ist dieser Sorgerechtsfall das letzte, womit sie sich beruflich befasst hat. Wir müssen der Sache nachgehen. Hast du schon mal darüber nachgedacht, dass irgendjemand, mit dem du in den letzten Tagen zu tun hattest, darin verwickelt sein könnte?«

Hannah blickte verlegen zur Seite.

»Was ist los?«

Sie schaute direkt in seine erwartungsvollen Augen. »Es gibt vielleicht jemanden, der ein Motiv hätte.«

Jan atmete tief aus und setzte sich an den Tisch. »Und zwar?«

»Tanja Grabkow, die Mutter des kleinen Roddy. Sie hat zwar behauptet, meine Vorgängerin habe ihr die Version des Falls geglaubt, die sie auch mir aufgetischt hat. Aber seit heute weiß ich, dass Liliane Ferst sich beim Jugendamt in Meschede nach der Familie erkundigt hat. Möglicherweise hatte sie ernsthafte Zweifel an der Erziehungsfähigkeit von Roddys Mutter und wollte ihr Gutachten dementsprechend abfassen.«

»Das könnte tatsächlich ein Motiv sein.« Jan stapelte gedankenverloren auf dem Tisch verstreute Zeitungsblätter. Die Falten parallel zu seiner Nase traten tiefer als sonst hervor.

»Tanja Grabkow will unter allen Umständen ihr Kind zurück. Außerdem ist nicht auszuschließen, dass noch mehr dahinter steckt.« Hannah berichtete von dem anonymen Hinweis auf Roddys Mutter. »Sie ist von heute auf morgen aus Meschede weggezogen. Das war bestimmt kein Zufall, sondern ist gängige Praxis bei Eltern, die ihre Kinder missbrauchen oder vernachlässigen. Sie flüchten Knall auf Fall in einen anderen Jugendamtsbezirk, sobald Behörden oder Kindergärten aufmerksam werden.«

»Unglaublich!« Jan schüttelte den Kopf. »Aber trotzdem halte ich es für wenig wahrscheinlich, dass sie als Täterin in Frage kommt. Woher soll sie gewusst haben, dass das Opfer täglich beim Joggen an dieser Bank vorbeikommt?«

»Von Liliane Ferst selbst. Sie hat allen möglichen Leuten ihr Hobby auf die Nase gebunden. Tanja Grabkow wusste sogar, dass die Ferst jedes Jahr am Teuto-Lauf teilnimmt. Die Adresse in Münster ist bestimmt leicht herauszubekommen. Womöglich hat sie einfach im Gebüsch an der Brücke auf sie gewartet.«

Jan strich die Zeitung glatt. »Es ist auf jeden Fall ein Ansatzpunkt. Ich werde das mit Gerrit besprechen. Ich denke, wir werden dieser Frau auf den Zahn fühlen. Sonst haben wir ja nichts. Außer diesem mysteriösen Radfahrer. Aber ich fasse es nicht, dass ich das erst jetzt von dir erfahre.«

»Der Typ am Kanal gestern? Was ist mit dem?«

»Er hat einen falschen Namen und eine fiktive Adresse angegeben.«

»Ziemlich verdächtig, oder?«

»Sieht so aus. Allerdings könnte alles Mögliche dahinter stecken: keine Lust auf Besuch von der Kripo wegen Hanfpflanzen auf dem Balkon oder ein nicht angemeldeter Untermieter oder einfach nur eine Aversion gegen die Bullen. Merkwürdig ist es aber schon.«

»Also versucht ihr weiter, ihn zu finden?«

»Auf jeden Fall. Ich bin heute Morgen noch einmal alle Zeugenaussagen durchgegangen. Der Anwohner, der Liliane Ferst gefunden hat, erwähnte einen Radfahrer, der ihn Minuten vorher fast über den Haufen gefahren hätte. Kann natürlich ein Zufall sein. Vielleicht aber auch nicht. Ich soll mich jedenfalls morgen an einem Phantombild versuchen, mit dem wir nach ihm fahnden können.«

»Ihr sucht doch immer noch nach dem möglichen Tathergang. Mir ist eingefallen, dass er beispielsweise einen Fahrradsturz vorgetäuscht haben könnte, um Liliane Ferst zum Anhalten zu bewegen.«

»Keine schlechte Idee. Klingt durchaus plausibel.«

»Musst du morgen eigentlich unbedingt ins Präsidium? Ich dachte, du feierst Überstunden ab.«

»Warum fragst du? Dein Dienst in der Beratungsstelle fängt doch erst übermorgen an.«

Hannah wappnete sich. Sie musste jetzt bestimmt klingen. »Ich brauche jemanden, der morgen auf Lasse aufpasst. Ich will nach Meschede fahren und diesem anonymen Hinweis nachgehen. Vielleicht finde ich heraus, von wem er stammt und erfahre nebenbei Dinge, die auch für euren Fall relevant sein könnten.«

»Wie stellst du dir das vor? Ich kann Lasse doch nicht ins Präsidium mitnehmen!«

»Und ich kann ihn nicht ins Sauerland mitnehmen! Gesine hat abgewunken, weil sie morgen eine Klausur schreibt. – Arbeite deinen Papierkram doch zu Hause ab und beschäftige Lasse irgendwie nebenbei. Das musste ich oft genug in den letzten Monaten tun.«

Jan stand auf und schüttete die Nudeln in den Topf mit dem kochenden Wasser. »Wie willst du denn überhaupt vorgehen? Die Leute im Mescheder Jugendamt wissen doch von nichts.«

»Das lass mal meine Sorge sein.«

Nur Lasses fröhliches Quietschen lockerte das Abendessen auf. Jan schwieg ausdauernd und ignorierte seinen Sohn und Hannah gleichermaßen. Während er spülte und die Küche aufräumte, brachte Hannah Lasse zu Bett. In Gedanken war sie schon auf dem Weg ins Sauerland. Mit Frank Doppheide.

Eine Viertelstunde später rief sie ihn an.

Dienstag, 14. Januar

Gegen halb neun

Lasse schien satt zu sein. Schon seit einer ganzen Weile nuckelte er genüsslich an der Flasche und schaute Hannah mit großen Augen an. Sie hielt ihn im Arm und vertiefte sich in seinen zufriedenen Gesichtsausdruck. Diese ruhigste Stunde des Tages war ihre gemeinsame Zeit zum Schmusen, Lieder-Summen und Erzählen.

Vorbei! Ab morgen würde sie ihren Sohn erst spätnachmittags sehen, wenn sie von der Beratungsstelle nach Hause kam. Traurigkeit überfiel sie von einem Moment auf den anderen.

Intensive Gefühle überfluteten sie – wie damals im Krankenhaus, einige Tage nach Lasses Geburt: die urplötzliche Gewissheit, eins zu sein mit dem winzigen Wesen in ihren Armen, es verteidigen zu wollen gegen alle Bösewichter dieser Welt. Nie hätte sie es für möglich gehalten, einmal so tief zu empfinden!

Wahrscheinlich bloß die Hormone, hatte sie sich später gesagt. Baby-Blues. Und doch: Wie seltsam es damals gewesen war, auch nur eine Stunde ohne Kind unterwegs zu sein.

Schmatzend ließ Lasse den Schnuller los und gluckste zufrieden vor sich hin. Seine Haare schimmerten genauso schwarz wie die seines Vaters noch vor zwei, drei Jahren. Mittlerweile war Jan mächtig grau geworden. Ganz besonders in den letzten Monaten.

Hannah schaute auf die Uhr. Sie musste sich umziehen. Ein guter Tag für die neue, grüne Strickjacke und das passende Shirt. Dazu die graue Jeans und schwarze Stiefeletten mit halbhohen Absätzen. Nicht gerade elegant, aber bequem.

Ihr Herz klopfte unangenehm heftig, als sie auf den Parkplatz des Antonius-Krankenhauses in der Nähe der Autobahn-Ausfahrt Münster-Hiltrup fuhr. Hier wollte sie sich mit Frank Doppheide treffen.

Vor dem Haupteingang zu dem wuchtigen Backsteinbau fand sie ohne Mühe eine Parkbucht. Von Doppheide war noch nichts zu sehen. Sie klappte die Sonnenblende mit dem Spiegel herunter: Die graue Strähne über der Stirn war wieder einmal bestens zu sehen. Eigentlich hatte sie ihre Haare vor dem morgigen Dienstbeginn in der Beratungsstelle noch tönen wollen, aber das aufwändige Gutachten hatte ihre Zeitplanung über den Haufen geworfen.

Sie zog ihre Lederhandschuhe aus und wuschelte gerade durch ihre dunklen Locken, als jemand an die Seitenscheibe klopfte. Frank Doppheide!

Schnell einigten sie sich, dass sie mit seinem Wagen weiterfahren würden, und Hannah nahm auf dem Beifahrersitz des dunklen Kombis Platz. Als er anfuhr, warf sie einen verstohlenen Blick zur Seite: Er trug wieder den blauen Pullover, heute mit einem gestreiften Hemd darunter, und dunkle Jeans. Die blonden Haare fielen ihm verwegen in die Stirn.

Hannah öffnete den Kragen ihrer Winterjacke, nestelte umständlich an ihrem Schal und stopfte ihn in die Umhängetasche zu ihren Füßen. Was sollte sie die ganze Fahrt über mit dem Mann reden?

»Ist Ihnen zu warm?«

»Ja, etwas.« Seine schmale, feingliedrige Hand drehte am Heizungsregler.

Winterlich blasse Wiesen glitten vorüber. Auf der Straße war viel los, Lkw-Kolonnen erforderten besondere Aufmerksamkeit.

»Ich fahre selten auf der Autobahn«, erläuterte Doppheide entschuldigend. »Hoffentlich bleibt das mit dem Verkehr nicht so. 75 Minuten Fahrtzeit zeigt das Navi an. Wenn denn alles glatt läuft.«

Nach wenigen Minuten hatten sie die Abfahrt Ascheberg erreicht. Flüchtig kamen Hannah ihre Jahre mit Steffen in den Sinn. Seit Lasses Geburt hatte sie ihre Schwiegereltern nicht mehr gesehen. Nur Steffens Bruder hatte ihnen gratuliert und hielt locker Kontakt.

»Wie kann man im Schatten solcher Giganten bloß leben?«, sagte Doppheide in ihre Gedanken hinein und nickte über seine linke Schulter, wo mittlerweile die monströsen Kühltürme eines Kraftwerks bei Hamm vor dem hellgrauen Himmel aufragten. »Für mich wäre das nichts.«

»Wahrscheinlich Gewohnheitssache«, meinte Hannah lakonisch. »Mein Mann ist ganz in der Nähe aufgewachsen. In Hamm-Herringen. Dort ist er auch begraben.«

Doppheides Blick streifte sie kurz. Konzentriert überholte er einen langen Sattelschlepper.

»Tut mir leid«, sagte er mit rauer Stimme, als er wieder eingefädelt hatte. »Das wusste ich nicht.«

»Herzinfarkt«, erklärte Hannah. »Er war praktischer Arzt. Wir haben in Herbern gewohnt.« Warum erzählte sie ihm das? Sie kannte diesen Mann doch gar nicht.

Eine leichte Anhöhe kündete den südlichen Rand der Münsterländer Bucht an. Das Ruhrgebiet mit seinen Industrieanlagen streckte sich vor ihnen aus. Endlose Lkw-Schlangen blockierten den rechten Fahrstreifen.

»Ich habe gestern noch recherchiert, in welchen Kindergarten Tanja Grabkows Tochter gegangen sein könnte. Es gibt zwei in dem Stadtteil«, sagte Doppheide, nachdem sie am Kreuz Unna auf die wesentlich weniger befahrene A 44 abgebogen waren. »Wir könnten es zuerst bei dem in der Nähe ihrer früheren Wohnung versuchen. Ich hoffe bloß, wir kommen zeitlich klar. Ich sollte auf jeden Fall gegen fünf zum Melken zurück sein. Nur gut, dass heute keine Kuh kalben dürfte.«

»Als Milchbauer sind sie eigentlich immer gefordert«, ermunterte Hannah ihn zum Weiterreden.

»Kann man so sagen. Im Winter ist es etwas ruhiger. Dann hat man Zeit, abends zu den Versammlungen der verschiedenen Vereine zu gehen, aber im Sommer arbeiten wir monatelang durch. Ob und wie lange wir bei Familienfeiern oder Festen in der Bauerschaft dabei sein können, richtet sich nach unseren Kühen. Und das alles für einen Verdienst, der dem Arbeitsaufwand nicht mal im Ansatz entspricht.«

»Die Milchpreise?« Hannah war erleichtert, endlich ein unverfängliches Thema gefunden zu haben.

Doppheide anscheinend auch. Er hielt einen Vortrag über die unberechenbar schwankenden Preise, die längerfristige Kalkulationen unmöglich machten. Mal gab es einen Aufschwung durch den Absatzmarkt in Fernost, dann ein Embargo wie gegen Russland, und schon zeigte die Absatzkurve wieder rasant nach unten.

»Das Höfesterben greift weiter um sich. In den letzten sechs Jahren hat in Nordrhein-Westfalen jeder vierte Milchviehbetrieb aufgegeben. Vor allem natürlich die kleineren. In unserer Bauerschaft betreiben die meisten die Landwirtschaft höchstens noch im Nebenerwerb. Ein bisschen Viehzeug für den Eigenbedarf, manche haben Pferde eingestellt für die reitverrückten Töchter. Das war's dann.«

»Und was passiert mit den Äckern und Wiesen?«

»Werden von anderen Hofbesitzern gepachtet oder gekauft, die sich ständig vergrößern.«

»Wie Ihr Nachbar Schulze-Breuning.«

»Zum Beispiel. Woher kennen Sie den?«

Hannah berichtete kurz von ihren beiden Begegnungen mit dem Großbauern.

»Sein Hof wird jedenfalls überleben, so wie der expandiert. Und den geeigneten Erben hat er auch«, sagte Doppheide.

»Sie klingen nicht sehr optimistisch.«

»Unser Leben ist schon hart. Und die Bürokratie macht es einem auch nicht gerade leichter. Aber warum jammere ich Ihnen etwas vor? Letztlich wollen die Verbraucher, dass Milch, Butter, Käse und Quark immer günstiger werden. Wenn die Discounter sich wieder einmal einen Preiskampf auf dem Rücken der Milchbauern liefern, jubeln die Kunden.«

Der mit Windrädern übersäte Haarstrang begleitete sie zur Rechten, linker Hand konnte Hannah ab und an einen atemberaubenden Blick zurück ins Münsterland werfen. Währenddessen redete Doppheide über zähe Verhandlungen um Futtermittelpreise, Knebelverträge mit Molkereien und die Abschaffung der Milchquote.

»Warum haben Sie dann den Hof überhaupt übernommen?«, warf sie ein, als sein Redefluss versickerte. Am liebsten hätte sie sich auf die Zunge gebissen. Was ging sie das an?

Sie waren mittlerweile bei Werl auf die A 445 abgebogen und ins Sauerland, das Land der tausend Berge, eingetaucht.

Bewaldete Hügel, tiefe, von gewaltigen Brücken überspannte Täler, hier und da Tunnel: eine völlig veränderte Landschaft.

»Meine Lebensplanung sah eigentlich ganz anders aus«, sagte Doppheide düster, als sie aus einem kurzen Tunnel auftauchten. »Ich war zufrieden mit meiner Arbeit in Wolbeck. Der Meister hatte schon überlegt, mir die Tischlerei zu überschreiben. Selbstverständlich war ich davon ausgegangen, dass mein Vater noch mindestens zehn Jahre oder länger leben und unseren Hof bewirtschaften würde. Damit hätte sich das Problem der Nachfolge von allein erledigt.«

»Wie meinen Sie das?«

»Mein Vater hat jahrzehntelang kaum investiert. Er kam zwar auch von einem Hof, aber die Landwirtschaft war überhaupt nicht sein Ding. Glücklich war er nur beim Schnitzen.«

Hannah blickte ihn von der Seite an. Frank Doppheides Lippen waren zusammengepresst. Ob ihm bewusst war, wie viel er gerade über sich selbst verraten hatte?

»Zehn Jahre später wäre der Hof sowieso am Ende gewesen. Aber als mein Vater so plötzlich starb, hat meine Mutter mich gedrängt einzuspringen, um das Familienerbe zu retten.«

»Also hat Ihr Vater in den Hof Ihrer Mutter eingeheiratet?«

»Ja, genau. Vater war der jüngste Sohn auf einem kleinen Milchviehbetrieb in der Nähe von Saerbeck. Meine Mutter hatte zwar einen Bruder, aber der ist als Kind gestorben. Somit hat sie unseren Betrieb geerbt.«

»Und sie brauchte unbedingt einen Ehemann, der von der Landwirtschaft etwas verstand.«

»In der Bauerschaft wird noch heute hinter vorgehaltener Hand darüber geredet, dass sie ihr Lebensglück für den Hof geopfert hat. Sie war angeblich in jemanden verliebt, der nicht passte.«

»Weil er kein Bauer war.«

»Genau. Also musste sie verzichten.«

Hannah schaute aus dem Fenster. Wie Britta Doppheide wohl zur Entscheidung ihres Mannes stand? Ob sie damit gerechnet hatte, Bäuerin auf einem Milchviehbetrieb zu werden? Doppheide zu fragen, wagte sie dann doch nicht.

Das erste Hinweisschild auf Meschede tauchte auf.

Gegen halb zwölf

Der St.-Benediktus-Kindergarten lag keine fünf Minuten von der Autobahnabfahrt entfernt. Sie hatten beschlossen, dass Hannah allein hineingehen sollte, weil das Auftreten einer Einzelperson unverfänglicher wirken würde.

Als sie aus dem Auto stieg, spürte sie die feucht-kalte Luft auf der Haut. Es musste deutlich kälter sein als in Münster. Ihre Handschuhe hatte sie in ihrem eigenen Wagen vergessen.

Im schmalen Grünstreifen vor dem Eingang lagen verharschte Schneereste, unter ihren Sohlen knirschte Schlacke auf den Gehwegplatten. Eine eingemauerte Tafel zeigte das Baujahr des unansehnlichen, flachen Putzbaus an: 1972.

Bevor Hannah auf den obligatorischen Klingelknopf drücken konnte, öffnete sich die Tür, und eine dunkelhaarige Frau in einem gesteppten Mantel erschien. »Kann ich Ihnen helfen?«, fragte sie kurz angebunden und musterte Hannah von Kopf bis Fuß.

Hannah erklärte ihr Anliegen und fragte nach der Leiterin der Tagesstätte. Die Frau zeigte keinerlei Regung. Ein Schlüsselbund klimperte leise in ihren Händen. »Das bin ich. Eigentlich wollte ich gerade dringende Besorgungen machen. Aber gut: Wie war der Name des Kindes noch mal?«

»Kimberley Grabkow«.

»Kommen Sie.«

Sie ging voraus in die kleine, kahle Halle. Von weihnachtlicher Dekoration wie in Bevergern keine Spur mehr. Ein verwaistes Bällebad mit bunten Plastikkugeln war der einzige Farbtupfer. Als sie den Raum durchquerten, öffnete sich eine Tür, und eine lange Schlange von pink ausstaffierten Mädchen tänzelte in Begleitung von zwei Erzieherinnen über den Flur. Und dabei hatte Hannah den Artikel über die »Pinkisierung der Mädchenwelt«, den sie kürzlich gelesen hatte, für übertrieben gehalten! Hier hatte sie den Beweis!

Im Büro der Leiterin nahmen sie Platz an einem für den Raum zu opulenten Schreibtisch. Vorgestellt hatte sie sich bisher nicht, aber Hannah hatte den Namen »Martina Bechterew« auf dem Türschild gelesen.

»Eine Sorgerechtsangelegenheit also.« Der Tonfall war anders als im Münsterland: Wie genau hätte Hannah auf Anhieb nicht sagen können. »Um Ihnen Auskunft geben zu können, müsste ich eigentlich eine offizielle Anfrage vom Jugendamt haben. Schließlich gilt in diesen Fällen die Schweigepflicht.«

Die schmalen Lippen der Frau waren zusammengepresst. Sonderlich erfreut schien Martina Bechterew nicht über Hannahs Ansinnen. Ihren Mantel hatte sie anbehalten und nicht einmal die Knöpfe geöffnet.

»Aber Kimberley Grabkow ist in Ihre Einrichtung gegangen?«, fühlte Hannah vorsichtig vor.

»Das schon, die genauen Daten muss ich allerdings nachschauen.« Schweigend erhob sich die Leiterin und musterte ausgiebig ein Regal mit Akten. Hinter ihrer rechten Ohrmuschel lugte ein graues Plättchen hervor. Ein Hörgerät! Bestimmt schwierig, beim üblichen Lärmpegel in einer Kita damit zurechtzukommen.

Mit Schwung zog Martina Bechterew schließlich einen Ordner heraus, blätterte eine Zeit lang, tippte auf einen Eintrag und sagte: »Sie war knapp ein Jahr lang bei uns angemeldet. Bis zum letzten April war sie in der roten Gruppe. Dann haben wir den Vertrag gekündigt.«

»Warum das?« Hannah wurde hellhörig.

»Das Kind ist nur sehr unregelmäßig gebracht worden. Wenn ich die Aufzeichnungen hier richtig deute, im Durchschnitt etwa alle zwei Wochen einmal.«

»Und wieso?«

»Besondere Gründe lagen nicht vor. Frau Grabkow war nicht berufstätig und lebte in ihrem eigenen Rhythmus – um es einmal vorsichtig zu formulieren. Anfänglich hat sie ihre Tochter nach Belieben irgendwann am Vormittag gebracht. Als wir ihr sagten, dass das nicht unseren Regeln entspricht, wurden die Anwesenheitslücken immer größer. In den letzten Monaten ist Kimberley gar nicht mehr gekommen. Ist alles hier dokumentiert.«

Sie überflog weitere Seiten und klappte den Deckel zu. »Ich erinnere mich recht genau, dass es Gespräche mit der Mutter gegeben hat. Sie hat mehrere Male versprochen, Kimberley regelmäßig zu bringen, sich aber nicht an die Absprachen gehalten. Irgendwann war der Zustand nicht mehr haltbar.«

»Vielleicht brauchte die Familie Hilfe?«

»Wir haben keinen Bedarf erkennen können.«

»In der Einrichtung in Bevergern ist durchaus aufgefallen, dass Kimberley keine regelmäßigen Mahlzeiten zu kennen scheint. Außerdem sorgt Frau Grabkow offensichtlich nicht dafür, dass ihre Tochter sich regelmäßig duscht.«

»Hier haben wir nichts gemerkt. Wenn sie zu uns kam, war sie jedes Mal wie eine Fremde – für die Kinder und für die Betreuer. Die Punkte, die Sie nennen, dürften zudem für das Jugendamt nicht wirklich relevant sein. Was glauben Sie, wie viele solcher Fälle ich in meinem Berufsleben erlebt habe.«

»Könnte ich jemanden sprechen, der näher mit der Familie Grabkow zu tun hatte?«

»Die damalige Gruppenleiterin ist im Erziehungsurlaub, die Zweitkraft war eine Berufspraktikantin von der Fachschule, die nicht mehr bei uns ist. – Frau Grabkow hat nicht verstanden, dass eine Kindertagesstätte kein Babysitter ist, den sie nach Belieben in Anspruch nehmen kann. Diese Einstellung finden wir nicht selten, gerade bei Familien, die keinerlei Elternbeiträge zahlen müssen, weil die von der Stadt übernommen werden.«

Die Leiterin stand auf und ging einen Schritt in Richtung Tür. »Wir haben eine enorme Warteliste für unsere Einrichtung. Es gibt Familien, die darauf angewiesen sind, möglichst umgehend eine Unterbringung für ihr Kind zu finden, damit beide Elternteile arbeiten können. Sie werden verstehen, dass wir nicht zulassen dürfen, dass Plätze unnötig blockiert werden. Mehr kann ich Ihnen wirklich nicht sagen, Frau Schmielink.«

»Wissen Sie etwas über Kimberleys Bruder Roddy? Haben Sie ihn einmal gesehen?«

»Das Mädchen hatte einen Bruder? Davon habe ich nie gehört. – Moment mal.« Die Leiterin klappte die Akte wieder auf. »Vermerkt ist das hier nicht. Ging er eventuell schon zur Schule?«

»Er wurde am 15. Januar letzten Jahres geboren.«

Martina Bechterew blätterte in ihren Unterlagen. »Kimberley ist fünf Tage vorher zum letzten Mal bei uns gewesen.«

An der Eingangstür verabschiedete sie sich. »Hängen Sie sich nicht zu sehr in die Sache rein, Frau Schmielink! Es dankt Ihnen niemand.«

»Ist ja auch bequemer, die Augen zu verschließen. Diese Frau hat bestimmt nicht das Jugendamt eingeschaltet. So etwas macht nur Arbeit und Ärger.« Frank Doppheide machte aus seiner Wut keinen Hehl. »Den Besuch hätten wir uns sparen können! Komplett umsonst.«

»Vielleicht war der Hinweis von einer Erzieherin aus der Gruppe, die nicht wollte, dass ihre Chefin davon erfährt«, sinnierte Hannah. »Aber das hilft uns jetzt auch nicht viel. – Wo machen wir weiter? Bei den Nachbarn?«

Doppheide richtete das Navi neu ein.

»Kennen Sie sich mit den Elternbeiträgen für Kindergartenplätze aus?«

Doppheide nickte. »Notgedrungen. Wegen meiner Nichte. Es stimmt, was die Leiterin gesagt hat. Es gibt Freigrenzen, bis zu denen man nichts zahlen muss. Carolin hat wochenlang lamentiert, weil sie mit ihrem Verdienst so gerade darüber liegt.«

»Und wie hoch ist der Elternbeitrag?«

»Pauschal kann man das nicht sagen. Das richtet sich nach den gebuchten Wochenstunden und ist gestaffelt nach Bruttoverdienst. Mittagessen und U-2-Betreuung kommen selbstverständlich extra.«

»Und was heißt das in Zahlen?«

»Kommt darauf an, wo Sie wohnen.«

»Die Beiträge sind nicht einheitlich?«

»Das war einmal. Inzwischen kann jede Kommune ihre eigenen Sätze festlegen – je nach Haushaltslage. Der Höchstbetrag liegt irgendwo knapp unter 500 Euro.«

»Pro Monat?«

»Klar. Für Einkommen im hohen fünfstelligen Bereich. Wenn Sie die Zahlen für Münster wissen wollen, müssen Sie nur im Internet nachsehen.«

Hannah merkte, wie ihr die Röte ins Gesicht stieg. Er hatte richtig geschlossen, dass sie ein persönliches Interesse hatte.

»Ich habe vorhin im Vorbeifahren eine Bäckerei gesehen. Wie wär's mit einem Kaffee?«, wechselte Doppheide abrupt das Thema.

Draußen wurden »Brötchen vom Meisterbäcker« angepriesen. Der anheimelnde Duft von frischen Backwaren erfüllte das Ladenlokal. Die einzige Kundin vor ihnen kaufte Brot und wechselte dann zur Aufschnitt-Theke, wo sie langwierig abwägte, von welchen Sorten sie kleinste Portionen benötigte. Hannah hatte derweil Zeit, die in der ausladenden Vitrine angebotenen Gebäckteilchen zu bewundern. Nur gut, dass sie vormittags üblicherweise keinen Appetit auf Süßes verspürte.

»Was darf es für Sie sein?« Das Gesicht der korpulenten Verkäuferin war stark gerötet. Die Hitze von den Backöfen schien ihr schwer zu schaffen zu machen, obwohl sie unter der Schürze mit dem Logo der Bäckerei ein kurzärmeliges Polo-Shirt trug.

»Ein Latte Macchiato, bitte. – Man muss schließlich die örtliche Milchwirtschaft unterstützen«, sagte Doppheide und grinste Hannah an. Sie bestellte Filter-Kaffee und eine kleine Flasche Wasser.

»Zum Mitnehmen?«

Sie verständigten sich per Blickkontakt. Es gab zwei Stehtische. Und es war warm. »Wir bleiben hier, danke.«

Wortlos begann die Verkäuferin, die Kaffeemaschine zu bedienen.

»Sagen Sie, kennen Sie eine Familie Grabkow?«, fragte Doppheide so beiläufig wie möglich. »Mutter und Tochter. Das Mädchen ist etwa fünf Jahre alt. Waren sie eventuell hier Kunden?«

Die Frau drehte sich abrupt um.

»Die Mutter ist knapp dreißig, wirkt aber älter. Rot gefärbtes, langes Haar, breites, blasses Gesicht«, fügte Hannah hoffnungsvoll hinzu.

»Die kenne ich. Leider!« Die Mundwinkel der Verkäuferin zeigten nach unten.

Irgendetwas piepste. »Einen Moment, bitte. Ich muss die Brötchen aus dem Ofen nehmen.«

Frank Doppheide raunte Hannahs ins Ohr: »Volltreffer!«

Gespannt beobachteten sie, wie die Frau sich unförmige Schutzhandschuhe überstreifte und geschickt die Backwaren vom heißen Blech in einen Drahtkorb schüttete. Dann wandte sie sich um.

»Die Grabkow hat hier eine offene Rechnung hinterlassen. Und die war nicht ohne!« Sie klang beinahe gehässig. Umständlich rieb sie ihre beschlagene Brille an der Schürze blank. »Sie hat dauernd anschreiben lassen. Anfänglich hat sie am Beginn des folgenden Monats bezahlt, später kam sie erst zur Monatsmitte mit dem Geld über, und am Ende hat sie schon mal einen Monat übersprungen. Die Summe, die sie schuldete, wurde immer größer.«

Sie fuhr fort, ihre Bestellung zu bearbeiten. »Der Chef war sauer und hat angeordnet, dass sie erst bezahlen soll, bevor sie neue Ware bekommt. Von da an hat sie das Kind geschickt. – Milch, Zucker?«

»Milch, bitte«, sagte Hannah.

Mit Schwung goss die Frau Kaffee ein, legte eine in Plastik eingeschweißte Milchportion hinzu und schaute auf. »Das

Mädchen hat Brot haben wollen. Mal ein Viertel Käse oder ein Päckchen Butter. Verstehen Sie? Ich kann doch einem hungrigen Kind nicht das Essen verweigern! Könnten Sie das?«

»Wahrscheinlich nicht«, murmelte Hannah erschüttert.

»Eines Tages kam auch das Mädchen nicht mehr. Ich habe mich dann umgehört. Irgendwer wusste, dass sie die Biege gemacht haben.«

»Ich finde es klasse, was Sie gemacht haben«, sagte Doppheide.

»Das sagen Sie mal meinem Chef! Auf mehr als 50 Euro bin ich am Ende sitzen geblieben.«

»Sie haben die Summe aus Ihrer eigenen Tasche bezahlt?«, fragte Doppheide entgeistert.

»Es blieb mir nichts anderes übrig. Schließlich wollte ich meinen Job behalten. – Bitte schön.« Sie hob die Kaffeetasse sowie das Glas mit dem Latte Macchiato auf die Theke, stellte eine kleine Wasserflasche und ein Glas daneben.

Die Ladenklingel ertönte, und zwei Bauarbeiter in Blaumännern grüßten jovial, als seien sie Stammkunden. »Und wissen Sie, was das Beste ist?«, flüsterte die Verkäuferin. »Die Grabkow hat jedes Mal fürchterlich nach Zigarettenqualm gestunken. Dafür hatte sie Geld genug. Aber nichts für ungut, woll?«

Sie überquerten die Bundesstraße. Mehrgeschossige Blocks und Hochhäuser ließen Hannahs Hoffnungen sinken. In der Anonymität eines solchen Viertels war mit brauchbaren Informationen nicht unbedingt zu rechnen.

Unter einer Stromtrasse meldete das Navi, dass sie am Ziel seien. Sie parkten direkt unter einem Hochspannungsmast. Hannah bemerkte, dass Tanja Grabkows Adresse zu den wenigen Einfamilien- und Doppelhäusern in der Straße gehörte, helle Putzbauten, meist mit Schieferdächern. Von gepflegt bis stark vernachlässigt war jede Kategorie vertreten. Die Schmalseite zeigte jeweils zur Straße, während die Fronten mit den größeren Fenstern dem Nachbarhaus direkt zugewandt waren. Sozialkontrolle müsste funktionieren, notierte Hannah im Kopf.

Sie probierten es zuerst im Doppelhaus direkt gegenüber von Tanja Grabkows früherem Domizil, doch niemand öffnete. Auch bei der Haushälfte nebenan und der Wohnung über Grabkows versuchten sie es vergeblich.

Schräg gegenüber hatten sie endlich Glück. Eine alte Frau mit eingefallenen Wangen und gelblich-weißen, in alle Richtungen abstehenden Haaren öffnete zügig auf ihr Klingeln. Vermutlich hatte sie sie bei ihrem Gang von Tür zu Tür beobachtet.

»Guten Tag, Frau Waltershoff.« Der Name stand gut leserlich auf dem Klingelschild. Hannah stellte sich vor, während Frank Doppheide im Hintergrund blieb.

»Guten Tag, junge Frau. Oh!« Frau Waltershoff hielt sich die Hand vor den Mund. »Entschuldigen Sie«, murmelte sie. »Habe meine Zähne gar nicht drin. Ich kann sie einfach nicht finden. Macht das was?«

»Kein Problem. Kann ja mal passieren.«

»Wollen Sie und Ihr Mann nicht reinkommen?«

»Wir haben nur ein paar Fragen, Frau Waltershoff.«

»Ach, so.« Sie klang enttäuscht.

»Es geht um Ihre ehemaligen Nachbarn ein paar Häuser weiter. Frau Grabkow und ihre Tochter.«

»Ach ja, die kenne ich. Das nette kleine Mädchen. Ich habe sie schon länger nicht gesehen. Wie heißt sie noch mal?«

»Kimberley.«

»Kimberley. Jetzt fällt es mir wieder ein.« Frau Waltershoffs Lächeln entblößte einen zahnlosen Oberkiefer. Hannah beschlich ein ungutes Gefühl. Verstohlen musterte sie die Kleidung der Frau: mehrere auffällige Flecken auf Pullover und dunklem Rock.

»Sie ist wirklich ein liebes Kind. Mag unsere Kirschen und Äpfel so gern. Wie heißt sie noch?«

»Kimberley.«

Hannah hörte hinter sich einen erstaunten Laut von Frank Doppheide.

»Sie kommt gar nicht mehr. Ob sie krank ist?« Frau Waltershoff sah bekümmert aus.

Hannah suchte Blickkontakt zu ihrem Begleiter. Das hatte wohl keinen Zweck. Sollten sie der Frau überhaupt erklären, dass die Grabkows gar nicht mehr nebenan wohnten?

Noch bevor sie eine Entscheidung treffen konnten, fuhr ein weißer Mittelklasse-Wagen in die Einfahrt. Ein fast glatzköpfiger Mann in den Sechzigern stieg aus, nahm mehrere Einkaufstüten aus dem Kofferraum und kam stirnrunzelnd auf sie zu.

»Guten Tag. Kann ich etwas für Sie tun?«

Hannah wiederholte ihr Anliegen.

Der Mann stellte ächzend seine Einkäufe ab. »Meine Frau brauchen Sie nicht zu fragen. Das lohnt nicht.«

Hannah zuckte zusammen. Zum einen, weil er deutlich jünger wirkte als seine Frau. Entweder der Altersunterschied zwischen den beiden war tatsächlich sehr groß, oder aber die Demenz hatte Frau Waltershoff vorzeitig altern lassen. Zum anderen war Hannah erschrocken über seinen barschen Ton, den seine Frau aber gleichmütig hinzunehmen schien.

»Irgendwann letzten Sommer sind sie weg«, erinnerte Herr Waltershoff sich in lapidarem Ton. »War kein Verlust, wenn

Sie mich fragen. Diese Göre klaute ständig Obst aus unserem Garten. Man musste höllisch aufpassen. Und die Mutter!« Er schnaubte. »Ihr Hartz-IV-Geld setzte sie in Zigaretten um und … Sie wissen schon …« Er deutete einen Schluck aus der Flasche an. »Typisch, wenn Sie mich fragen«, setzte er verächtlich hinzu.

»Wie hieß das Mädchen noch?«, fragte seine Frau.

»Haben Sie den Jungen mal gesehen? Roddy?«

»Einen Jungen gab es nicht.«

»Er war nur ein paar Monate alt, als die Familie weggezogen ist. Ein Säugling.«

»Nie gesehen.«

»Ein Baby«, sagte Frau Waltershoff mit verträumtem Lächeln.

Hannah war enttäuscht. Der Mann war keine große Hilfe. Wahrscheinlich war er mit der Betreuung seiner Frau dermaßen gefordert, dass er seine Umgebung kaum noch wahrnahm.

»Wir haben in Ihrer Nachbarschaft niemanden angetroffen. Wer könnte uns eventuell etwas über Tanja Grabkow sagen?«, versuchte sie es trotzdem.

»Weiß ich nicht. Die alte Frau im Stockwerk über dieser Schlampe ist im November gestorben. Die Wohnung steht immer noch leer. Unten ist ein junges Pärchen eingezogen. Man sieht die beiden kaum. Am ehesten könnte Ihnen Angelika Peters helfen. Die wohnt direkt gegenüber und ist von Natur aus neugierig.«

»Wir haben es bei ihr probiert, aber da öffnet niemand.«

»Wundert mich. Eigentlich ist sie immer zu Hause.«

»Ich habe vergessen, wie das Mädchen heißt«, jammerte Frau Waltershoff.

»Setz verdammt noch mal deine Zähne rein!«, herrschte ihr Mann sie an. »Und vollgekleckert hast du dich auch schon wieder!«

Frank Doppheide schien ernüchtert. »So kommen wir nicht weiter. Sollen wir nicht zum Jugendamt hier gehen?«

»Was soll das bringen? Die wissen doch von gar nichts! Noch bevor sie auf den anonymen Hinweis reagiert haben, war Tanja Grabkow von der Bildfläche verschwunden.«

Hannah verstummte. Der böige, nasskalte Wind ließ sie frösteln, sie vermisste ihre Handschuhe schmerzlich. Die schmutzig grauen Häuserfassaden, der bleierne Himmel, die Atmosphäre in diesem Stadtviertel drückten auf ihre Stimmung. Was sollten sie hier noch?

»Wir könnten eine Weile irgendwo warten. Eine Stunde oder zwei. Möglicherweise ist dann jemand zu Hause.« Eindringlich schaute Doppheide sie an. »Kommen Sie! Wenigstens auf eine heiße Suppe. Die wird Ihnen gut tun.«

Hannah achtete kaum auf die Umgebung. Die warme Heizungsluft im Auto ließ Finger und Füße ein wenig auftauen.

Es ging bergab in den Ort: Industrieanlagen, Autohäuser, Hinweisschilder auf eine Moschee und die Abtei Königsmünster. Dann eine große Brücke. Bei der ungemütlichen Witterung war kaum jemand unterwegs. An einer T-Kreuzung schien ihr Begleiter unschlüssig und studierte die Wegweiser, bis jemand hinter ihnen hupte. Doppheide gab Gas und bog ab.

Es ging wieder bergan, wurde grüner, dann eine Haarnadelkurve und eine weitere Kehre. Doppheide fuhr jetzt zielstrebig.

»Wo wollen Sie eigentlich hin?«, fragte sie.

In dem Moment bog er auf einen Parkplatz ab. Sie mussten mehrere Runden drehen, bis sie zwischen den meist teuer wirkenden Autos mit Kennzeichen aus ganz Deutschland einparken konnten. »Seeblick-Hotel« war über dem Eingangsportal des Sterne-Hotels zu lesen.

Zum Restaurant ging es über eine Treppe mit schmiedeeisernen Geländern in die erste Etage. Unschlüssig schaute Hannah sich um. Der gänzlich unbesetzte Raum brillierte mit einer Einrichtung im Charme der Sechzigerjahre. Die mit Damast und Stoffservietten eingedeckten Tische verstärkten Hannahs Unbehagen.

»Kann ich den Herrschaften helfen?« Ein Kellner in dunkler Weste über weißem Hemd.

»Wir möchten nur eine Kleinigkeit essen.«

»Dann empfehle ich Ihnen unseren Wintergarten. Von dort haben Sie eine herrliche Sicht auf den See und unseren Segelhafen.«

Minuten später klappte Hannah die Speisekarte zu: Kraftbrühe. Das klang passend. Von ihrem Fensterplatz sah sie tatsächlich ein Stückchen graue Wasseroberfläche und im Hintergrund dunkle Wälder.

»Das Hotel wirkt wie ausgestorben, obwohl der Parkplatz voll ist. Wer macht denn zu dieser Jahreszeit Urlaub im Sauerland?«, plauschte Doppheide.

»Ich könnte mir vorstellen, dass irgendwelche Firmen hier tagen. Wahrscheinlich liegen jetzt alle nach einem üppigen Mittagessen auf dem Ohr.«

»Möglich.« Frank Doppheide schaute hinaus. Der Wind hatte zugenommen. Wolkenberge in unterschiedlichsten Grautönen schoben sich von Westen her übereinander, die Wasseroberfläche kräuselte sich.

Der Kellner brachte ihre Suppe. »Ich hätte gern noch einen Caesar's Salad«, ergänzte Hannah ihre Bestellung spontan.

Frank Doppheides volle Lippen verzogen sich zu einem Lächeln. Er hatte von vornherein ein Schweinefilet bestellt.

»Plötzlich habe ich Appetit«, erklärte Hannah und erwiderte sein Lächeln. Sie fühlte sich mit einem Mal besser. Warum, hätte sie nicht sagen können.

»Sie waren vermutlich vorhin viel zu angespannt, um Ihren Hunger zu spüren.« Sein Blick war auf sie gerichtet, während sie vorsichtig über ihre heiße Brühe pustete.

»Finden Sie es nicht merkwürdig, dass niemand von Roddy zu wissen scheint?«, sinnierte Frank Doppheide.

»Doch«, gab Hannah zu. Sie knöpfte ihre Strickjacke auf. Der Wintergarten war völlig überheizt, und die Suppe tat ihr Übriges. »Aber irgendetwas muss hier passiert sein. Warum sollte Roddy sonst erbärmlich schreien, sobald seine Mutter in seine Nähe kommt?«

Doppheide fuhr sich mit der Hand durchs Haar, eine Geste, die Hannah schon öfter bei ihm beobachtet hatte. »Dass Tanja Grabkow ihr Geld in Zigaretten und Alkohol umsetzte, anstatt ihre Tochter vernünftig zu ernähren, ist schlimm genug, hilft uns aber überhaupt nicht.«

Hannah seufzte. Er hatte recht.

»Sie nehmen sich die Sache sehr zu Herzen«, sagte Doppheide unvermittelt. Hannah schaute auf, direkt in seine blauen Augen.

»Mein Sohn ist ungefähr im selben Alter wie Roddy«, antwortete sie ohne nachzudenken.

»Ich habe so etwas vermutet.« Seine Stimme! Warm und verständnisvoll.

Hannah räusperte sich. »Ich wollte den Fall zunächst gar nicht übernehmen. Dachte, ich hätte nicht genug Abstand.

Habe ich ja irgendwie auch nicht. Nicht gerade professionell.«

»Sie fühlen eben mit. Andere machen ihren Job, empfinden überhaupt nicht, dass sie über Schicksale von Menschen, von Kindern entscheiden.«

»Manchmal wäre es mir lieber, ich könnte alles leichter nehmen.«

»Ich finde, Sie machen das toll.«

Er hielt ihren Blick. Hannah fühlte, wie sie errötete.

Der Kellner brachte Frank Doppheides Filet. Er probierte die Pommes Frites und schaute sich suchend um. Sie reichte ihm den Salzstreuer, ihre Hände berührten sich einen kurzen Moment.

Hannah war plötzlich heiß. »Ich verschwinde mal kurz«, räusperte sie sich.

Die kühle Luft im Flur ließ sie aufatmen. Am Ende eines langen Gangs fand sie die Damentoilette.

Beim Händewaschen schaute sie in den Spiegel. Ihre Wangen waren gerötet, das Haar vom Wind zerzaust. Sie war nicht unzufrieden mit ihrem Anblick. Das kräftige Grün der Strickjacke stand ihr ausnehmend gut.

Eine junge Frau betrat den Waschraum, befeuchtete einen Finger und bearbeitete einen für Hannah unsichtbaren Flecken auf ihrem dunklen Business-Kostüm.

Sekunden später wurde Hannah bewusst, dass sie die schulterlangen, dunklen Haare der Frau anstarrte, die Hannah nicht eines Blickes würdigte und den Raum wortlos verließ. Sie ähnelte Frank Doppheides Frau.

Hannah hielt die Hände unter den Kran und schlug sich Wasser ins Gesicht, Tropfen fielen auf ihr T-Shirt. Hektisch griff sie nach einem Papierhandtuch.

Ihr Salat stand auf dem Tisch. Wortlos setzte sie sich, bemüht, möglichst Abstand zu Frank Doppheide zu halten und löffelte den inzwischen lauwarmen Rest ihrer Suppe. Doppheide spießte sein letztes Stück Fleisch auf. Der schmale goldene Ehering blitzte an seinem schlanken Finger.

»Schauen Sie mal! Ein Stück Himmel!«

Tatsächlich war in einer Lücke zwischen zwei ausgefransten Wolken leuchtendes Blau zu sehen. Die rasch dahin fliegenden Gebilde drifteten auseinander, einige Sonnenstrahlen ließen den See glitzern.

Frank Doppheide schaute auf seine Uhr. »Sollen wir noch einen kleinen Gang zum See machen, wenn Sie Ihren Salat verputzt haben?«

Sie ließen die im Sommer sicher recht idyllische Gartenanlage hinter sich und schlugen einen schmalen Pfad am Ufer entlang ein. Wenige Minuten später hatten sie die mächtige Staumauer aus grauen Steinquadern erreicht.

Auf einer stählernen Aussichtsplattform standen sie Seite an Seite, nur wenige Zentimeter voneinander getrennt, und schauten auf weißgraue Häuser und die umgebenden Hügel. Die Siedlung, in der Tanja Grabkow mit ihren Kindern gewohnt hatte, sah man allerdings nicht. Zu ihren Füßen führte eine schnurgerade, rostige Treppe zu einem Flüsschen.

»Was für ein gewaltiger Bau! Diese Staumauer wirkt unverwüstlich«, rief Hannah aus.

»Sagen Sie das nicht! Wenn die Alliierten sich 1943 auch den Hennesee vorgenommen hätten, wären wohl die meisten Menschen in Meschede umgekommen.«

Hannah schaute ihn fragend an. »Rollbomben«, erklärte er. »Von den Engländern speziell für die Zerstörung von Staumauern entwickelt. Am Möhnesee und am Edersee gab es mehr als 2000 Tote durch die Flutwellen.«

»Mein Gott! Warum hat man das gemacht?«

»Um die Moral der deutschen Bevölkerung aufzuweichen. Hat aber wohl nicht funktioniert.«

Ein Windstoß ließ sie erschauern. »Unglaublich, was Menschen im Krieg einander antun können!«

»Nicht nur im Krieg«, seufzte Doppheide. »Dagegen gibt es wohl nur ein Mittel.« Er schaute ihr direkt in die Augen.

Ein letztes Bündel Sonnenstrahlen fiel auf den Wasserspiegel des Sees, bevor sich die Wolkendecke wieder schloss.

Viertel nach zwei Uhr

Die Nachbarin gegenüber war immer noch nicht zu Hause. Auch bei Tanja Grabkows Nachmietern klingelten sie vergeblich. Verstohlen warf Hannah einen Blick durchs Fenster in ein aufgeräumtes, schlicht eingerichtetes Wohnzimmer. Allerdings machte das alles wenig Sinn, denn das junge Pärchen, von dem der Nachbar gesprochen hatte, kannte Tanja Grabkow aller Wahrscheinlichkeit nach nicht einmal.

Ihr Trip ins Sauerland war ein kompletter Reinfall, aber noch wollte sich das keiner von ihnen offen eingestehen.

Eine ältere Frau näherte sich aus Richtung Innenstadt. Während sie die Straße querte, warf sie einen interessierten Blick herüber. »Keiner da. Sind beide auf Arbeit. Kann ich helfen?«

»Wir suchen jemanden, der die Familie Grabkow kannte«, antwortete Hannah.

Die Frau kam näher. Ihre beige Jacke war schon länger getragen, die Dauerwelle aus den ergrauten Haaren herausgewachsen.

»Tanja Grabkow? Die ist weg. Keine Ahnung wohin. Aber ihr Vermieter wüsste es bestimmt gern.«

»Was meinen Sie damit?«

»Hat ihn eine schöne Stange Geld gekostet, die Räume wieder herrichten zu lassen. Abgerissene Tapeten, von Zigarettenkippen verschandelter Teppichboden, ein vermüllter Keller. Er hat ein Spezial-Reinigungsunternehmen anheuern müssen. Von den Mietrückständen ganz zu schweigen. Der Mann war ziemlich bedient.«

»Sie sind Frau Peters?«

»Ganz recht. Woher wissen Sie ...«

»Hatten Sie Kontakt zu dem Mädchen? Kimberley?«

Angelika Peters schaute sie entgeistert an. »Kommen Sie wegen der Kinder?«

»Ja.«

Sie seufzte tief. »Endlich tut sich was! Kommen Sie!«

Sie saßen in einem makellos aufgeräumten Wohnzimmer mit allerlei Nippes, Deckchen und Kissen. Die alte Standuhr aus dunklem Holz gefiel Hannah.

»Da haben Sie aber Glück, dass Sie mich angetroffen haben«, sagte Angelika Peters. »Ich war in der Stadt und habe meinen Mann im Krankenhaus besucht. Er hatte letzte Woche einen leichten Schlaganfall, aber es geht ihm schon besser. – Tja. Eine traurige Geschichte war das mit dem Mädchen.« Sie sah bedrückt aus.

»Inwiefern?«

»Haben Sie den kleinen Spielplatz bei den Hochhäusern gesehen? Sind nur ein paar Meter von hier. Wie würden Sie es nennen, wenn eine Vierjährige den ganzen Tag dort zubringen muss?«

»Aber warum denn?«

»Weil sie nicht nach Hause durfte! Ich habe sie selbst gefragt, als es eines Tages schon fast dunkel war und die älteren Kinder alle längst gegangen waren. ›Ich muss draußen bleiben, bis die Straßenlaternen angehen‹, hat sie mir geantwortet.«

Frank Doppheide stöhnte auf.

»Dass Eltern die Aufsichtspflicht für ihre Kinder haben, interessierte Tanja Grabkow absolut nicht. Ich möchte lieber gar nicht wissen, wie die Elf-, Zwölfjährigen, die dort herumlungerten, Bier tranken und Zigaretten rauchten, mit Kimberley umgegangen sind!«

Frau Peters rang ihre Hände. »Das war aber längst nicht alles. Wenn ich nur an Kimberleys verfaulte Zähne denke! Oder wie sie in Mülltonnen nach Essbarem wühlte! Es war schwer zu ertragen, aber mein Mann hat immer gesagt: Das geht uns nichts an. Daran habe ich mich gehalten. Bis ich eines Tages das entsetzliche Wimmern eines Babys gehört habe.«

Hannah sah aus dem Augenwinkel, wie Frank Doppheide sich kerzengerade aufrichtete.

»Das muss Roddy gewesen sein«, sagte Hannah.

»Ich weiß nicht, wie das Kind hieß. Ich wusste bis zu dem Tag, als ich unsere Schlafzimmerfenster geputzt habe, nicht einmal, dass Frau Grabkow noch ein Kind bekommen hatte. Ich glaube, davon hatte niemand hier eine Ahnung.«

Hannah musste schlucken. »Keiner hat Frau Grabkows Schwangerschaft bemerkt?«

»Sie ist ja ziemlich korpulent. Ich schätze, das Kind ist irgendwann im Winter zur Welt gekommen. Wahrscheinlich hat sie ihren Zustand unter weiten Jacken und Mänteln verbergen können. Jedenfalls ist in der Nachbarschaft nicht darüber gesprochen worden.«

Frank Doppheide räusperte sich. »Und woher wissen Sie, wann das Kind geboren wurde?«

»Ich habe es mir zusammengereimt, als ich das Weinen gehört habe. Mir war sofort klar, dass es sich um einen Säugling von höchstens einigen Wochen handeln musste. Das hört man ja. Außerdem hatte ich Kimberley länger nicht draußen gesehen. Weder auf dem Spielplatz, noch auf der Straße.«

»Ich verstehe nicht ganz.«

Angelika Peters holte tief Luft. »Dazu muss ich ein bisschen ausholen.« Sie hielt ihre Hand einen kurzen Moment vor den Mund, ließ sie sinken und fuhr fort: »Mein Mann hat Tanja Grabkow mehrmals in der Stadt gesehen. In ... wie soll ich sagen ... unpassender Begleitung. Ich weiß nicht, ob es Obdachlose waren. Jedenfalls aber Männer, die keine Arbeit haben und sich ihre Zeit mit Trinken vertreiben. Früher fand man sie meistens auf dem Platz vor der Stadthalle, aber seitdem das Henne-Ufer neu gestaltet worden ist, treffen sie sich am Busbahnhof.«

»Und Tanja Grabkow hatte sich diesen Männern angeschlossen?«

»Mein Mann kommt auf dem Weg zur Arbeit dort vorbei und hat sie fast jedes Mal gesehen. Selbst Regen und Kälte scheinen diesen Leuten nichts auszumachen.«

»Diese Gelage sind vermutlich der Grund, warum sie Kimberley so unregelmäßig zum Kindergarten gebracht hat«, warf Frank Doppheide ein. Er klang sarkastisch. »Garantiert war es ihr lästig, das Mädchen zu einer bestimmten Zeit abholen zu müssen, und eine Alkoholfahne wäre dort sicher nicht gut angekommen.«

»Könnte sein, dass einer dieser Kerle der Vater des kleinen Jungen ist«, mutmaßte Angelika Peters.

»Wer weiß«, murmelte Hannah. Eine Einzelheit aus ihrem

Gespräch mit Roddys Mutter kam ihr in den Sinn. »Hat einer der Männer Tanja Grabkow öfter besucht?«

Angelika Peters dachte einen Moment nach. »Jetzt, wo Sie es sagen ... Anfangs war da so ein spindeldürrer Kerl, kleiner als sie. Er ging so oft ein und aus, dass ich eine Zeit lang dachte, er sei ihr Mann. Aber nach einigen Monaten habe ich ihn nicht mehr gesehen. Er war mir inzwischen komplett entfallen.«

Also hatte Roddys Mutter in diesem Punkt anscheinend die Wahrheit gesagt. Der Vater ihrer Kinder hatte sich »verdünnisiert«.

»Tanja Grabkow war meistens den ganzen Tag über bei diesen Leuten«, fuhr Frau Peters fort. »Kimberley hat sie unterdessen auf die Straße geschickt, damit sie zu Hause keinen Blödsinn machen kann, Tapeten bemalen oder abreißen oder was weiß ich. Womit soll sich ein kleines Kind denn beschäftigen, wenn die Mutter es stundenlang allein lässt?«

Allmählich ahnte Hannah, worauf Angelika Peters hinaus wollte. »Und eines Tages war Kimberley nicht mehr draußen.«

»Genau. Ich dachte schon, ihre Mutter wäre zur Vernunft gekommen. Dass etwas anderes dahinter steckte, wurde mir erst bewusst, als ich dieses Wimmern von gegenüber gehört habe.«

»Sie musste auf Roddy aufpassen«, schlussfolgerte Doppheide. »Weil die Grabkow sich wieder mit diesen Männern in der Stadt rumtrieb.« Seine Hände ballten sich zu Fäusten.

»Mein Mann hat mir das bestätigt. Kimberley musste wahrscheinlich den ganzen Tag lang ihren Bruder hüten. Sie war es wohl, die ihn gefüttert, gewickelt und gebadet hat. Stellen Sie sich das vor! Sie ist doch selbst noch so klein!«

Eine Zeit lang sagte niemand etwas.

»Der anonyme Hinweis ans Jugendamt kam von Ihnen«, vermutete Hannah.

Frau Peters nickte. »Irgendwann im Sommer habe ich es nicht mehr ausgehalten. Die Vorstellung, was diese Frau ihren beiden Kindern antat, war zu schrecklich. Aber dann habe ich die ganze Sache vermasselt.«

»Wie meinen Sie das?«

Angelika Peters schlug kurz die Hände vor das Gesicht. »Ein paar Tage nach meinem Anruf beim Jugendamt habe ich im Vorgarten gearbeitet. Auf einmal stand die Grabkow vor mir und keifte mich an, ob ich ihr die Fürsorge auf den Hals gehetzt hätte. Das kam so gänzlich ohne Vorwarnung, dass ich zu verdattert war, um es glaubhaft zu leugnen. ›Dachte ich mir doch!‹, hat sie geschrien. Ich hätte ja sowieso den ganzen Tag nichts anderes zu tun, als unbescholtene Bürger auszuspionieren. Und dann hat sie davon gefaselt, dass sie mich anzeigen wolle wegen übler Nachrede.«

»Hatten die vom Jugendamt ihre Kontrolle etwa vorweg angekündigt?«, warf Doppheide entsetzt dazwischen.

»Muss wohl. Jedenfalls bin ich in meiner Wut herausgeplatzt, dass ich hoffte, man würde ihr die Kinder wegnehmen. Darauf könnte ich lange warten, war ihre höhnische Antwort. Diese Tussis vom Jugendamt würden nichts in ihrer Wohnung finden. Ich habe erst am nächsten Tag begriffen, was sie damit meinte.«

Sie zupfte an den Fransen des Häkel-Deckchens auf dem Wohnzimmertisch. »Es war ein Samstag. Mein Mann und ich sind spät aufgestanden, weil wir am Abend zuvor eingeladen waren. Mir geht es meistens nicht besonders gut, wenn ich Alkohol getrunken habe. Als ich das Frühstück machte, sah ich durch das Küchenfenster einen weißen Kastenwagen vor ihrem Haus. Ich dachte noch flüchtig, dass sie Möbel gekauft hat, eine Wiege für das Baby vielleicht oder einen Wickeltisch, damit das Jugendamt nichts zu beanstanden hat. Als ich eine Stunde später wieder in die Küche kam, war der Wagen weg. Ich habe weder Kimberley noch ihre Mutter wiedergesehen.«

Nur das Ticken der Standuhr war zu hören. Mehrere Sekunden vergingen.

»Wieso sagten Sie vorhin, dass Sie *anfangs* diesen Mann bei Tanja Grabkow gesehen hätten?« Frank Doppheide hatte sich als Erster wieder gefangen. »Wie lange wohnte die Familie denn insgesamt gegenüber?«

»Sicher nicht länger als ein gutes Jahr, maximal anderthalb.«

Hannah und Frank Doppheide schauten sich überrascht an.

»Frau Peters, wären Sie bereit, Ihre Beobachtungen vor einem Vormundschaftsrichter zu wiederholen?«

»Das müsste ich zuerst mit meinem Mann besprechen.«

Frank Doppheide saß am Steuer und wirkte angespannt. Wortlos waren sie nach dem Gespräch mit Angelika Peters in seinen Kombi gestiegen. Auf dem Weg zur Autobahn hing Hannah ihren Gedanken nach.

Kimberley hatte ihrem Bruder also die Mutter ersetzt. Ein fünfjähriges Mädchen! Kein Wunder, dass auf den Fotos aus dem Ibbenbürener Krankenhaus Ekzeme auf Roddys Haut zu sehen waren. Das Mädchen hatte sicher einiges falsch gemacht beim Wickeln. Womöglich hatte Tanja Grabkow nach der Geburt des Jungen sofort abgestillt und ihrer Tochter das Füttern überlassen. Den akuten Brech-Durchfall kurz nach dem Umzug der Familie nach Bevergern sah Hannah nun in einem völlig anderen Licht.

Ob Roddys Angst vor seiner Mutter noch andere Gründe hatte? Wahrscheinlich hatte sie ihn angeschrien, vielleicht sogar unsanft angefasst, aber körperliche Züchtigung war ihr vermutlich nicht nachzuweisen. Das Unfassbare war vielmehr Tanja Grabkows unglaubliche Gefühlskälte ihren Kindern gegenüber.

Sie durchquerten einen kurzen Tunnel. Als sie wieder in das Tageslicht hineinfuhren, machte der Wagen plötzlich einen Schlenker. Geistesgegenwärtig lenkte Doppheide sofort gegen und rieb sich mit einer Hand die Augen.

»Frank, ist Ihnen nicht gut? Sollen wir eine Pause machen?«

Er schüttelte den Kopf. »Geht schon. Ich muss rechtzeitig zurück sein.«

»Die Schilderungen von Frau Peters sind Ihnen ziemlich nahe gegangen, nicht wahr?«

Er umklammerte das Lenkrad. Die Haut um die Knöchel trat weiß hervor. »Warum haben solche Leute überhaupt Kinder?« stieß er zwischen zusammengepressten Zähnen hervor: »Wegen des Geldes? Kindergeld, Elterngeld, Betreuungsgeld und was weiß ich alles? Hat sie deswegen noch ein Kind bekommen?«

Hannah schwieg. Er musste Dampf ablassen. Aber so abwegig war der Gedanke nicht. Kimberley war schon fast fünf gewesen, als Roddy geboren wurde. Seitdem Unter-Dreijährige einen Rechtsanspruch auf einen Kindergarten-Platz hatten, verlangte das Sozialamt sehr viel früher, dass alleinerziehende Müttern wieder arbeiten gingen, um ihren Lebensunterhalt zu verdienen. Und dazu hatte Tanja Grabkow vermutlich keine Lust gehabt. Es war aber ebenso gut möglich, dass sie vollkommen ungeplant schwanger geworden war und es gleichgültig hingenommen hatte.

»Diese Frau weiß genau, was ihr blüht, wenn man ihr auf die Schliche kommt. Sobald irgendwer Verdacht schöpft, packt sie Hals über Kopf ihre Sachen, hinterlässt haufenweise unbezahlte Rechnungen und zieht in den nächsten Jugendamtsbezirk in der Hoffnung, dass sie dort eine Weile unbehelligt ihr feines Leben weiterführen kann. Und wissen Sie, was das Schlimmste ist?« Er stockte, bis er einen Lkw überholt hatte, der eine Steigung hinaufkroch. »Dass die Behörden ernsthaft in Erwägung ziehen, Roddy zu seiner so genannten Mutter zurückzuschicken.«

Hannah blickte zur Seite: blasse Haut, die Lippen ein schmaler Strich, der vor unterdrückter Wut mahlende Kieferknochen. Es gab ihr einen Stich, ihn so zu sehen. Er litt. Sogar sehr.

Das Hinweisschild auf das Autobahn-Kreuz »Werl« tauchte auf. Das Sauerland lag schon fast hinter ihnen.

Sie konnte sich so gut in ihn hineinversetzen! Vielleicht hatte Tanja Grabkow selbst als Kind schmerzliche Erfahrungen durchlitten, die sie jetzt an ihre Tochter und ihren Sohn weitergab. Man konnte Erklärungen finden, sicher! Vielleicht hätte Roddys Mutter viel eher Unterstützung haben müssen. Aber sich nur einen einzigen Moment lang vorzustellen, Lasse müsste bei einer solchen Frau leben, ließ Hannah frösteln.

Sie bogen auf die A 44 ein und reihten sich in den zähfließenden Verkehr ein. Plötzlich leuchteten die Rücklichter der vorausfahrenden Wagen rot auf. Sofort bremste Doppheide und drückte auf den Knopf für das Warnsignal. »Verdammt!« Er warf einen hastigen Blick auf seine Armbanduhr und stellte das Radio an. »Kurz vor vier«, murmelte er. »Mal hören, wie lange das hier dauern soll.«

Während sie auf die Verkehrsnachrichten warteten, klopfte er nervös mit den Fingern auf seine Oberschenkel. Hannah wandte schnell den Blick ab.

»Und nun die Wettervorhersage für die nächsten Tage: Es wird nasskalt und unbeständig. Am Freitag überquert uns der Sturmausläufer eines Atlantiktiefs mit Windgeschwindigkeiten von bis zu 120 Kilometern im Flachland und Orkanböen in den Mittelgebirgen.«

»Das fehlte gerade noch«, presste Doppheide angespannt hervor.

Konzentriert lauschten sie auf die zahlreichen Staus ab drei Kilometern Länge, aber die A 44 wurde nicht erwähnt.

Als die Autokolonne gänzlich zum Stillstand kam, langte Doppheide nach hinten, um sein Handy aus der Jacke zu fischen. Dabei berührte er versehentlich Hannahs Schulter. Unauffällig rückte sie ein Stückchen ab, während sie dem kurzen Gespräch mit seiner Frau zuhörte, in dem er seine Verspätung ankündigte. »Sag Carolin, sie soll schon anfangen mit dem Melken. Dann kann sie sich endlich mal richtig austoben. Ich mache den Rest.«

In Gedanken versunken verstaute Doppheide das Handy. »Ich darf meiner Frau nicht erzählen, was wir heute erfahren haben«, sagte er mit belegter Stimme. »Jedenfalls nicht in allen Einzelheiten. Britta würde das nicht verkraften. Nicht nach dem, was wir mit Michelle erlebt haben.«

»Ihre Schwester hat angedeutet, dass mit dem Mädchen etwas Schlimmes passiert ist«, erinnerte Hannah sich.

»Michelle war schon fast drei, als sie zu uns kam. Ihre Mutter hatte sie freiwillig in Pflege gegeben, weil sie selbst an starken Depressionen litt und in stationäre Behandlung musste. Michelle war fast ein Jahr bei uns. Eine Zeit lang hieß es, sie solle ganz bleiben.« Doppheide schluckte. »Aus heiterem Himmel wollte die Mutter das Kind zurück. Laut ärztlichem Gutachten war sie geheilt und galt als erziehungsfähig. Britta hat das nie geglaubt.«

»Wieso nicht?«

»Es gab einige Treffen zur Wiederanbahnung der Beziehung zwischen Mutter und Tochter. Es fiel nichts Dramatisches vor, kein Geschrei wie gestern bei Roddy, aber die Frau war seltsam unbeteiligt, freute sich nicht wirklich auf das Kind. Britta hat immer wieder davor gewarnt, ihr Michelle zurückzugeben. Niemand hat auf sie gehört. Nur zwei Tage, nachdem wir unsere Pflegetochter abgeben mussten, kam es zur Katastrophe. Sie hat Michelle erstickt und dann Schlaftabletten genommen.«

Hannah atmete tief ein.

»Britta fiel in ein tiefes Loch, aus dem sie monatelang nicht herauskam. Als das Jugendamt eines Tages anfragte, ob wir bereit wären, einen Jungen in Bereitschaftspflege zu nehmen, war ich nicht sicher, ob das eine gute Idee war. Aber man hat uns Hoffnung gemacht, dass Roddy eventuell auf Dauer bleiben könnte, weil er in einem so erbärmlichen Zustand war. Heute glaube ich eher, dass sie auf die Schnelle nicht wussten, wohin mit ihm.«

Er umklammerte wieder das Lenkrad. »Ich hätte mich gar nicht darauf einlassen sollen! Aber Britta blühte auf, sobald der Junge bei uns war. Eine andere Chance hatten wir doch nicht.« Er war immer leiser geworden.

Hannah war nicht sicher, was er damit meinte. »Ich möchte nicht neugierig erscheinen, aber …«

»Die Antwort ist nein«, fiel er ihr ins Wort. »Wir können keine eigenen Kinder bekommen. Eine künstliche Befruchtung kommt für uns nicht in Frage, weil es für Britta eine zu große nervliche Belastung wäre.«

»Und eine Adoption?«

»Die Zahl der Adoptionen in Deutschland ist auf dem absoluten Tiefpunkt«, gab er verbittert von sich. «Vielleicht hätten wir in den nächsten zehn Jahren irgendwann eine Chance gehabt. Sicher ist das nicht.«

Eine Weile schwiegen sie. Das Radio dudelte poppige Musik, um den Feierabend einzuläuten, wie der Moderator betont gut gelaunt zum Besten gab. Schließlich rollte der Verkehr wieder. Eine Viertelstunde später passierten sie einen liegen gebliebenen Lkw, der die rechte Fahrspur blockierte. Doppheide gab Gas.

Das Münsterland begrüßte sie mit Graupelschauern. Seltsamerweise fühlte Hannah sich erleichtert, Hügel und Berge hinter sich zu lassen und heimisches Terrain zu erreichen. Wie lächerlich nach einem Abstecher von ein paar Stunden!

Kurz vor dem Antonius-Krankenhaus brummte Doppheide: »Entschuldigen Sie meinen Ausbruch vorhin. Ich hätte das nicht alles sagen sollen. Ich war so aufgewühlt, dass ich überhaupt nicht daran gedacht habe, in welcher Rolle Sie stecken.«

»Schon gut. Ich kann das verstehen«, antwortete Hannah.

»Wann muss das Gutachten fertig sein?«

»Anfang nächster Woche. Aber ich denke, dass ich es früher abschicken werde.«

»Schlafen Sie auf jeden Fall eine Nacht darüber.«

Er bog auf den Parkplatz ein. Plötzlich merkte Hannah, wie nervös sie war.

Doppheide hielt direkt neben ihrem Auto an. Sie griff zu ihrer Tasche und fingerte nach dem Türgriff. »Tja dann ...«

Er wandte sich ihr zu. »Sehen wir uns eigentlich noch mal?«

»Ich ... äh ...«

Sein jungenhaftes Lächeln erschien. »Ich dachte nur, wo Sie mich unterwegs schon Frank genannt haben.«

Gegen halb sechs

Sie war in den Feierabendverkehr geraten, aber es war ihr recht, ein wenig Zeit für sich zu haben. Sie brauchte Abstand.

Vor ihrem Haus wunderte sie sich über ein ihr völlig unbekanntes Auto mit Lüdinghausener Kennzeichen.

Als sie ihren Wagen abschloss, erschien Jans Kollege Gerrit Höllmann in der Haustür. »Hallo, Hannah. Schön, dass wir uns noch treffen.« Er deutete eine Umarmung an und küsste sie auf beide Wangen. »Gut siehst du aus.«

Er lächelte, blieb aber ernst. Eigentlich war er das immer, seitdem seine langjährige Beziehung zerbrochen war. In letzter Zeit kam er öfter zu Besuch, und Hannah betrachtete ihn inzwischen als Freund.

Aus dem Flur waren mehrere Stimmen zu hören. »Feiert ihr eine Party bei uns?«, meinte Hannah gutgelaunt.

»Es gab Kaffee und Kuchen. Jan hat seine letzte Lagebesprechung hierher verlegt. Wegen Lasse. Eigentlich wollten wir gerade aufbrechen.«

Jan tauchte mit Lasse auf dem Arm auf und küsste Hannah flüchtig auf die Wange. Lasse streckte seine Ärmchen aus und juchzte: »Mamama!« Plötzlich freute sie sich unbändig, ihren Sohn zu sehen. Als sie ihn übernahm, drang ihr sofort ein verräterischer Geruch in die Nase.

Jan kratzte sich grinsend am Hinterkopf. »Wird Zeit mit der frischen Windel, aber ich wollte meine Gäste nicht allein lassen. – Übrigens: Natalie Weyröder. Meine Vertretung.«

Das Kennzeichen LH! Die junge Frau gab Hannah freundlich die Hand. Sie war vorübergehend aus einem anderen Dezernat versetzt worden und schien sich darüber zu freuen.

Der Letzte im Bunde war Jans Kollege Schüttler, der noch behäbiger wirkte als bei ihrem letzten Zusammentreffen anlässlich des Falls in einem Kloster-Internat bei Ascheberg. Grüßend hob er die Hand. »Wir sind gespannt auf Ihren Bericht aus dem Sauerland, Frau Schmielink.«

Sie kehrten ins Wohnzimmer zurück. Gerrit und Schüttler nahmen die junge Kollegin auf dem Dreiersofa in die Mitte. Gerrit riskierte einen schnellen Blick auf ihre langen Beine, die in hautengen Jeans steckten, während Schüttler die Reste der Kuchenplatte beäugte. Auf dem Tisch standen benutzte Kaffeegedecke, die Sahne auf einem Pappteller hatte sich größtenteils verflüssigt.

Lasse wand sich auf Hannahs Schoß. Sie versuchte, sich dennoch zu konzentrieren und berichtete kurz von ihrem Gespräch mit Tanja Grabkows früherer Nachbarin.

»Schlimme Verhältnisse! Aber ich kapiere nicht, was das mit unserem Fall zu tun haben soll«, maulte Schüttler und schaufelte sich das letzte Stück Obsttorte auf den Teller.

»Liliane Ferst hatte kurz vor Weihnachten Kontakt zum Jugendamt in Meschede. Am 30. Dezember wurde sie ermordet.«

»Wahrscheinlich purer Zufall«, warf Schüttler mit vollem Munde ein.

»Kann Tanja Grabkow denn gewusst haben, dass die Gutachterin in Meschede nachforschen würde?« Jan sah Hannah an.

»Vielleicht hat Liliane Ferst es beiläufig ihr gegenüber erwähnt. Sie hat sich als Gutachterin insgesamt nicht sehr professionell verhalten.«

»Und bei Tanja Grabkow läuteten alle Alarmglocken«, sagte Jan.

»Aber warum? Welches Motiv sollte sie gehabt haben, Liliane Ferst umzubringen?« Natalie Weyröder mischte sich zum ersten Mal mit dünner Stimme in das Gespräch ein.

»Sie musste befürchten, dass Liliane Ferst genau wie Hannah heute Belastendes über sie herausfinden würde. Damit wären die Chancen, ihren Sohn zurückzubekommen, erheblich gesunken. Und nicht nur das! Ihr dürfte bewusst gewesen sein, dass ihr massive strafrechtliche Konsequenzen drohen würden, wenn herausgekommen wäre, wie unverantwortlich sie mit ihrem Sohn umgegangen ist. Oder wie siehst du das, Hannah?« Gerrit schaute sie erwartungsvoll an.

Lasse wippte mittlerweile mit durchgedrückten Knien auf Hannahs Schoß auf und ab und zog an ihren Haaren. »Gib ihn mir mal«, sagte Jan seufzend, setzte sich auf den Boden zwischen die beiden Sessel und ließ sich von Lasse als Turngerät benutzen.

»Ob man ihr strafrechtlich beikommen könnte, wage ich nicht zu sagen. Sicher eine Frage der Beweislage. Und ob die Nachbarin in Meschede aussagen wird, steht noch nicht fest. Mein Gutachten wird auf jeden Fall negativ für Tanja Grabkow ausfallen«, erklärte Hannah. »Ich werde außerdem bei Gericht anregen, dass man ihr auch das Sorgerecht für ihre Tochter entzieht.«

Einen Augenblick lang sagte niemand etwas. Lasse drehte sich um und machte einen unsicheren Schritt auf den Tisch zu. Von Jan gestützt, patschte er mit sichtlichem Vergnügen auf die Glasplatte. So energiegeladen war er sonst nur, wenn er völlig übermüdet war, schoss Hannah durch den Kopf.

»Sie könnte also ein Motiv haben«, überlegte Gerrit laut. »Aber wir sind bisher von einem Mann als Täter ausgegangen. Wäre diese Tanja Grabkow überhaupt in der Lage, die Tat zu verüben?«

»Sie ist ziemlich groß und kräftig. Außerdem hat sie mir erzählt, dass sie über das tägliche Lauftraining von Liliane Ferst Bescheid wusste.«

»Also gut. Wir versuchen morgen, mit der Frau zu sprechen und ihr Alibi zu überprüfen. Natalie sollte das machen.«

»Ich begleite sie.« Schüttler meldete sich mit erhobener Kuchengabel und vollem Mund.

»Okay. – Jan, du kommst morgen im Lauf des Tages ins Präsidium wegen des Phantombilds von dem Radfahrer am Kanal?«, hakte Gerrit nach.

Jan seufzte. »Ich bin wirklich nicht gut darin, mir Gesichter zu merken.«

»Wir dürfen nichts unversucht lassen.« Gerrit klopfte nervös mit den Fingern auf die Tischplatte. »Und du meinst wirklich, wir sollten die Anwohner in Mauritz noch einmal abklappern, Jan?«

»Definitiv. Vergrößert den Radius und fragt nach verdächtigen Personen, Autos, Gegenständen. Im Unterschied zur ersten Befragung nach der Tat gibt es jetzt das Plastikseil als konkreten Anhaltspunkt. Fragt nach, ob jemand eins vermisst oder gefunden oder irgendwo gesehen hat. Aber es ist natürlich deine Entscheidung, Gerrit. Ab morgen bist du der Boss.«

Jan grinste, aber Gerrit schien es nicht zu bemerken. »Ich überlege, ob wir Taucher einsetzen sollen«, sinnierte er. »Die Tatwaffe könnte im Kanal gelandet sein.«

»Und der ist verdammt lang«, entgegnete Schüttler. »Außerdem ist das Wasser eiskalt. Damit sollten wir warten, bis alle anderen Spuren im Sand verlaufen sind.«

»Wie die Sache mit dem Speed-Dating, die Befragung der Familie, ihrer früheren Arbeitskollegen, der Sportkameraden und … und … und …«, knurrte Gerrit unwirsch und setzte energisch seine leere Kaffeetasse auf einen benutzten Teller.

Aus dem Augenwinkel sah Hannah, wie Lasse sich von der Tischkante losließ und mit beiden Händen nach dem Teller schlug. Die Gabel schrammte mit einem hässlichen Geräusch über das Porzellan, der Teller verrutschte auf der Glasplatte und stieß an das Milchkännchen, das umzukippen drohte. Jan und Gerrit beugten sich gleichzeitig vor und griffen danach.

Alles ging so schnell, dass niemand auf Lasse achtete, bis er regungslos auf dem Boden lag. Einen Augenblick später schrie er aus Leibeskräften. Jan nahm ihn vorsichtig auf und drehte ihn um. An der Stirn zeigte sich eine rote Schramme.

»Er ist direkt auf die Tischkante gefallen«, flüsterte Natalie Weyröder.

»Nei, aua, nei«, jammerte Lasse und schlug nach dem kalten Waschlappen, den Jan ihm auf die anschwellende Beule legen wollte.

»Aber das ist gut gegen Aua, kleiner Mann.«

Lasse liefen Tränen über das krebsrote, verzerrte Gesicht. Resigniert ließ Jan den Lappen sinken. »Dein Papa hat nicht aufgepasst. Ganz schön schlimm. Tut mir leid.«

Hannah rührte den Brei an und probierte so lange, bis die Temperatur passend war. Lasse griff ungestüm nach dem Plastiklöffel und schmierte sich den Großteil der Portion ins Gesicht. Der zweite Versuch gelang deutlich besser.

»Warum ist er eigentlich so aufgedreht? Hat er heute Mittag nicht geschlafen?«

»Doch, aber nur eine halbe Stunde«, gab Jan zu. »Ich habe ihn geweckt, weil ich den Kuchen kaufen musste.«

»Keine gute Idee.«

»Weiß ich jetzt auch.«

»Wann hast du ihn denn hingelegt?«

»Keine Ahnung. Kurz nach zwei vielleicht.«

Hannah schwieg vielsagend. Das war zu spät, und Jan wusste das.

»Dein alter Glastisch in Ehren, Hannah, aber er ist absolut nicht kindertauglich. Wir haben mächtig Glück gehabt, dass Lasse nicht auf eine der Ecken gekippt ist. Wie wäre es, wenn wir am Samstag einen neuen kaufen? Am besten einen runden aus strapazierfähigem Material.«

Jan schaute sie erwartungsvoll an. Als sie nicht antwortete, fuhr er fort: »Es wird nicht mehr allzu lange dauern, bis er läuft. Wir brauchen Gitter für die Treppe nach oben und in den Keller. Das können wir alles in einem Rutsch besorgen.«

»Ich bringe Lasse ins Bett«, sagte Hannah. »Ihm fallen schon die Augen zu.«

Mittwoch, 15. Januar

Gievenbeck

»Wirst du diese Tanja Grabkow noch einmal treffen?« Jan ließ die Münsterland-Zeitung sinken und schaute sie über den Rand seiner Lesebrille an. Lasse hing schlaff in seinem Hochstuhl. Die Schwellung an seiner Stirn von der unsanften Begegnung mit dem Glastisch war deutlich zu sehen.

»Wahrscheinlich nicht. Wieso?«

»Immerhin soll sie heute von den Kollegen vernommen werden. Falls sie wirklich in den Fall verwickelt sein sollte und Wind davon bekommt, dass du uns einen Tipp gegeben hast …«

»Wie sollte sie? Außerdem weiß sie gar nicht, wo und wann ich arbeite. Sie könnte mich gar nicht ausfindig machen.«

»Ich meine ja nur. Sei bitte vorsichtig. Vor allem heute Abend, wenn es dunkel ist.«

Der Bus hielt an der Engelenschanze. Auf dem kurzen Weg die Promenade entlang bis zur Schützenstraße merkte sie, wie nervös sie vor ihrem ersten Arbeitstag nach der Babypause war. Dabei war noch nicht einmal ein Jahr vergangen, seitdem sie Beratungsraum und Schreibtisch vorübergehend geräumt hatte!

Eine halbe Stunde später hatte sie das Gefühl, kaum weg gewesen zu sein. Die herzliche Begrüßung durch Dirk und Tine, die Sekretärin, und der kleine Blumenstrauß von Dorothee auf ihrem Schreibtisch gaben ihr schnell das Gefühl, willkommen zu sein.

Im Lauf des Vormittags führte sie mehrere Erstgespräche. Danach entschieden sie üblicherweise gemeinsam, wer die weitere Beratung des Klienten übernehmen sollte. Außerdem hatte man ihr zwei neue Fälle übertragen, in die sie sich intensiv einarbeiten musste. Konzentriert studierte sie die entsprechenden Dokumentationen, weil bereits in den nächsten Tagen Termine anstanden.

Als sie das erste Mal auf die Uhr schaute, war es zu ihrer Verwunderung schon Zeit für die Mittagspause. Wie im Flug waren die Stunden vergangen, ganz im Gegensatz zu den Vormittagen mit Lasse, die sich mit schönster Regelmäßigkeit endlos hinzogen.

Dorothees freundliche Einladung zum Imbiss mit den Kollegen im Café 99 lehnte Hannah mit Bedauern ab, weil sie die Zeit nutzen wollte, um weiter an ihrem Gutachten zu feilen. Zu Hause hatte sie kaum Ruhe dazu. Sie überarbeitete ihre Formulierungen, fügte hier und da noch einen klärenden Satz ein.

Flüchtig dachte sie an Lasse, widerstand aber der Versuchung, zu Hause anzurufen. Auf keinen Fall wollte sie, dass Jan sich kontrolliert fühlte. Nachdem Lasse den Schrecken über den Sturz überwunden hatte, war er sehr still geworden und hatte sich teilnahmslos ins Bett bringen lassen. Glücklicherweise hatte er die Nacht durchgeschlafen.

»Hannah, kommst du bitte ins Teamzimmer?« Dirk steckte den Kopf durch ihre Bürotür. »Es geht um den Außentermin mit dem Lehrerkollegium in Senden. Thema Mobbing-Prophylaxe. Wäre gut, wenn du am Freitag dabei sein könntest.«

Hannah schluckte, sagte aber nichts. Eigentlich hatte sie auf einen freien Nachmittag gehofft, um in Ruhe das Wochenende einläuten zu können.

Zügig hatten sie die notwendigen Absprachen getroffen. Solche Beratungstermine waren Routine und hatten sich eingespielt. Dorothee fragte nach dem Gutachten, und Hannah gab einen kurzen Überblick über ihre Recherchen.

»Du bist bis ins Sauerland gefahren?«, wunderte sich Dirk. »Du nimmst die Sache wirklich ernst.«

»Dann bist du dir also sicher, dass der Junge nicht zur Mutter zurück soll?«, fasste Dorothee zusammen.

»Bin ich. Die Sachlage bei Roddys Schwester ist allerdings schwieriger. Sie ist inzwischen fünf und in der Kita in Bevergern gut untergebracht. Ich schätze, es wird schwer, einen Richter davon zu überzeugen, dass sie nicht bei ihrer Mutter bleiben kann. Ich sehe andauernd Kimberleys große, traurige Augen vor mir. Wenn Roddy auf Dauer in einer Pflegefamilie bleibt, wird der Kontakt zu ihrem Bruder womöglich abreißen, obwohl sie außergewöhnlich stark an ihm hängt.«

»Das Beste wäre, er würde adoptiert werden. Ich verstehe absolut nicht, warum man die Voraussetzungen dafür nicht vereinfacht. Billiger als eine Pflegefamilie zu bezahlen, wäre diese Lösung allemal«, warf Dirk ein. »Es gibt doch genug Menschen, die solchen Kindern ein Zuhause geben wollen. Aber sie haben keine Chance, ein Kind zu adoptieren, weil dafür die Zustimmung der leiblichen Eltern Voraussetzung ist, und die geben sie so gut wie nie. Selbst dann nicht, wenn sie offensichtlich nicht für ihre Kinder sorgen können oder wollen und sie ihnen auf Dauer weggenommen werden müssen.«

Dirk hatte sich in Rage geredet. Hannah sagte nichts. Eine Antwort erwartete er auch nicht. Ihr jüngster Kollege neigte von Zeit zu Zeit zu solchen Ausbrüchen, wenn er Situationen nicht im Geringsten beeinflussen konnte.

Dorothee warf Hannah einen schnellen Blick zu und lächelte milde.

Die Promenade war erleuchtet und recht belebt, als Hannah sich gegen fünf auf den Weg in Richtung Bushaltestelle machte. Flüchtig dachte sie an Jans warnende Worte beim morgendlichen Frühstück.

Inzwischen hatten seine Kollegen Tanja Grabkow sicher schon vernommen. Und wenn sie nun tatsächlich von Hannahs Recherchen in Meschede erfahren hatte? Konnte die Frau ihr gefährlich werden?

Hannah schüttelte sich. Ihr würde nichts passieren. Nicht unter Dutzenden von Radfahrern, eiligen Pendlern und in den Feierabend bummelnden Münsteranern.

Als sie nach einer entnervenden Busfahrt in ihre Wohnstraße einbog, sah sie sofort, dass das Haus völlig im Dunkeln lag. Leise Enttäuschung machte sich breit: Sie hatte sich auf Lasse gefreut und zudem gehofft, dass Jan in der Küche stand, um sie nach ihrem ersten Arbeitstag mit einem leckeren Abendessen zu verwöhnen.

Kaum hatte sie ihre Jacke ausgezogen, als das Telefon läutete. Die Nummer des Polizei-Präsidiums leuchtete im Display.

»Hannah! Gut, dass du schon zu Hause bist. Ich brauche deine Hilfe.«

»Was ist los, Gerrit?«

»Die Kollegen haben Tanja Grabkow nicht angetroffen. Sie war den ganzen Nachmittag über nicht zu Hause. Nachbarn, die man fragen könnte, gibt es dort anscheinend nicht. Hast du eine Idee, wo sie sein könnte? Arbeitet sie irgendwo?«

»Nicht, dass ich wüsste. Was ist mit der Tochter?«

»Es war niemand da. Natalie meinte allerdings, sie hätte eine Menge Umzugskartons in dem Häuschen gesehen. Kann es sein, dass die Grabkow schon wieder die Biege machen will?«

»Mir hat sie gesagt, sie sei noch nicht zum Auspacken gekommen. Schon etwas merkwürdig. Sie hatte schließlich mehr als ein halbes Jahr Zeit dazu.«

»Wir probieren es auf jeden Fall morgen noch einmal. Anrufen möchte ich sie ungern. Es ist immer günstiger, das Überraschungsmoment auszunutzen.«

»Versucht es zur Not in der Kindertagesstätte ›Kleine Arche‹! Man hat mir dort versichert, dass Tanja Grabkow ihre Tochter jeden Tag pünktlich um halb fünf abholt.«

»Guter Hinweis! Die Kita ziehen wir als letzte Möglichkeit in Betracht. Aber auf keinen Fall kreuzen wir da mit einem Streifenwagen auf, das gibt zu viel Aufsehen. Schüttler und Natalie werden sich morgen zeitig noch einmal auf den Weg machen müssen. – Sag mal, ist Jan schon zu Hause? Ich habe Neuigkeiten für ihn.«

»Nein. Ist er denn nicht vorbeigekommen wegen der Phantomzeichnung?«

»Doch. Er war bis vor einer halben Stunde hier.«

»Ich dachte, er wollte das gleich heute Morgen erledigen.«

»War so geplant, aber er musste zuerst mit Lasse zum Kinderarzt. Mittwochnachmittags haben die Praxen ja geschlossen.«

»Er war bei unserer Kinderärztin? Wegen dem Sturz gestern?« Hannah war sofort besorgt.

»Ich glaube schon. – Aber seine Idee, noch einmal die Nachbarn von Liliane Ferst in Mauritz zu befragen, war Gold wert.«

»Ihr habt also etwas rausbekommen?«

»Gerade eben kam die Nachricht rein. Vermutlich haben wir die Tatwaffe gefunden: ein Stück Seil, das in einer Mülltonne nur wenige hundert Meter vom Tatort entfernt lag. Es passt alles. Der Behälter steht für jedermann zugänglich direkt an der Straße, und das Material scheint auf den ersten Blick mit den Spuren am Hals des Opfers übereinzustimmen. Die KTU arbeitet schon daran.«

»In einer Mülltonne? Kann das denn stimmen? Die müsste in der Zwischenzeit doch längst geleert worden sein.«

»Purer Zufall. Die erste Leerung nach dem Mord am 30. Dezember hat der Anwohner verpasst, weil die Müllabfuhr wegen der Feiertage an einem anderen Tag kam. Beim nächsten Termin stand die Tonne pünktlich auf dem Bürgersteig, aber wegen der extremen Kälte war wohl ein Teil des feuchten Inhalts festgefroren und ist darin hängengeblieben. Vorgestern hat der Mann das bemerkt und den Behälter sauber spritzen wollen. Dabei ist ihm die Schlinge aufgefallen.«

»War ihm denn klar, dass ein Zusammenhang zu dem Mordfall bestehen könnte?«

»Überhaupt nicht. Das Teil ist direkt wieder in der Tonne gelandet.«

»Sind nach der langen Zeit überhaupt noch DNA-Spuren zu identifizieren?«

»Das hoffen wir. Interessant ist aber auch das Seil an sich. Es ist aus mehreren hellen Plastiksträngen mit einem eingewobenen grünen Metallfaden geflochten. Ziemlich ungewöhnlich. Vielleicht haben wir eine Chance, dem Täter damit näher zu kommen.«

»Gratulation. Dann geht es also vorwärts.«

Sie versprach, Jan von der neuen Spur zu berichten und legte auf. Wenige Minuten später hörte sie seinen Wagen in der Einfahrt.

»Gerrit hat mir erzählt, dass du mit Lasse bei Frau Doktor Seebach warst. Geht es ihm nicht gut?«, fragte sie ohne jegliche Einleitung, während sie Lasse auf den Arm nahm.

»Sekunde«, sagte Jan, stellte eine größere Tasche ab und zog sich umständlich seine Jacke aus. In der Küche goss er sich ein Glas Wasser ein und lehnte sich an die Arbeitsplatte. Er sah angespannt aus. Hannah setzte sich an den Tisch und nahm Lasse auf den Schoß.

»Ich bin zur Praxis, weil Lasse mir heute Vormittag verdächtig teilnahmslos erschien. Sicherheitshalber wollte ich abklären lassen, ob er nicht doch eine Gehirnerschütterung davongetragen hat.«

»Und?«

»Das ist alles etwas unglücklich gelaufen. Dieser Drachen an der Anmeldung hat sich ziemlich blöd angestellt, weil ich keinen Termin hatte, und da habe ich wohl etwas von einem Notfall gesagt. Das hat die Frau Doktor alarmiert.«

Lasse fingerte an den Knöpfen von Hannahs Strickjacke. Sie setzte ihn mit dem Gesicht zum Tisch, um ihn abzulenken.

»Jedenfalls meinte sie, dass seine Reflexe okay seien. Keine Nachwirkungen also. Allerdings ist ihr bei den Untersuchungen aufgefallen, dass irgendetwas mit seinem rechten Arm nicht in Ordnung ist. Er hat offensichtlich Schmerzen bei bestimmten Bewegungen. Ausgekugelt ist das Schultergelenk nicht. Dann wäre es geschwollen, und der Arm stände in unnatürlichem Winkel ab. Aber sie hat angefangen, Fragen zu stellen.«

»Was für Fragen?«

»Ob die Verletzung …«

»Wieso Verletzung?«

»Ihre Worte, nicht meine«, sagte Jan lakonisch. »Jedenfalls wollte sie wissen, ob die Verletzung von dem Unfall gestern herrühren könnte. Ob ich versucht hätte, ihn an den Armen festzuhalten? Habe ich aber nicht! Er lag schon auf dem Boden, als ich realisiert habe, was geschehen war, und ich habe ihn vorsichtig aufgehoben. Du warst ja selbst dabei.«

Hannah nickte. Sie hatte die Situation klar vor Augen. Allerdings sah sie auch eine andere Szene vor sich, eine, die schon ein paar Tage zurücklag. Sie begann, mit Lasses Fingern zu spielen.

»Sie hat immer weiter gebohrt. Ob wir einen Babysitter haben? Ob bei dem irgendetwas passiert sein könnte? Ich habe nur vage Andeutungen gemacht, aber natürlich sind mir sofort mehrere Personen eingefallen. Auf jeden Fall Anne und Gesine.«

»Aber die beiden ...«, hob Hannah an.

»Ich weiß, ich weiß! Die hätten uns gesagt, wenn etwas vorgefallen wäre. Aber was ist mit Gesines WG-Genossen? Haben die alle Erfahrungen mit Kleinkindern? Vielleicht ist jemand zu rau mit Lasse umgegangen. Muss ja nicht einmal böse gemeint gewesen sein.«

»Möglich«, murmelte Hannah. Sie beugte sich weiter vor und verbarg ihr Gesicht hinter den Haaren. Und die Schamröte, die sich auf ihren Wangen abzeichnete. Sie selbst hatte ihren Sohn völlig entnervt an den Armen aus dem Bett gerissen, und dabei war er ihr entglitten. Seitdem verzog er ständig das Gesicht, wenn sie ihn wickelte. Auch Gesine hatte das bemerkt. Nur sie selbst hatte die Szene völlig verdrängt.

»Jedenfalls war sie misstrauisch. Das konnte ich durch den Holzschuh fühlen. Sie wollte sogar wissen, warum ich mit Lasse in die Praxis gekommen sei und nicht du. Sie fand das anscheinend merkwürdig, weil ich vorher noch nie da war.« Jans Wasserglas knallte auf die Arbeitsplatte.

»Hast du es ihr erklärt?«

»Natürlich. Ich weiß nicht, ob die Tatsache, dass heutzutage auch Väter Elternzeit nehmen können, bei ihr noch nicht angekommen ist. Jedenfalls kam ich mir wie ein potenzieller Kinderschänder vor.«

»Kinderärzte sind dazu verpflichtet, jeglichem Anhaltspunkt nachzugehen.«

»Als ob wir Lasse etwas antäten! Demnächst steht hier noch das Jugendamt auf der Matte! Die Frau hat doch keine Menschenkenntnis!«

Hannah war inzwischen schlecht, aber sie zwang sich weiterzureden: »Und wie geht es jetzt weiter?«

»Morgen soll ich sicherheitshalber mit Lasse zum Röntgen in die ärztliche Gemeinschaftspraxis kommen, um einen Bruch auszuschließen. Wahrscheinlich sind aber nur Bänder betroffen. Frau Seebach hat eine Salbe verschrieben. Wenn nötig, bekommt er später noch Physiotherapie. Schaden kann es ja nicht, aber ich finde das Ganze reichlich übertrieben. – Übrigens habe ich noch nichts fürs Abendessen vorbereitet. Lasse hat bis kurz vor drei ausgiebig geschlafen, und dann musste ich los zum Präsidium. Sollen wir auf die Schnelle ein paar Spaghetti machen? Warum hat Gerrit eigentlich angerufen?«

Irgendwann nachts trug sie Lasse eine Weile durch sein Zimmer, bis ihm endlich die Augen zufielen.

Sie würde Jan nichts sagen. Unmöglich! Niemand durfte erfahren, was sie getan hatte. Niemals!

Donnerstag, 16. Januar

Schulberatungsstelle

Sie war unkonzentriert. Eine Stunde nächtlicher Schlaf fehlte ihr. Außerdem hatte sie von blonden Locken, blauen Augen und einem sinnlichen Mund geträumt. Und von schmalen Fingern, die so gar nicht zu einem Landwirt passten.

Da für heute wärmere Temperaturen, aber windiges Schauerwetter vorhergesagt war, hatte sie sich entschlossen, das Auto zu nehmen, damit sie nicht an zugigen Haltestellen auf den Bus warten musste. Sie war früh losgefahren und hatte unweit der Beratungsstelle einen Parkplatz gefunden.

Mittags musste sie wohl oder übel Dorothee und Dirk ins Café 99 begleiten, obwohl sie es vorgezogen hätte, ein letztes Mal das Gutachten zu lesen. Nach Dienstschluss wollte sie es in die Post geben.

Das Lokal war wie meistens um diese Zeit gut gefüllt, aber sie fanden einen ausreichend großen Tisch vor der bodentiefen Glasfront und wurden rasch bedient. Dirk berichtete von irgendeinem Konzert in Dortmund, das er am Freitag besuchen wollte.

»Hoffentlich kommt ihr gut über, Dirk. Morgen soll doch dieses Tief über Nordrhein-Westfalen wegfegen. Ich habe vorhin eine Sturmwarnung gehört«, sorgte Dorothee sich.

»Alle sprechen vom Wetter. Vor allem die Bahn«, feixte Dirk. »Aber im Ernst: Kann natürlich sein, dass der Zug irgendwo stecken bleibt und wir die horrenden Preise für die Eintrittskarten umsonst bezahlt haben.«

Hannah schaute sich um. Es hatte sich nicht viel geändert in dem knappen Jahr, seitdem sie ihre letzte Mittagspause hier verbracht hatte. Flüchtig dachte sie daran, wie sie sich auf der kleinen Empore zum ersten Mal mit Jan auf einen Kaffee getroffen hatte. Der charmante Kommissar Heidmeier war nicht in erster Linie an Informationen über ihren gemeinsamen Fall, sondern an Hannah selbst interessiert gewesen. Auch seiner Tochter Gesine war sie einige Zeit später zum allerersten Mal in diesem Café am Marienplatz begegnet.

Inzwischen war nahezu jeder Platz besetzt. Das ältere Paar, das gerade zur Tür hineinkam, schaute sich suchend um. Hannah stutzte. Sie kannte die Frau zwar bisher nur in Alltagskleidung, aber bei der schlanken, drahtig wirkenden Gestalt mit den grauen, kurzen Haaren handelte es sich unzweifelhaft um Gudrun Doppheide.

Franks Mutter hatte sich fein gemacht für ihren Stadtbummel: dunkelblauer Blazer zu grauer Hose und eine cremefarbene Bluse. Sie war in Begleitung eines ungefähr gleichaltrigen, weißhaarigen Mannes, der den Kopf reckte, um nach einem freien Tisch Ausschau zu halten.

Der Kellner brachte ihre bestellten Gerichte. Als Hannah wieder aufschaute, hatte sie die beiden aus den Augen verloren. Erst als sie sich ein wenig vorbeugte, sah sie, dass sie an einem Zweiertisch in der Nähe der Theke saßen und offensichtlich intensiv diskutierten. Gudrun Doppheide hatte ihnen den Rücken zugewandt. Der Weißhaarige legte ihr mehrmals die Hand auf den Arm und schüttelte dabei den Kopf.

»Wen beobachtest du so eindringlich?«, fragte Dorothee.

»Zufälle gibt es!«, sagte Hannah. »Die Mutter von Roddys Pflegevater ist gerade hereingekommen. Mit einem attraktiven Herrn an ihrer Seite. Ich bin ein bisschen neugierig, wer das ist. Jemand hat mir von einer unglücklichen Liebesbeziehung in ihrer Jugend erzählt.«

»Soll ich versuchen, es rauszubekommen?«, bot sich Dirk an.

»Wie willst du das denn schaffen?«, sagte Hannah zweifelnd.

»Lass mich mal machen«, grinste Dirk und erhob sich augenblicklich.

Hannah und Dorothee beobachteten, wie er sich durch die dicht an dicht stehenden Tische schlängelte und auf das Paar zuging. »Er wird sie doch wohl nicht ansprechen!«, schoss Hannah durch den Kopf. Das wäre wirklich zu peinlich!

Aber Dirk begann umständlich, die Zeitungen zu durchforsten, die an langen Holzstangen befestigt neben dem Zweiertisch an der Wand hingen. Er erweckte den Eindruck, als suche er ein bestimmtes Exemplar. Dabei schob er sich dicht an Gudrun Doppheides Rücken heran. Nach einer Weile zuckte er mit den Achseln, beugte sich vor und wühlte im Zeitschriftenständer neben dem Paar, als habe er immer noch nicht das Richtige gefunden.

Gudrun Doppheide und ihr Begleiter nahmen keinerlei Notiz von ihm und fuhren in ihrer angeregten Unterhaltung fort. Endlich richtete Dirk sich wieder auf und warf einen triumphierenden Blick in Richtung Hannah.

Eine Minute später setzte er sich geräuschvoll an den Tisch. Hannah tat ihm den Gefallen und fragte: »Und?«

»Er heißt auf jeden Fall Heribert. Sie hat ihn zwei Mal so genannt.«

»Und weiter?«

»Keine Ahnung. Aber sie duzen sich. Müssen also gut bekannt sein. Sehr gut, wenn du mich fragst.«

Hannah schwieg. Sie hatte das Gefühl, dass der Name Heribert auf dem Hof Doppheide einmal gefallen war, aber der Zusammenhang war ihr entfallen.

Gegen fünf packte sie ihre Tasche und zwängte auch den großformatigen Umschlag mit dem Gutachten hinein. Sie hatte sich dazu durchgerungen, es doch noch einmal zu überschlafen. Wenn sie es morgen in die Post gab, würde es immer noch rechtzeitig bei Gericht eintreffen.

Die menschenleere Schützenstraße lag in der schwachen Beleuchtung der Straßenlaternen da. Ein Stück vor ihr parkte ein Auto aus. Plötzlich hörte sie Schritte hinter sich. Jemand musste ihr in geringem Abstand folgen. Sie fühlte sich unbehaglich und erhöhte ihr Tempo.

Als sie stehen blieb, um die Straße zu queren, musste sie einen Radfahrer mit stahlblauem Helm abpassen. Im ersten Moment glaubte sie, den Mann vom Kanal vor sich zu haben, aber die Gestalt war weitaus gedrungener. Ob Gerrit und seine Kollegen den Verdächtigen wohl mittlerweile gefunden hatten?

Erst auf der anderen Straßenseite realisierte sie, dass die Schritte zwischenzeitlich verstummt waren. Jetzt waren sie wieder da! Dicht hinter ihr! Hannahs Herzschlag beschleunigte sich. Vor sich sah sie bereits ihren Wagen am Straßenrand. Ihre Hand umschloss den Schlüssel in der Jackentasche, zog ihn heraus, steckte ihn ins Schloss. Ohne sich umzuschauen, öffnete sie die Wagentür, beugte sich vor und warf die Tasche auf den Beifahrersitz.

»Waren Sie das?«, bellte eine bekannte Stimme an ihrem Ohr. Hannah erstarrte.

»Nun sagen Sie schon! Haben Sie der Polizei eingeredet, ich könnte Liliane Ferst ermordet haben?«

Die Frau mit dem massigen Körper klang wütend. Hannah war vollkommen bewusst, dass sie sich in ihrer vorgebeugten Haltung nicht verteidigen könnte. Mit einer geschmeidigen Bewegung drehte sie sich in das Auto hinein und setzte sich auf den Fahrersitz. Erst jetzt schaute sie auf – direkt in Tanja Grabkows wutverzerrtes Gesicht. Ihre rechte Hand lag auf dem Dach, die linke auf dem Türholm. Beide Hände waren leer. Hannah atmete unmerklich aus.

»Wie kommen Sie denn darauf?«, sagte sie und bemühte sich, betont gelassen zu klingen. Der Zündschlüssel in ihrer Hand fühlte sich beruhigend an.

»Die Bullen haben mir heute Morgen zu Hause aufgelauert. Ich musste Kimberley schleunigst zur Kita schicken, damit sie nichts mitbekommt. Diese aufgeblasene junge Kripo-Tante hat gefaselt, ich hätte ein Mordmotiv. Das ist doch totaler Schwachsinn! Frau Ferst hatte mir fest versprochen, dass ich Roddy behalten darf«, fuhr Tanja Grabkow in eindringlichem Tonfall fort. »Also ist es ausgemachter Blödsinn, dass ich sie ermordet haben soll. Ich hatte doch überhaupt keinen Grund dazu.«

»Das stimmt allerdings.« Hannah wandte sich Tanja Grabkow scheinbar interessiert zu, bemüht zu verbergen, dass sie langsam den Schlüssel ins Zündschloss steckte. Doch Roddys Mutter schien sich allmählich zu beruhigen.

»Ich habe eingesehen, dass ich mich ändern muss. Kimberley geht regelmäßig in die ›Arche‹ und bekommt dort zu essen. Ich halte die Wohnung bestens in Ordnung. Sie haben es doch selbst gesehen.« Ihre Stimme klang flehend. »Ich will arbeiten. Ich akzeptiere Hilfe vom Jugendamt. Ich tue alles, damit ich Roddy zurückbekomme. Frau Schmielink, geben Sie mir eine Chance! Bitte!«

Hannahs Blick fiel unwillkürlich auf den Umschlag mit dem Gutachten, der aus ihrer Tasche herausragte. »Ich überlege es mir. – Wo ist Kimberley denn eigentlich im Moment? Die Tagesstätte hat doch bestimmt schon geschlossen.«

»Bei einer Freundin«, murmelte Tanja Grabkow wenig überzeugend. »Ich hole sie nachher ab.«

»Und woher wussten Sie, wo ich arbeite?«, versuchte Hannah weiter, Roddys Mutter abzulenken.

»Das tut nichts zur Sache. – Frau Schmielink, Sie haben selbst ein Kind. Sie müssen sich doch in mich hineinversetzen können!«

Hannah war entsetzt. Was wusste diese Frau noch alles über sie? Und vor allem von wem?

»Ich hatte keinen Grund, Frau Ferst zu ermorden«, wiederholte Tanja Grabkow eindringlich.

»Dann sagen Sie das der Polizei.«

»Die glauben mir nicht. Sie wollen ein Alibi. Und der Witz ist – ich habe sogar eins.« Sie lachte höhnisch auf.

»Dann teilen Sie den Beamten den Namen der Person mit, und alles ist gut.«

»Das kann ich nicht«, stieß Tanja Grabkow hervor. Sie drehte sich um und ging. Ihre schweren Schuhe hallten noch eine Weile auf dem Pflaster des Bürgersteigs, bis sie sich verloren.

Erleichtert drehte Hannah den Schlüssel um und startete den Motor.

»Sie hat ein Alibi? Das ist völlig unglaubwürdig!«, schnaubte Jan und nahm die Packung für den Brei vom Regal. »Warum hat sie den Kollegen denn keine Namen genannt? Etwa weil sie mit einem verheirateten Mann zusammen war, den sie nicht auffliegen lassen will?« Er öffnete die Schranktür und holte den Messbecher heraus.

»Ich nehme nicht an, dass sie irgendwelche Skrupel hätte, eine Ehe zu zerstören. Das würde ich ihr zutrauen«, erwiderte Hannah aufgekratzt. Sie hatte sich immer noch nicht beruhigt nach der unheimlichen Begegnung mit Roddys Mutter.

»Vielleicht war das Ganze nur eine Schutzbehauptung.« Ungerührt maß Jan Wasser für Lasses Brei ab und stellte es in die Mikrowelle.

»Möglich«, murmelte Hannah. »Sie hat schon öfter gelogen. – Ich kapiere einfach nicht, wie sie überhaupt auf mich gekommen ist. Woher wusste sie, wo ich arbeite und dass ich ein Kind habe?«

»Dazu reichte ein Blick auf die Rückbank deines Wagens. Leute ohne Nachwuchs fahren in der Regel keine Kindersitze spazieren«, gab Jan zurück. »Und hast du deinen Namen schon mal bei Google eingegeben?«

»Warum sollte ich das tun?«

»Du würdest dich wundern, was das Netz alles über dich weiß! Was ist beispielsweise mit der Homepage der Schulberatungsstelle?«

»Stimmt«, gab Hannah kleinlaut zu. »Alle Mitarbeiter sind mit Namen und Foto aufgelistet. – Aber trotzdem! Entweder dein Kollege Schüttler oder diese Natalie müssen meinen Namen genannt oder zumindest eine Gutachterin erwähnt haben, die ihnen einen Hinweis gegeben hat.«

»Das kann ich mir beim besten Willen nicht vorstellen. So unprofessionell können die sich nicht verhalten haben. Nicht einmal Schüttler traue ich das zu.«

»Ich schon.«

»Dann frag ihn morgen selbst! Du sollst nämlich in deiner Mittagspause ins Präsidium kommen und dich an diesem Phantombild versuchen. Meins war heute nicht besonders zielführend.«

»Und das hast du einfach abgemacht, ohne mich vorher zu fragen?«, schnaubte Hannah. »Wir haben morgen Nachmittag einen Außentermin in Senden.«

»Dann ruf Gerrit an und verschiebe den Termin. Ich habe sowieso meine Zweifel, dass wir mit diesem Radfahrer weiterkommen. Reine Zeitverschwendung.«

Gegen halb neun

Es hatte gedauert, bis Hannah an ihrem Schreibtisch saß, weil sie sich viel Zeit für Lasse genommen hatte. Die Röntgenaufnahme war glücklicherweise ohne Befund geblieben. Vorsichtig hatte sie sein Schultergelenk mit Salbe eingerieben und ihm zur Ablenkung ihr gesamtes Kinderlieder-Repertoire vorgesungen, bis er einschlief.

Sie nahm das Gutachten aus der Tasche. Sollte sie wirklich den Umschlag aufreißen und noch einmal die Sätze lesen, die sie tagelang immer wieder umformuliert hatte?

Ihr Blick fiel auf den Laptop. Um ihre Entscheidung noch ein wenig zu verschieben, fuhr sie ihn hoch. Unter ihrem Namen gab es bei der Suchmaschine zwei Treffer: die Rubrik »Ihre Ansprechpartner« auf der Homepage der Beratungsstelle und einen mehr als fünf Jahre alten Zeitungsartikel über die Schulung eines Lehrer-Kollegiums. Die auf Werbewirksamkeit bedachte Schulleiterin und ihre Stellvertreterin rahmten Dorothee, Dirk und Hannah auf dem Foto ein.

Ihr Gesicht sah damals schmaler aus, fand Hannah. Lag das an den längeren Haaren? Oder hatten die Jahre sie so verändert?

Das Telefon riss sie aus ihren Betrachtungen. Erfreut nahm Hannah den Hörer ab.

»Kleine!«, hörte sie Annes vertraute Stimme. »Wollte mich nur mal melden. Musstest du nicht heute das Gutachten abschicken?«

»Eigentlich schon«, seufzte Hannah. Als sie von den Ereignissen der letzten Tage berichtet hatte, hörte sie am anderen Ende erst mal nichts.

»Anne, bist du noch dran?«

Ihre Freundin räusperte sich. »Ich bin ehrlich gesagt ziemlich geschockt. Die vorherige Gutachterin ist ermordet worden, und Roddys Mutter ist verdächtig? Wusstest du das schon am letzten Wochenende?«

»Dass Liliane Ferst tot ist, schon«, gab Hannah zu. »Der Verdacht gegen Tanja Grabkow ist erst in den letzten Tagen aufgekommen.«

»Ah ja ...«

»Wirklich!«, versicherte Hannah. »Erst nach dem Termin im Tecklenburger Jugendamt habe ich Verdacht geschöpft, und die Fahrt mit Roddys Pflegevater ins Sauerland hat die Bestätigung erbracht. Ich bin mir trotzdem nicht sicher, ob ich den Richter überzeugen kann, dass die Frau erziehungsunfähig ist. Für Doppheides wäre es furchtbar, wenn sie den Jungen abgeben müssten.«

»Darum geht es nicht, Hannah. Das Wohl des Kindes muss an erster Stelle stehen, nicht das der leiblichen Mutter oder der Pflegeeltern, auch nicht das der Schwester des Jungen. Darum müssen sich andere kümmern.«

Anne hatte recht. Hannah hatte ihr Bestes gegeben. Wie die Sache ausging, lag nicht in ihrer Hand.

»Sag mal, dieser Landwirt hat es dir aber angetan, oder?«, fragte Anne unvermittelt.

Hannah merkte, dass ihr die Röte ins Gesicht stieg. Gut, dass Anne das nicht sehen konnte. »Wie kommst du darauf?«

»Du erwähnst ihn immer wieder. Das ist mir schon am Wochenende aufgefallen. Muss ja ein attraktiver Mann sein.«

»Er sieht schon gut aus«, gab Hannah zu.

»Und?«

»Er ist sensibel. Ein Künstler eben.«

»Ich denke, er hält Milchkühe!«

Hannah berichtete von ihrem Besuch in Frank Doppheides Atelier. Am Ende seufzte sie. »Er geht mir nicht aus dem Kopf.«

»Finde ich ziemlich normal, wenn es zu Hause mal nicht so prickelnd läuft. Mein Schwiegervater hatte ein Patentrezept für solche Fälle: Appetit holt man sich woanders, gegessen wird zu Hause.«

Hannah lachte. Sie hatte Werners brummbärigen, früh verstorbenen Vater noch gut vor Augen. Dieser Spruch passte zu ihm.

»Jetzt mal im Ernst«, sagte sie. »Mich beunruhigt Doppheides Wirkung auf mich schon.«

»Ach, Papperlapapp!«, sagte Anne im Brustton der Überzeugung. »Du gönnst dir nur kleine Fluchten vom Alltag. Tagträume. Glaubst du im Ernst, mit einem Künstler wärst du glücklicher als mit Jan?«

»Im Moment ist von glücklich bei uns überhaupt keine Rede.«

»Hannah, du bist ein ziemliches Sensibelchen. Du brauchst einen entschlussfreudigen, verlässlichen Partner, der dir absolut treu ist.«

Hannah schwieg einen Moment. Dann fasste sie sich ein Herz. »Hattest du schon mal solche Gefühle, seit du mit Werner verheiratet bist?«

Ohne Zögern antwortete Anne. »Zwei oder drei Mal in den sechzehn Jahren.«

»Und? Was ist daraus geworden?«

»Bei Nummer eins und zwei war ich nach kurzer Zeit ernüchtert. Ich hatte sie mir wohl schöngeredet, weil ich das brauchte.«

»Und bei dem dritten?«

»Zu einer anderen Zeit und unter anderen Umständen hätte es auch der sein können. Für immer. Aber ich bin da konservativ – im besten Sinn des Wortes.« Nach einer kurzen Pause fügte sie hinzu. »Ich habe es nie bereut.«

Hannah saß schon eine ganze Weile und starrte untätig vor sich hin, als sie von draußen Geräusche hörte. Sie stand auf und schaute aus dem Fenster. Jan trug zwei leere Kübel von der Terrasse zur Hauswand, nahm eine Blumenampel vom Haken und kontrollierte die Standfestigkeit des Vogelhäuschens. Dann ging er über die Trittsteine im Beet zum Rohr, das das Wasser von der Dachrinne in den Teich leitete und schloss die Klappe. Offensichtlich nahm er die in den Medien ständig wiederholten Warnungen vor dem zu erwartenden Orkan ernst. Gegen Mitternacht sollten erste Vorboten das Münsterland erreichen.

Sie überlegte, ob sie ihm noch gute Nacht sagen sollte, entschied sich dann aber, ins Bett zu gehen.

Freitag, 17. Januar

Kurz vor sieben

Windböen rüttelten an den Rollläden vor dem Küchenfenster. Hannah fühlte sich einigermaßen ausgeruht, obwohl sich das Heulen des Sturms gelegentlich in ihre Halbschlafphasen eingeschlichen hatte. Jan und Lasse lagen noch in ihren Betten. Sie ertappte sich bei einem Anflug von Neid: Bestimmt würden die beiden sich heute einen gemütlichen Tag machen, während sie hinaus in das Horrorwetter musste.

Plötzlich fröstelte sie, obwohl sie ihren Wollblazer trug. Ein Blick auf den überdimensionalen Temperaturanzeiger auf dem Küchentisch sagte ihr, dass draußen frühlingshafte 14 Grad herrschten und es drinnen nur zwei spärliche Grad mehr waren. Sie stand auf und fasste an den Heizkörper: lauwarm. Der Außenfühler tat seine Dienste und drosselte die Energiezufuhr.

Sie goss sich eine zweite Tasse Kaffee ein. Die Münsterland-Zeitung verbreitete Panik wegen des bevorstehenden »Jahrhundert-Sturms«. Wie viele waren in den letzten Jahren angekündigt worden? Immer wenn die Münsteraner Bevölkerung die Warnungen beherzigte, bestand das Unwetter in einem lauen Lüftchen, während Starkregen-Chaos und andere Wetterunbilden aus heiterem Himmel über die Stadt hereingebrochen waren.

Immerhin fiel in Niedersachsen der Schulunterricht aus, während in Nordrhein-Westfalen die Entscheidung, Schüler und Lehrer sicherheitshalber früher nach Hause zu schicken, den einzelnen Schulleitungen überlassen blieb.

Ein warmer Windstoß riss ihr beim Einsteigen ins Auto beinahe die Tür aus der Hand. Beim Rückwärtsfahren rollte sie über dünne Kirschbaumzweige auf dem Bürgersteig.

Als sie um kurz vor acht ziemlich genau an der Stelle ihrer gestrigen Begegnung mit Tanja Grabkow parkte, war es unter dem einheitlich grauen Himmel nur unmerklich heller geworden. Auf dem kurzen Weg zur Beratungsstelle kam sie in ihrer Winterjacke und den gefütterten Stiefeletten ins Schwitzen.

An der Garderobe kramte eine kreidebleiche Dorothee in ihrer Handtasche nach Kopfschmerztabletten. »Ich habe die halbe Nacht nicht geschlafen. Vor dem Sturm ist es immer am schlimmsten. Wenn es erst richtig losgeht, wird es besser.«

»Aber heute Nacht hat es doch schon heftig ums Haus geweht!«, gab Hannah zu bedenken.

»Das war gar nichts gegen das, was ab heute Mittag kommen soll«, wusste Dorothee.

»Hallo, Tine«, begrüßte Hannah die Sekretärin, die gerade mit einer Kaffeetasse in der Hand über den Flur ging. »Kannst du diesen Umschlag mit in die Post geben?«

»Klar«, sagte Tine mit einem mürrischen Gesichtsausdruck und nahm ihr das Kuvert ab. »Übrigens: dein Termin um zwölf ist abgesagt worden. Witterungsbedingt.«

»Moin.« Dirk kam mit Verspätung und ging ohne ein weiteres Wort in sein Büro. Heute war hier wohl niemand gut zufrieden.

Hannah spürte schon im ersten Beratungsgespräch des Tages, dass auch sie nicht in Bestform war. Die Mutter eines Dreizehnjährigen, die ohne Punkt und Komma über ihren im Gegensatz zu früher wenig pflegeleichten Sohn, seine Unlust zu lernen und geschwänzte Schulstunden parlierte, forderte ihr einiges an Geduld ab. Im Stillen dachte sie sich, dass sie eine dieser typischen Vertreterinnen der überbehütenden Eltern-Generation vor sich hatte, die immer öfter die knappen personellen Ressourcen der Beratungsstelle für Nichtigkeiten beanspruchten. Eigene Erziehungskompetenz? Gleich null.

In der Pause stellte Tine einen Anruf durch.

»Volker Pantlitz. Kreisjugendamt Tecklenburg.«

Hannah war augenblicklich hellwach, denn sie hatte nicht erwartet, je wieder von diesem Mann zu hören. »Herr Pantlitz! Worum geht es?«

»Um den Fall Roddy Grabkow. Seine Mutter hat mich gestern Nachmittag angerufen. Sie war völlig außer sich und wollte wissen, ob ich sie bei der Polizei angeschwärzt hätte. Ich wollte Sie vorwarnen. Es könnte sein, dass Frau Grabkow sich auch bei Ihnen meldet.«

»Sie wurde bei der Polizei angeschwärzt?«, gab Hannah sich völlig ahnungslos.

»Allerdings! Jetzt halten Sie sich fest: Man verdächtigt Frau Grabkow des Mordes an Liliane Ferst. Die Beamten behaupten angeblich, Frau Ferst habe Tanja Grabkow ihren Sohn auf Dauer entziehen lassen wollen und sei deswegen von ihr aus dem Weg geräumt worden. Frau Grabkow beteuert aber, sie habe ein Alibi für die Tatzeit.«

»Dann sollte sie das schnellstens der Polizei mitteilen.«

»Habe ich ihr auch gesagt. Im übrigen halte ich dieses angebliche Tatmotiv für totalen Humbug.«

»Wieso?«

»Weil Liliane Ferst sich zu dem Zeitpunkt bereits definitiv entschieden hatte, dem Richter zu empfehlen, Tanja Grabkow ihren Sohn wieder zuzusprechen. Allerdings unter der Auflage, dass sie Unterstützung durch eine Sozialpädagogische Familienhilfe akzeptiert.«

»Aber das geht aus Liliane Fersts Unterlagen in keiner Weise hervor.«

»Ich weiß. Sie hat leider nur handschriftliches Gekritzel hinterlassen. Mir hat sie kurz vor ihrem Tod gesagt, sie würde das Gutachten vermutlich erst in der Nacht vor dem Abgabetermin Anfang Januar fertigstellen. Sie bräuchte den Druck, um in die Gänge zu kommen, waren ihre Worte. Übrigens hatte sie Tanja Grabkow bereits mitgeteilt, dass sie Roddy vermutlich zurückbekommen würde.«

»Also kannten Sie Liliane Fersts Einschätzung des Falls, Herr Pantlitz? Warum haben Sie mir davon nichts gesagt?«

»Weil Sie als neue Gutachterin bestellt waren und zu ihrer eigenen Einschätzung der Sachlage kommen mussten. Wenn irgendwer herausgefunden hätte, dass ich Sie beeinflusst habe, wäre das auf mich zurückgefallen.«

»Und was hatte es mit Liliane Fersts Anruf im Jugendamt von Meschede auf sich?«

»Nur eine Formsache. Sie hat dort mit Sicherheit nach den Feiertagen keine Nachforschungen mehr anstellen wollen.«

»Das hätte sie aber tun sollen! Mir ist inzwischen bekannt, dass Tanja Grabkow wenige Tage nach Roddys Geburt seine komplette Ernährung und Pflege ihrer Tochter überlassen hat, um sich tagtäglich mit ihren Saufkumpanen zu treffen. Sie hat Kimberley von dem Zeitpunkt an keinen Tag mehr in die Kindertagesstätte gehen lassen. Finden Sie, dass so jemand erziehungsfähig ist?«, erregte Hannah sich. »Wie soll ein fünfjähriges Kind um die korrekte Zubereitung von Flaschennahrung wissen? Dazu muss man die Anweisungen auf der Verpackung lesen können. Es kann sein, dass ihre Mutter es ihr beim ersten Mal erklärt hat, aber das reicht doch nicht! Und glauben Sie, dass Kimberley regelmäßig die Flaschen und Schnuller ausgekocht hat? Ich sage Ihnen: Roddy war in Lebensgefahr!«

»Nun regen Sie sich nicht so auf, Frau Schmielink! Woher wissen Sie das überhaupt alles?«

»Im Unterschied zu Liliane Ferst war ich persönlich in Meschede und habe mit Tanja Grabkows Nachbarin gesprochen. Von ihr stammte der anonyme Hinweis ans Jugendamt.«

»Sie waren in Meschede? Auf eigene Kosten?«

»Ist das alles, was Ihnen dazu einfällt?«

Pantlitz schien sich einen Augenblick zu sortieren. Dann sagte er mit ruhiger Stimme. »Frau Schmielink, Sie sind zum allerersten Mal mit einem Fall von Kindeswohlgefährdung befasst. Wenn wir alle Kinder in ähnlichen Situationen aus der Familie nehmen würden, wäre das überhaupt nicht tragbar.«

»Wie meinen Sie das? Finanziell?«

»Nicht nur das. Solange ambulante Hilfen wie Sozialpädagogische Familienhilfe, Tagesgruppe oder Erziehungsbeistand ausreichen, um die Gefährdungssituation zu beheben, müssen wir uns darauf beschränken. Frau Ferst hatte das im Übrigen sehr schnell begriffen.« Er machte eine kleine Pause, bevor er fortfuhr: »Wenn ich darüber nachdenke, kommt es mir immer wahrscheinlicher vor, dass Sie der Polizei den Hinweis auf Frau Grabkow gegeben haben.«

Hannah schwieg. Warum sollte sie weiter mit diesem Mann diskutieren? Das brachte doch nichts. Sie würde nie wieder eine Gutachtertätigkeit ausüben, schwor sie sich in diesem Moment.

»Sie dementieren es also nicht?« Pantlitz klang empört.

Zwei Sekunden später hörte sie ein Klicken in der Leitung.

Hannah war noch ziemlich aufgebracht, als sie sich mit den Kollegen zur Kaffeepause traf.

»Das ist mal wieder typisch«, schnaubte Dirk. »Das Kind zurück zur Mutter schicken, die es vernachlässigt, missbraucht und vielleicht sogar quält. Kostengünstiger ist das natürlich und entlastet den Haushalt der Kommune, wenn man das Pflegegeld spart. Die meisten Gemeinden hier in der Gegend sind ziemlich pleite. So ein Erziehungsbeistand kann Laie sein, und der arbeitet für eine kleine Aufwandsentschädigung.«

Zu Hannahs Verwunderung gab Dorothee ihm Kontra. »Ich finde das reichlich pauschal, Dirk. In den Jugendämtern sitzen ganz überwiegend engagierte Leute, die sich mit Hunderten von Fällen und leeren Kassen für die Kinder- und Jugendhilfe herumschlagen müssen. Das weißt du genau.« Hannahs Lieblingskollegin massierte sich die Schläfen. Anscheinend hatten ihre Kopfschmerzen nicht nachgelassen.

Dirk achtete nicht weiter auf sie, sondern fuhr mit seiner Tirade fort: »Ich verstehe sowieso nicht, warum man nicht einfach die Bestimmungen für Adoptionen ändert.«

»Herrgott, Dirk, das hatten wir doch alles schon!« Dorothee stand auf und ging.

Der Sturm hatte für den Moment nachgelassen. Hannah beschloss, auf jeden Fall in der Mittagspause zum Polizei-Präsidium zu fahren.

Nach ein Uhr

Sie hatte fast vierzig Minuten bis zum Friesenring gebraucht. Jeder schien heute früher Feierabend machen zu wollen, um rechtzeitig vor dem für den Nachmittag angekündigten Inferno zu Hause zu sein.

Selbst das Polizei-Präsidium lag anders als sonst wie ausgestorben da. In Jans Abteilung traf sie nur Gerrit an. Schüttler war bei einem Einsatz, die neue Kollegin beim Zahnarzt.

Gerrit telefonierte, um Hannah für die Erstellung des Phantombilds anzumelden, während sie sich ein wenig umsah. Offensichtlich hatte Gerrit vorübergehend Jans Schreibtisch übernommen. Dort lag ein durchsichtiger Plastikbeutel mit einem schmutzig-grauen Stück Seil.

»Alles klar«, sagte Gerrit und legte auf. »Sie erwarten dich im dritten Stock, Zimmer 307.«

»Euer Fund aus der Mülltonne?«, fragte Hannah und wies auf den Beutel.

»Vermutlich die Tatwaffe. Die letzten Ergebnisse aus der KTU stehen noch aus, aber die Wahrscheinlichkeit ist hoch.«

Einen Sekundenbruchteil hatte Hannah das Gefühl, ein solches Seil mit eingeflochtenem dunklen Faden schon einmal gesehen zu haben. Aber irgendwie ein wenig anders als dieses … heller?

»Fast hätte ich es vergessen«, hörte sie Gerrit sagen. Das Bild vor ihren Augen verblasste. »Tanja Grabkow hat tatsächlich ein Alibi. Sie war zur fraglichen Zeit mit einer Clique von äußerst trinkfesten Leuten zusammen.«

»Das kann doch nicht wahr sein!«

»Doch. Heute Morgen haben Schüttler und Natalie sie endlich angetroffen. Als sie ihr Druck gemacht haben, ist sie damit herausgerückt, dass sie sich im Nachbarort Hörstel mit diesen Leuten trifft, bis sie nachmittags ihre Tochter vom Kindergarten abholen muss. Mehrere ihrer Saufkumpanen haben bestätigt, dass sie am 30. Dezember zur fraglichen Zeit mit ihnen zusammen war, sogar länger als üblich, weil der Kindergarten zwischen den Feiertagen geschlossen hatte.«

»Und das Datum wissen die heute noch? Da wäre ich aber skeptisch.«

»Einer von ihnen wurde an dem Tag 50, und alle erinnern sich haargenau, dass die Grabkow bei dem feuchtfröhlichen Ständchen für ihn dabei war. Wir gehen mit ziemlicher Sicherheit davon aus, dass sie als Täterin ausscheidet. Also fangen wir bei null wieder an.«

Die Anfertigung des Phantombilds hatte wesentlich länger gedauert, als Hannah gedacht hatte. Auf dem Rückweg zur Beratungsstelle kam sie glücklicherweise etwas schneller vorwärts, da der Berufsverkehr nun abgeflaut war. Dafür war die Parkplatzsuche am Straßenrand vergeblich, und sie musste wieder einmal das Parkhaus in Bahnhofsnähe aufsuchen, wo es reichlich freie Stellplätze gab. Vermutlich hatte heute niemand mehr Lust auf Einkäufe in der City.

Während sie die Schützenstraße entlang lief, dachte sie an Tanja Grabkow. Was für eine Zwickmühle für Roddys Mutter! Da sie gezwungenermaßen ihr Alibi für die Tatzeit offengelegt hatte, stand sie zwar nicht mehr unter Mordverdacht, aber das ständige Zusammensein mit ihren Saufkumpanen erzeugte enorme Zweifel, ob sie es wirklich so ernst meinte mit der verlässlichen Betreuung ihrer Kinder, wie sie behauptet hatte. Der Vormundschaftsrichter musste unbedingt von diesen neuen Erkenntnissen erfahren! Wie unglücklich, dass Hannah das Gutachten heute abgeschickt hatte!

An der Garderobe im Flur hing nur eine Jacke. Eine Schrecksekunde lang glaubte Hannah, die anderen seien ohne sie nach Senden aufgebrochen. Dann tauchte Tine auf.

»Sind alle schon weg. Der Termin wurde vor einer halben Stunde abgesagt. Der Schulleiterin war es zu riskant, ihre Kollegen noch länger festzuhalten, weil einige einen ziemlich weiten Heimweg haben. Ich habe versucht, dich auf dem

Handy zu erreichen, aber du bist nicht rangegangen.«

Tine verabschiedete sich nach einem kleinen Plausch und wünschte ein schönes Wochenende.

Also doch ein früher Feierabend! Wenn sie ihr Handy im Präsidium nicht ausgestellt hätte, um ohne unerwünschte Störungen dieses völlig missglückte Phantombild zu erstellen, könnte sie jetzt schon zu Hause sein. Allerdings hatte sie wenig Lust, Jan zu berichten, dass ihr Versuch noch blamabler ausgefallen war als seiner. Das Gesicht des Radfahrers hätte sie unter Hunderten ähnlicher Fotos herausgefunden, es aber stückweise zusammenzusetzen, war nicht ihre Sache. Wie war der Mund geformt gewesen? Wie dicht standen die Augen? Ehrlicherweise musste sie sich eingestehen, dass sie keine Ahnung hatte.

Der Wind hatte wieder zugenommen, war aber von Orkanstärke weit entfernt. Vor fünf Uhr erwartete Jan sie nicht zurück. Lasse hielt bestimmt noch eine Weile seinen Mittagsschlaf. Ihr Entschluss fiel plötzlich. Sie aß ihre Brote und einen Joghurt und machte sich auf den Weg. Im Parkhaus herrschte inzwischen gähnende Leere, auch auf den Straßen im Stadtzentrum war es gespenstisch ruhig. Erst stadtauswärts wurde der Verkehr dichter. Einzelne Fußgänger stemmten sich gegen die Böen. Ein Radfahrer kämpfte mit seinem zum Ballon aufgeblasenen Regencape.

Der Ampelmast am Abzweig zum Schifffahrter Damm schaukelte bedenklich über ihr. Auf dem Fußweg wartete eine ältere Frau mit verbissener Miene auf ihre Grünphase. Einen Augenblick später wurde sie mitsamt ihres Rollators von einer Windböe erfasst und beinahe vor ein einbiegendes Auto gedrängt. Der Fahrer konnte gerade noch rechtzeitig bremsen.

Auf der Kanalbrücke musste Hannah kräftig gegenlenken. An einer Tankstelle knatterten die Werbeflaggen wie in einem Segelhafen an der Nordsee im Wind. Entweder hatte der Sturm in kurzer Zeit mächtig zugelegt, oder er war hier draußen vor der Stadt deutlich spürbarer. Aber so weit war es schließlich nicht bis zu Doppheides. Sie würden sich sicher freuen, von Hannahs abschließender Einschätzung des Falls zu erfahren. Und außerdem wollte sie ein Versprechen einlösen, dass Frank Doppheide ihr auf dem Parkplatz des Antonius-Krankenhauses gegeben hatte. Mehr nicht. Es sollte ihr letzter Kontakt mit ihm sein, hatte sie sich geschworen.

Auf der Höhe des Abzweigs in die Bauerschaft prasselte von einer Sekunde auf die andere eine wahre Sturzflut herunter. Sie schaltete den Scheibenwischer auf die höchste Stufe, konnte aber nur mit Mühe die Fahrbahn erkennen. Am Straßenrand tauchte einen Augenblick lang Schulze-Breunings Melkhus auf. Die Fichten im Hintergrund bogen sich mächtig.

In der nächsten Kurve drosselte sie die Geschwindigkeit weiter und bog in Doppheides Pappelallee ein. Im Schritttempo überquerte sie den holprigen, mit einer Unzahl von Ästen und Zweigen übersäten Hof und parkte so dicht wie möglich am Wohnhaus, blieb aber im Auto sitzen, bis der Regen einige Minuten später genauso plötzlich aufhörte wie er angefangen hatte.

Kurz vor halb vier - im Präsidium

»Tut's noch weh?« Gerrit bemühte sich um einen mitfühlenden Tonfall.

»Frag mich noch einmal in einer Stunde, wenn die Wirkung der Spritze nachlässt«, erwiderte Natalie Weyröder seufzend. »Ist das die Tatwaffe?« Sie beugte sich über den Beutel und befühlte gleichzeitig zum wiederholten Mal das Innere ihrer linken Wange mit der Zunge. Noch alles betäubt.

Gerrit wurde eifrig. »Ja. Wir rätseln alle, was dieser dunkle Drahtfaden zu bedeuten hat. Wofür braucht man so ein Seil?«

»Das kann ich dir sagen.« Natalie hob die Tüte mit spitzen Fingern an.

»Du?« Gerrit lächelte belustigt.

»Hab ich tausend Mal gesehen«, antwortete Natalie gleichmütig. »Mein Onkel hatte einen Bauernhof, und ich war dort regelmäßig in den Ferien. Wir wurden immer gewarnt, so einen Zaun anzufassen, aber ich konnte es natürlich trotzdem nicht lassen. Es war eine Art Mutprobe.«

»Mutprobe?«

»Ja, klar. Ich wollte dazu gehören, obwohl ich kein richtiges Bauernkind war. Ich bekam natürlich einen gewischt, habe es aber heldenhaft getragen.«

»Ein Elektrozaun!«, dämmerte es Gerrit.

Zur selben Zeit

Britta Doppheide öffnete die Haustür, noch bevor Hannah klingeln konnte. Ihr dunkles Haar hatte sie nachlässig zu einem Pferdeschwanz zusammengebunden, Jeans und Strickjacke wirkten abgetragen.

»Frau Schmielink! Ich habe Sie vom Küchenfenster aus auf den Hof fahren sehen. Was treibt Sie bei diesem Wetter hierher?«

»In Münster war der Sturm nur halb so schlimm. Ein Termin wurde abgesagt, und ich dachte mir, ich teile Ihnen persönlich mit, wie das Gutachten ausgefallen ist.«

»Kommen Sie herein! Mein Mann kontrolliert die Ziegel auf dem Stall. Der Sturm soll nachher noch weiter zulegen, und er befürchtet, dass uns das halbe Dach um die Ohren fliegen könnte.« Britta Doppheide redete ohne Pause. »Frank wollte sich melden, wenn er damit fertig ist, weil ich mir Sorgen mache, dass ihm da oben etwas passieren könnte. Er müsste jeden Moment anrufen.«

Sie gingen ins Esszimmer, wo Roddy im Laufstall einen Berg von Bilderbüchern um sich ausgebreitet hatte. Er schaute kurz auf, war aber zu beschäftigt, um weiter Notiz von Hannah zu nehmen.

»Entschuldigen Sie die Unordnung.« Britta Doppheide räumte mit fahrigen Bewegungen das Bügeleisen und einen Plastikkorb beiseite. Auf dem Esstisch waren verschiedene Päckchen aus Wäsche abgelegt, Blusen und Oberhemden hingen auf Bügeln an den Stuhllehnen. Auch das gestreifte Hemd, das Frank Doppheide am Mittwoch im Sauerland getragen hatte. Hannah schluckte.

Rasch schüttelte sie den irritierenden Anblick ab und begann, von den neusten Entwicklungen zu berichten. Den zwischenzeitlichen Mordverdacht gegen Tanja Grabkow ließ sie wohlweislich weg.

»Ich habe nie geglaubt, dass diese Frau sich geändert haben könnte!«, entfuhr es Roddys Pflegemutter, während sie nervös die Hände rang.

»Ich habe vor, Tanja Grabkows Sorgerecht für ihre Tochter

ebenfalls anzuzweifeln«, ergänzte Hannah. »Sie missbraucht Roddys Schwester für die Hausarbeit und vernachlässigt sie. Das ist übrigens ein weiterer Grund, warum ich gekommen bin.«

»Wie meinen Sie?«, murmelte Britta Doppheide unkonzentriert.

»Ich rede von Kimberley. Eigentlich gehört es nicht mehr zu meinen Aufgaben, aber ich möchte Sie trotzdem fragen: Könnten Sie sich vorstellen, das Mädchen ebenfalls zu sich zu nehmen? Auf Dauer, meine ich. Wenn beide Kinder zusammenbleiben könnten, wäre das für den Vormundschaftsrichter sicher ein Argument im Hinblick auf Roddy.«

Britta Doppheide zögerte. Hannah wunderte sich. Sie hatte ein wenig mehr Enthusiasmus erwartet. Begriff diese Frau denn nicht, was für eine Chance sie ihr bot?

Das Telefon läutete in die peinliche Gesprächspause hinein.

»Das ist bestimmt Frank«, sagte Britta aufatmend und ging in die Küche.

Hannah schaute zum Fenster hinaus. Die Pappeln an der Zufahrt schwankten beängstigend heftig vor einem dunkelgrauen Himmel, obwohl es viel zu früh für die Abenddämmerung war. Allmählich wurde ihr mulmig. Allzu lange sollte sie besser nicht mehr bleiben.

»Frank!«, hörte sie Britta Doppheide in der Küche. »Wo bist du? – Gut. – Kannst du herkommen? Frau Schmielink ist da. – Beeil dich!«

Hannah hörte ein Geräusch wie vom Öffnen einer Schublade, dann ein Knistern und fließendes Wasser. Anscheinend nahm Britta Doppheide eine Tablette.

»Frank ist in seiner Kammer. Er kommt in fünf Minuten.«

Hannahs Herz klopfte schneller. »Das trifft sich gut. Er hat mir am Mittwoch gesagt, ich könne eine von seinen Holzarbeiten kaufen.«

Britta Doppheide schaute ungläubig auf. »Eine seiner Skulpturen? Kann ich mir gar nicht vorstellen.« Sie klang äußerst schnippisch.

»Könnten Sie ihn bitte anrufen und ihm sagen, dass er auf mich warten soll?«, beharrte Hannah.

Mit zusammengekniffenem Mund drehte Britta Doppheide sich um und griff zum Telefon.

Der lange Gang zwischen dem Wohnhaus und den Stallungen glänzte wie üblich vor Sauberkeit und roch nach einem scharfen Putzmittel. Die Haken mit Arbeitskleidung und Hüten ignorierte Hannah schnöde. Sie hatte nicht vor, Frank Doppheide in derartig unvorteilhafter Verkleidung zum letzten Mal gegenüberzutreten.

Eine Böe traf das Gebäude. Wände, Türen und Fenster mussten einige Sekunden lang der enormen Wucht standhalten, bis der Druck nachließ und ein Heulen ums Haus fegte.

Als Hannah die Futterkammer betrat, dämpften die dicken Mauern die Außengeräusche. Alle Luken in den Wänden waren verschlossen, aber trotzdem pfiff Zugluft durch die Ritzen und wirbelte Strohhalme und Sägespäne auf. Von den Tieren im Stall kamen dumpfe Geräusche, die Kälberboxen waren jedoch leer.

Vor der Tür zu Franks Atelier holte sie tief Luft und klopfte energisch. Ihr Herz schlug wie verrückt. Wie würde er reagieren?

»Hannah!« Sein strahlendes Lächeln machte alle Zweifel zunichte: Er freute sich, sie zu sehen. Mit der rechten Hand schüttelte er ihr förmlich die Hand, während seine Linke kurz ihren Arm berührte. Sie trat einen Schritt zurück.

»Ich habe das Gutachten abgeschickt«, sagte sie so nüchtern wie möglich. Aufmerksam hörte er zu, während sie das Ergebnis zusammenfasste. Immer wieder musste sie den Blick von seinen blauen Augen abwenden, die sie aufmerksam anschauten.

»Roddys Schwester?«, murmelte er dann. »Ich kenne sie gar nicht. Wir sollen beide Kinder zu uns nehmen? Darüber müsste ich mit meiner Frau sprechen.«

»Natürlich! Hat ja noch Zeit. Beraten Sie sich darüber.« Hannah schaute sich um. »Ich würde gern Ihr Versprechen einlösen.«

Doppheide runzelte die Stirn. »Ja, natürlich. Suchen Sie in aller Ruhe aus – wenn Sie das Chaos hier drin nicht stört. Ich hatte nur ein paar Minuten zum Aufräumen.« Sein jungenhaftes Lächeln blitzte auf.

Hannah wandte sich den Regalen mit seinen Skulpturen zu. Aus dem Augenwinkel sah sie, wie Frank sich an seinen Arbeitstisch setzte, um einen Holzklotz mit einem schmalen Werkzeug zu bearbeiten. Dicke Späne fielen auf den Boden. Soweit erkennbar, stemmte er aus einem unförmigen Block Kopf und Oberkörper einer Frau. Eine Art Büste.

Sie ließ sich Zeit. Ihr Blick streifte über unzählige Darstellungen von Menschen, Tieren und abstrakte Gebilde. Welches Teil sollte sie auswählen? Etwas Dekoratives für ihren Schreibtisch? Oder ein Stück nur für sich? Etwa die winzige Eule mit den riesigen Augen?

Maria, Josef und Jesuskind? Die Figurengruppe aus einem Block gefiel ihr. Die könnte sie jedes Jahr im Wohnzimmer aufstellen und sich erinnern.

»Ich möchte die Krippe kaufen«, sagte sie, ohne ihn anzuschauen.

»Das geht nicht.«

Irritiert wandte sie sich um. »Ist sie für jemand anders bestimmt?«

»Nein. Ich verkaufe eigentlich nichts.«

»Aber Sie haben doch gesagt …«

»Ich habe gesagt, Sie können sich eine Skulptur aussuchen.«

»Die kann ich aber nicht einfach so annehmen.«

»Warum nicht?«

»Weil ich ein Gutachten geschrieben habe, das für Sie von Belang ist.«

»Ich will Sie nicht bestechen.«

»Das glaube ich Ihnen. Aber andere könnten es so auslegen.«

»Die Skulptur möchte ich Ihnen persönlich schenken, nicht der Gutachterin, die mir das Gericht zugewiesen hat.«

»Das geht nicht – wirklich nicht … dann lasse ich es lieber. Es war wohl ein Missverständnis.«

»Schade.«

»Ich gehe dann besser.«

Wieder ein tiefer Blick in ihre Augen. Er ging Hannah durch und durch.

Verwirrt und mit einem Kloß im Hals ging sie zurück, ohne auf ihre Umgebung zu achten.

»Stell dir vor: Sie ist ohne Anmeldung hier hereingeplatzt. Und nun ist sie schon mindestens eine Viertelstunde bei Frank. Mir ist gar nicht wohl dabei.«

Britta Doppheide telefonierte in dem kleinen Büro. Die Tür stand einen Spalt breit offen. Hannah blieb unwillkürlich stehen, als der Name »Frank« fiel.

»Du hast Recht. Bei der Ferst hat er es genauso gemacht. Du weißt schon ... seinen Charme spielen lassen ... er wollte schließlich etwas von ihr. – Kann ich nicht sagen. Ich weiß nicht, wie weit er gegangen ist. Es macht mir zu viel Angst, das zu Ende zu denken.«

Hannah hielt den Atem an und lehnte sich an die Wand. Ihre Beine drohten nachzugeben.

»Ich weiß nicht, wozu Frank fähig ist. Manchmal glaube ich, ich kenne ihn nicht. – Du, warte mal. Die Tür steht offen. – Jetzt erzähl du aber mal! Wie ist das Wetter bei euch in Barcelona? Ich beneide dich ja so, Schwesterherz.«

Die Tür zum Büro fiel ins Schloss.

Hannah schnappte nach Luft. Vorsichtig setzte sie einen Fuß vor den anderen, dann lief sie immer schneller den Gang entlang. Sie musste weg von hier! Möglichst schnell! Am liebsten wollte sie mit niemandem mehr reden und sich verabschieden.

Roddy hatte sich an den Gitterstäben des Laufstalls hochgezogen und sah Hannah von schräg unten an, als sie sich zu ihm beugte. Ein durchdringender, übler Geruch lag in der Luft und verriet, wozu er die Zeit des Alleinseins genutzt hatte. Rasch wandte sie sich ab und griff nach ihrer Tasche, die über einer Stuhllehne hing.

Erst im Flur drang das Heulen des Sturms wieder in ihr Bewusstsein. Die Pausen zwischen den Böen waren nun kürzer. Irgendwo schlug unablässig ein Fenster oder eine Tür.

Es war kurz nach vier. Sie hatte eine Stunde Autofahrt vor sich. Oder länger angesichts der extremen Wetterlage. Sie entschloss sich, vorsorglich die Toilette aufzusuchen.

Von dem quadratischen Flur gingen mehrere Türen ab. Zuerst landete sie im Wohnzimmer. Nach einem flüchtigen Blick auf klobige Sessel und einen Kamin aus roten Klinkersteinen testete sie die nächste Möglichkeit: ein Hauswirtschaftsraum mit Waschmaschine, Trockner und Vorräten. Erst beim dritten Versuch entdeckte sie eine dunkel geflieste Toilette.

Während sie sich die Hände wusch, mischte sich ein heftiges Krachen in das Jaulen und Pfeifen draußen. Da musste irgendetwas zu Bruch gegangen sein. Das Dach vom Stall? Siedend heiß fiel Hannah ihr ganz in der Nähe geparktes Auto ein.

Um gegen den Wind anzukommen, musste sie sich mit ganzem Körpereinsatz gegen die Haustür stemmen. Die Temperaturen waren in der kurzen Zeit abgestürzt. Mit Mühe gelang es ihr, den Wagen zu öffnen. Entschlossen startete sie den Motor, wendete in einem weiten Bogen und hielt auf die Pappelallee zu.

Frank hatte ihr Theater vorgespielt. Eine andere Deutung des belauschten Gesprächs gab es nicht. Seine Sympathie, seine Gefühle für sie: alles geheuchelt. Und sie war so dumm gewesen, sich täuschen zu lassen! Oder so bedürftig. Wie hatte sie nur auf diesen Schönling reinfallen können!

Sie beugte sich tiefer über das Lenkrad. Mittlerweile war es so gut wie dunkel, und sie sah kaum etwas. Erst im letzten Moment bemerkte sie im schwachen Lichtkegel vor der Kühlerhaube einen Ast, der in ihre Fahrspur hereinragte. Vorsichtig umkurvte sie ihn.

Sie konnte höchstens einen halben Meter weit sehen. Wieder tauchte etwas Riesiges vor ihr auf und zwang sie zum Bremsen.

Verdammt! Sie war nur mit dem Tagfahrlicht unterwegs. Hastig tastete sie nach dem Drehknopf und erstarrte. Im gleißenden Scheinwerferlicht lag unmittelbar vor ihr ein schwarzes Ungetüm quer über der Allee: Baumkronen und Stämme von zwei Pappeln samt Wurzelteller von mehreren Metern Durchmesser.

Hannah schauderte. Sie saß fest.

Adrenalin flutete ihren Körper und ließ sie das Notwendige tun. Ruhig und gefasst suchte sie in ihrer Tasche nach dem Handy und drückte die erste gespeicherte Nummer.

»Jan Schmielink.«

»Ich bin's.«

»Hannah, wo bleibst du denn? Hier geht schon die Welt unter! Warum habt ihr euren Termin nicht verschoben und für heute Schluss gemacht?«

»Haben wir. Ich bin auf dem Bauernhof von Roddys Pflegeeltern. Ich erkläre es dir später. Ich wollte gerade losfahren, aber ich komme hier nicht weg.«

»Was soll das denn heißen?«

»Die Hofzufahrt ist von zwei umgestürzten Bäumen blockiert. Ich mache mich jetzt auf die Suche nach dem Bauern, aber ich weiß nicht, ob er bei diesem Sturm den Weg frei machen kann. Und wenn, dann wird es dauern. Warte nicht auf mich, und mach dir keine Sorgen.«

»Wie meinst du das? Musst du etwa dort übernachten?«

Hannah seufzte. »Ich hoffe nicht, aber ich kann für nichts garantieren. Gib Lasse einen Kuss von mir.« Hinter sich hörte sie ein beunruhigendes Geräusch. »Ich muss jetzt Schluss machen. Hier fallen immer noch Äste runter. Ich melde mich nachher noch einmal.«

Sie drückte das Gespräch weg und legte den Rückwärtsgang ein. Ein Knall auf dem Wagendach! Mit Entsetzen sah Hannah, wie ein Ast über die Windschutzscheibe und die Kühlerhaube rutschte. Sie musste hier weg! Sofort!

Hochkonzentriert und mit ständigem Blick in den Rückspiegel rollte sie zurück in Richtung Remise. Beinahe hatte sie es bis zum Hof geschafft, als ein mächtiger, quer liegender Ast sie an der Weiterfahrt hinderte. Sie war eingekesselt!

Angespannt wartete sie die nächste Böe ab und verließ dann hastig das Auto. Ihre Tasche hielt sie zum Schutz vor herabfallendem Windbruch über den Kopf und sprintete die restlichen fünfzig Meter bis zur Haustür. Glücklicherweise hatte dort jemand die Außenbeleuchtung eingeschaltet.

»Komplett entwurzelt?« Britta Doppheide stand die Verblüffung ins Gesicht geschrieben. »Wie kann denn das sein?«

»Passiert schon mal mit Pappeln, weil es Flachwurzler sind. Bei Brinkhoffs hat ein Sturm vor Jahren die gesamte Allee umgelegt«, sagte ihr Mann. »Ich kann den Weg mit der Motorsäge frei räumen, Frau Schmielink. Aber das wird dauern.«

Hannah hatte nur mit halbem Ohr hingehört. Es war ihr äußerst unangenehm, dass sie gezwungen war, auf den Hof zurückzukehren. Doppheides freundliches Getue war unerträglich. Wie konnte er nur so falsch sein!

»Bei diesem Unwetter willst du die Stämme zersägen? Bist du lebensmüde? Jeden Moment kann der nächste Baum umkippen«, regte Britta sich auf. Eine steile Falte über der Nasenwurzel ließ sie plötzlich älter aussehen.

»Ich muss! Nicht allein wegen Frau Schmielink. Morgen früh gegen fünf kommt der Tankwagen von der Molkerei. Wenn der nicht durchkommt, muss ich spätestens morgen Abend die erste Milch in den Gulli schütten.«

»Willst du nicht die Feuerwehr oder das THW benachrichtigen? Die machen so etwas doch im Handumdrehen.«

»Kann ich versuchen.« Doppheide verzog sich mit dem Telefon, kam aber nach wenigen Minuten zurück. Seine Miene sprach Bände.

»Keine Chance! Überall in der Umgebung liegen Bäume flach. Bahngleise und die großen Straßen müssen vorrangig geräumt werden. Vielleicht schaffen sie es morgen früh. Ich muss wohl selbst ran.«

»Dann warte wenigstens ab, ob der Sturm sich ein wenig legt. Kann sein, dass wir in einer Stunde das Schlimmste hinter uns haben.«

»Meinetwegen. Ich muss sowieso erst das Benzin für die Kettensäge suchen.«

»Benzin? Aber …«, ächzte Hannah.

»Kein Autobenzin. Man braucht eine spezielle Mischung«, sagte Doppheide mit einem bedauernden Lächeln. Wieso hatte sie nicht eher erkannt, wie widerlich künstlich es war!

Er kratzte sich am Arm. »Außerdem muss ich die Schaufel an den Radlader montieren, sonst kann ich die Stämme nicht beiseite räumen.«

Himmel! Hielt dieser Mann überhaupt irgendetwas auf seinem Hof in Ordnung?

Britta Doppheide setzte Kaffee auf und verzog sich, um Roddys Windel zu wechseln.

Der Sturm heulte mit unverminderter Stärke um die Gebäude. Es schien, als habe die Intensität noch weiter zugenommen. Dieses Mal hatten die Wetterleute mit ihrer Vorhersage ins Schwarze getroffen. Und Hannah hatte die Warnungen nicht ernst genommen.

Der frische Kaffee duftete, aber sie wagte nicht, sich daran zu bedienen. Mehr als zehn Minuten waren vergangen, seitdem Franks Frau den Raum verlassen hatte. Sie schien nicht sehr begeistert, dass Hannah zurückgekehrt war.

Weder in der Küche noch im Esszimmer gab es irgendwelchen Lesestoff, um sich die Zeit zu vertreiben. Hannah war im

Begriff, die gläserne Schiebetür zum Wohnzimmer zu öffnen, um dort nachzusehen, als plötzlich das Licht ausging.

Wie erstarrt stand sie da. Ein, zwei Mal flackerte das Licht für Sekundenbruchteile wieder auf und erlosch dann endgültig. Sie war von völliger Dunkelheit umgeben. Draußen tobten die Böen pausenlos weiter. Sonst war nichts zu hören.

Sie wartete kurz ab, aber als sich nichts tat, bewegte sie sich tastend zum Esstisch und setzte sich vorsichtig hin.

Dann ein Geschrei: offensichtlich bewegte Britta Doppheide sich mit Roddy die Treppe hinunter. Der Lärmpegel schwoll an, aber es dauerte geraume Zeit, bis die beiden die Küche betraten.

»Frau Schmielink?«

»Hier im Esszimmer.«

»Können Sie mir Roddy bitte kurz abnehmen? Ich muss Kerzen suchen«, rief Britta. Dem Geschrei nach zu urteilen, schien sie sich auf Hannah zuzubewegen. »Wo sind Sie, Frau Schmielink?«

»Hier am Tisch.«

Hannah streckte den Arm aus, bis sie Franks Frau berührte. Dann fühlte sie, wie ihr der Junge übergeben wurde. Er brüllte ihr markerschütternd ins Ohr, und seine kleinen Fäuste landeten einen Treffer nach dem anderen in ihrem Gesicht. »Alles gut, kleiner Mann. Gleich wird es wieder hell«, versuchte sie vergeblich, zu ihm durchzudringen.

»Er bekam Angst, als das Licht ausging«, schrie Britta Doppheide, während sie sich entfernte. »Wo habe ich bloß die Kerzen gelassen?«

Hannah hörte sie in der Küche rumoren. Dann nichts mehr. Britta schien den Raum verlassen zu haben. Die Minuten zogen sich. Roddy ließ sich nicht beruhigen, wand sich auf ihrem Arm und schrie nach seiner »Mama«.

Endlich knallte etwas Schweres auf den Tisch. Das Zippen eines Feuerzeugs war zu hören, und schon erleuchtete eine dickbäuchige, weiße Kerze das Esszimmer. Roddy schluchzte weiter vor sich hin, beruhigte sich aber allmählich auf dem Arm seiner Pflegemutter.

»Zünden Sie bitte die anderen Kerzen auch an, Frau Schmielink«, bat Britta Doppheide und wies auf ihren Vorrat auf dem Tisch.

Warmes Licht erfüllte Küche und Esszimmer. Hannah reckte sich gerade, um einen Stumpen ins Küchenregal zu stellen, als Frank Doppheide erschien – mit einer riesigen Taschenlampe in der Hand und aschfahl im Gesicht.

»Stromausfall«, murmelte er vor sich hin. »Auch das noch!«

Er durchwühlte verschiedene Schubladen nach Batterien und legte seine Ausbeute nach Größe sortiert auf den Küchentisch. »Das ist ja wenigstens etwas«, seufzte er.

»Kommt das öfter vor?«, fragte Hannah zaghaft.

»Bisher nur einmal. Ist schon fünf Jahre her.«

»Glauben Sie, dass das jetzt länger dauert?« Hannah bedauerte ihre Frage, als sie die Verzweiflung in seinem Gesicht sah.

»Ich weiß es nicht«, flüsterte er. »Aber wenn, dann ist es eine Katastrophe.«

»Eine Weile kann man sich doch behelfen«, versuchte sie zu beschwichtigen.

»Hier im Haus wohl. Aber wir können nicht melken.«

Hannah sank an den kleinen Küchentisch. Kein Strom! Würde Doppheide nun überhaupt Zeit haben, nach dem Gemisch für die Säge zu suchen und die Ausfahrt zu räumen? Bestimmt hatte er momentan andere Sorgen, und sie musste noch länger ausharren. Sie würde Jan noch einmal anrufen müssen, sobald sie Klarheit hatte.

Doppheide testete nacheinander alle Batterien auf ihre Funktionsfähigkeit und fand tief in den Schubladen weitere Taschenlampen.

»Onkel Frank, Tante Britta, seid ihr da?« Ein dünnes Stimmchen aus dem Flur. Gudrun Doppheide und ihre Enkelin Mia.

Das Mädchen riss die Druckknöpfe ihrer Jacke auf und schleuderte sie in die Ecke. »Bei uns ist auch kein Strom«, rief sie fröhlich, als sei das alles ein großes Abenteuer. Roddy strahlte und hob die Hand, um sie abklatschen zu lassen.

Gudrun Doppheide stellte eine kantige Taschenlampe auf dem Tisch ab und setzte sich ächzend. »Das musste ja eines Tages passieren!«

Ihr Sohn presste die Lippen zusammen.

»Andere Betriebe sind auf so etwas vorbereitet, aber dir war ja das Geld zu schade. Dabei sind die kompletten Anschlüsse da! Die hat Vater noch legen lassen.«

Immer noch kein Wort von Frank. Hannah hatte keine Ahnung, worum es überhaupt ging.

Britta Doppheide mischte sich ein. »Was können wir tun? Sollen wir mit der Hand melken?«

Ihr Mann schüttelte resignierend den Kopf. »Das machen die Kühe nicht mit, weil sie es nicht gewohnt sind. Außerdem werden mir spätestens nach zwei Tieren die Arme lahm.«

»Du solltest sofort in den Stall gehen. Einige Tiere werden sich bald hinlegen, und der Milchfluss beginnt«, sagte Gudrun Doppheide eindringlich. »Die anderen könnten Kreislaufprobleme bekommen wegen der schweren Euter. Außerdem brauchen sie Futter und müssen getränkt werden. Die automatische Anlage funktioniert ja auch nicht.«

Ihr Sohn schaute düster. »Ich müsste eigentlich nach dem Gemisch für die Kettensäge suchen.«

»Britta, mach du das. Danach kannst du Frank im Stall helfen. Ich passe auf Mia und Roddy auf, bringe sie ins Bett und mache uns etwas zu essen. Frau Schmielink ist bestimmt so freundlich, mir zur Hand zu gehen. Sobald Carolin von der Arbeit kommt, schicke ich sie zu euch.« Sie stand energisch auf. »Als Erstes werde ich den Kamin anzünden. Die Heizung funktioniert ja auch nicht.«

Wenigstens eine hatte die Lage im Griff.

Kurz vor fünf

Hannah hatte sich in einen der klobigen Ledersessel gesetzt und hielt die Kinder auf dem Teppich im Auge. Mia und Roddy beschäftigten sich mit Spielzeugautos und untermalten das Geschehen mit entsprechenden Geräuschen.

Gudrun Doppheide schichtete einen kleinen Stoß Reisig auf, zündete ihn mit einem brennenden Stück Papier an und stapelte eine Lage Stöckchen darüber. Holzklötze lagen griffbereit. Erfrieren würden sie jedenfalls nicht.

Mit einem kaum vernehmbaren Stöhnen setzte Gudrun sich und hielt ihre Hände in Richtung Flammen. Deutlich waren die knotigen Gelenke zu erkennen. Hannah war unbehaglich zu Mute. Was sollte sie mit dieser so spröde wirkenden Frau reden?

Ihre Befürchtungen erübrigten sich schnell, denn Gudrun Doppheide war überraschend gesprächig. »Sind Sie bei dem Wetter extra wegen des Gutachtens vorbeigekommen?«, wollte sie wissen.

»Das bin ich tatsächlich. Aber ich hatte den Sturm wohl unterschätzt.«

»Da sind Sie nicht die Einzige«, seufzte Franks Mutter und fuhr fort: »Sie befürworten also, dass Roddy bei uns bleiben kann?«

»Das wird sich zeigen. Aber zu seiner Mutter sollte er nicht zurück.«

»Dann müssen wir abwarten. ›Auf See und vor Gericht bist du in Gottes Hand‹, sagte mein Vater immer. Dabei hätte Roddy es wirklich gut hier. Einen idealeren Ort als einen Bauernhof gibt es für Kinder nicht. Viel Platz, genug Beschäftigung, Eltern, die immer da sind. Er könnte mit Mia zusammen aufwachsen. Schauen Sie nur: Die beiden verstehen sich besser als Frank und Carolin es jemals taten.«

Mia lag auf dem Bauch und baute aus einem Stapel Zeitschriften eine Rampe für Roddys Autos. Die Ärmel ihres rosa Sweatshirts hatte sie aufgekrempelt. Von Zeit zu Zeit pustete sie ihre Löckchen aus der Stirn. Roddy brachte derweil seine Fahrzeuge auf Hochtouren. Die beiden boten in der Tat ein harmonisches Bild.

»Mir wäre es am liebsten, wenn Frank und Britta den Kleinen adoptieren würden, aber das ist heute ja nicht mehr so einfach«, seufzte Roddys Pflegeoma. »Mein Schwiegervater ist als Kleinkind von seiner Tante und seinem Onkel adoptiert worden. Früher kam so etwas öfter vor. Frauen mit mehreren Kindern gaben eins davon an ihre Schwester ab, wenn die keine eigenen bekommen konnte.«

Hannah erinnerte sich dunkel, dass sie von solchen Gepflogenheiten schon einmal gehört hatte.

»Und das machte Sinn«, fuhr Gudrun Doppheide fort. »Die Gesetze heutzutage sind für die Eltern gemacht. Was für die

Kinder gut ist, wird überhaupt nicht berücksichtigt. Was ist das nur für eine Welt!«

Sie könnte sich mit Dirk die Hand geben, dachte Hannah und suchte krampfhaft nach einem anderen Thema.

Plötzlich stieg ihr ein unangenehmer Geruch in die Nase: eine Qualmwolke vom Kamin. Gudrun erhob sich sofort und machte sich am Feuer zu schaffen. »Zieht heute verdammt schlecht«, sagte sie achselzuckend. »Der Sturm drückt auf den Schlot, und der Rauch staut sich im Schacht.«

In Hannahs Hals kratzte es. »Lüften können wir wohl nicht?«

»Wenn's schlimmer wird, öffnen wir die Tür zum Flur.« Gudrun legte einen größeren Holzscheit auf, stocherte, bis die Flamme hoch aufloderte, und setzte sich dann wieder.

»Mein Sohn hat mir erzählt, was Sie beide in Meschede über Roddys Mutter herausgefunden haben. Wollen Sie nicht … ?« Die Frau schien mit sich zu ringen, holte tief Luft und fuhr fort: »Ich meine … wäre es nicht sinnvoll, die Polizei zu informieren? Immerhin ist Ihre Vorgängerin ermordet worden, und Tanja Grabkow hätte ein Motiv gehabt.«

»Aber sie hat ein Alibi. Sie kommt als Täterin nicht in Frage, weil sie …«

Hannah brach abrupt ab und hätte sich am liebsten auf die Zunge gebissen. Wieder einmal hatte sie sich hinreißen lassen, Informationen preiszugeben, die der Schweigepflicht unterlagen. Sie konnte nur hoffen, dass Gudrun Doppheide sich dessen nicht bewusst war und nicht weiter nachfragen würde.

Doch die Altbäuerin war in ihrem Sessel zusammengesunken und sah mit einem Mal sehr erschöpft aus. Die kürzlich überstandene schwere Erkrankung hatte offenbar Spuren hinterlassen. Völlig genesen schien sie ohnehin nicht zu sein.

Mehrere Minuten vergingen. Der Kamin zog wieder besser.

»Sie sagten vorhin, andere Betriebe wären besser vorbereitet auf so einen Stromausfall. Wie meinten Sie das eigentlich?«, fragte Hannah, um das unangenehme Schweigen zu beenden.

Gudrun hatte wieder mehr Farbe im Gesicht und war schnell in ihrem Element. »Die meisten Höfe haben sich mittlerweile ein Notstrom-Aggregat zugelegt. Die vielen extremen Wetterlagen zwingen förmlich dazu. Egal ob man Schweine, Kühe oder Hühner hält: Belüftungsanlage, Futterversorgung, Wasserzufuhr – all das funktioniert ohne Elektrizität nicht. Wir haben Bekannte in Ochtrup, die bei dem Schneechaos vor einigen Jahren über eine Woche keinen Strom auf ihrem Milchviehbetrieb hatten. Ohne Hilfe von außerhalb wären die Kühe verendet.«

»Und warum haben Sie nicht so ein Notstrom-Aggregat?«

Gudrun Doppheide stand auf, schob die glühenden Holzscheite mit dem Schürhaken zusammen und legte die ersten dicken Klötze drumherum.

»Fragen Sie Frank!«, sagte sie, als sie sich wieder gesetzt hatte. Sie massierte bedächtig ihre Finger. »In gewisser Weise ist er wie mein Mann. Er spart am falschen Ende. So ein Aggregat kostet um die 5000 Euro, wenn es etwas taugen soll. Aber wer den Kopf voll hat mit Dingen, die den Hof nicht weiterbringen, steht am Ende eben so da wie wir jetzt. – Tja, so idyllisch wie es den Städtern erscheint, ist das Landleben in der Realität nicht.«

»Es war sicher eine schwierige Situation für Sie, als Ihr Mann so unerwartet verstarb.«

»Das kann man wohl sagen. Er ist viel zu früh gegangen. Ein enormer Schlag für uns alle. Vor allem Carolin hat es sehr hart getroffen. Sie hat unglaublich an ihrem Vater gehangen. Als Kind ist sie ihm bei der Arbeit im Stall und auf den Wiesen nicht von der Seite gewichen.«

»Oma, dürfen wir fernsehen?«

»Das geht nicht, Mia. Ohne Strom funktioniert der Apparat nicht.«

Mia zog einen Schmollmund. »Kann ich dann wenigstens Kekse haben?«

»Wir schauen gleich nach, ob Britta welche da hat.«

Gudrun Doppheide stand auf und kümmerte sich um das mittlerweile hoch auflodernde Feuer.

»Wissen Sie, was das Allerschlimmste hier in der Bauerschaft ist?«, fragte sie, ohne Hannah dabei anzuschauen. »Die Querelen unter Nachbarn. Neid und Missgunst, gegen die man sich nicht zur Wehr setzen kann. Das frisst einen auf. – Mia, Roddy, wollen wir die Kekse suchen?«

Hannah hörte Mias Geplapper in der Küche. Sie hielt ihre Uhr in Richtung Feuer: fast halb sechs. Energisch griff sie nach ihrer Tasche und fühlte in die unteren Regionen: kein Handy. Auch ein systematisches Durchforsten aller Innentaschen brachte kein anderes Ergebnis. Bestimmt war das Gerät auf den Sitz gerutscht oder auf dem Boden gelandet, als sie übereilt das Auto verlassen hatte.

Bald würde Lasse zu Bett gehen. Wäre schön, ihm noch einen Gute-Nacht-Kuss durchs Telefon zu schicken, ihm ein Schlaflied vorzusingen. Und sich selbst von Jan ein wenig trösten zu lassen …

Um sich zu beschäftigen, hangelte sie nach den Zeitschriften, mit denen Mia gespielt hatte. Es gab nur etliche Nummern des »Landwirtschaftlichen Wochenblatts«. Sie blätterte flüchtig, aber Themen wie »Schlachtbranche in Bewegung«,

»Ist Ebermast der Königsweg?« und »Progressive Putenhaltung« waren logischerweise an die Betreiber einschlägiger landwirtschaftlicher Betriebe gerichtet. Im hinteren Teil gab es Rezepte, Garten- und Ausflugstipps, aber sie konnte sich nicht darauf konzentrieren.

»Frau Schmielink, könnten Sie mal kurz kommen?«

Hannah schloss die Glastür zwischen Wohn- und Essbereich sorgfältig hinter sich, damit keine unnötige Wärme verloren ging, und ging durch den Essraum in die Küche. Auf dem Tisch standen zwei Kaffeepötte und eine Warmhaltekanne.

»In der Kaffeemaschine war noch eine volle Portion. Nicht mehr ganz frisch, aber ziemlich warm. Wären Sie so freundlich, die Kanne in den Stall zu bringen? Ich mache derweil Roddy fertig fürs Zubettgehen. Mia, meinst du, du kannst Frau Schmielink den Weg leuchten?«

Mia nickte eifrig und griff nach der großen Taschenlampe. Sie machte ihre Sache gut und hielt den Strahl konstant auf den Boden. Im Verbindungsgang bestand das Mädchen darauf, hellblaue, fluoreszierende Kinderstiefel und ein ausrangiertes, kariertes Männerhemd überzuziehen.

»Das waren Onkel Franks Stiefel, als er klein war, und danach Mamas. Meine Mama war immer beim Melken dabei und wusste, wie die Kühe alle heißen«, plauderte das Mädchen vor sich hin.

»Kennst du die Namen auch?«

»Nöö. Sind zu viele. Und die haben so komische Namen: Agnes und Marietta.«

Hannah schmunzelte. Für eine Dreijährige konnte Mia sich wirklich recht gut ausdrücken. »So, jetzt mal weiter, Mia.«

Die Futterkammer war in Hannahs Erinnerung vollgestopft mit allerlei Utensilien, die im Jahresablauf des Hofes benötigt werden mochten. Sie tastete sich vorwärts und wich aus, sobald sie Hindernisse fühlte.

Mia stieß einen kleinen Schrei aus. Sie war gegen etwas gestoßen. Der Lichtkegel der Taschenlampe machte einen Schlenker.

Hannah erstarrte. Das konnte doch nicht wahr sein! Sie musste sich getäuscht haben. »Mia, kannst du die Lampe noch einmal in die Ecke hier neben der Tür leuchten lassen?«

Der Strahl irrte einen Moment umher und traf dann eine Kabeltrommel von gut einem halben Meter Durchmesser.

Hannahs Herz klopfte heftig, als sie näher heranging. Sie hatte sich keineswegs geirrt: helles Plastikseil mit einem eingewobenen dunklen Faden. Ein eisiger Schauer lief ihr über den Rücken.

»Was ist das für ein Seil, Mia?«, fragte sie betont ruhig.

»Das braucht Onkel Frank für die Elektrozäune, damit die Kühe nicht abhauen können. Da ist Strom drin. Wenn's sirrt, darf man nicht dranfassen«, plapperte das Kind unbeschwert.

Hannahs Knie wurden weich. Sie hatte diese Rolle schon einmal gesehen: als sie mit Carolin auf ihren Bruder gewartet hatte. Frank war direkt von Reparaturarbeiten gekommen. Auf seinen Karren hatte er verschiedenes Werkzeug, Drahtrollen und diese Kabeltrommel geladen. Mit einem Seil, das aussah wie die Tatwaffe, die vor wenigen Stunden auf Gerrits Schreibtisch im Präsidium gelegen hatte!

Unwillkürlich trat sie einen Schritt zurück und berührte dabei etwas. Ein Fahrrad kippte um und schepperte gewaltig.

Die Tür zum Raum mit dem Milchtank öffnete sich. Aus dem Türspalt drang diffuses Licht, und eine Gestalt erschien.

»Sie weiß nicht, was das ist, Onkel Frank«, trällerte Mia leicht überdreht und wies auf die schwarze Trommel. »Ich aber! Schon lange.«

»Die gehört gar nicht hierher«, murmelte Doppheide ohne sichtliche Regung. Er gab der Kabeltrommel einen Schubs mit dem Fuß, sodass sie hinter zwei großen Säcken verschwand. Dann nahm er Hannah das Tablett ab. Sie wagte nicht, ihn anzusehen.

»Danke«, sagte er leise. »Ist Carolin noch nicht zurück?«

»Bis jetzt nicht.«

»Ich muss weitermachen.« Er drehte sich um und ging.

Hannah fühlte sich wie betäubt. Sie versuchte, sich nichts anmerken zu lassen, gab Mia beiläufig Antworten auf ihre kindlichen Fragen. »Ich weiß nicht, wie weit er gegangen ist.« Das waren Britta Doppheides Worte vorhin am Telefon gewesen. Pausenlos hämmerte der Satz in Hannahs Kopf. Was sollte sie tun? Konnte sie überhaupt etwas tun?

»Ich muss schnell etwas aus meinem Auto holen.«

Gudrun Doppheide fütterte gerade Roddy mit winzigen Stückchen Brot ohne Rinde. »Möchten Sie Brittas Regenjacke überziehen, Frau Schmielink? Sie hängt an der Garderobe. Die schwarze. Und nehmen Sie eine Taschenlampe mit. Es ist stockfinster auf dem Hof.«

Hannah murmelte zustimmend, holte den Autoschlüssel aus ihrer Tasche und zog die Jacke an.

Der kalte Regen klatschte ihr ins Gesicht. Sie zog die Kordel der Kapuze enger zu und bewegte sich Schritt für Schritt durch die rabenschwarze Nacht. Außerhalb des Lichtkegels der Taschenlampe war absolut nichts zu erkennen, und bis zu ihrem Auto waren es rund 50 Meter über den mit Schlaglöchern übersäten Hof. Eine Windböe blies die Jacke auf. Feuchtigkeit kroch ihr in die Glieder. Kurzzeitig war sie versucht aufzugeben, aber sie brauchte unbedingt ihr Telefon.

Ging sie überhaupt in die richtige Richtung? Hoch über ihr knarrte und ächzte es, aber die Böen hatten ein wenig an Kraft verloren. Sie hob die Lampe an. Vor ihr der mächtige Ast, der sie an der Rückfahrt auf den Hof gehindert hatte. Dahinter die Rücklichter ihres Wagens, rot aufleuchtend im Lichtkegel. Endlich!

Vorsichtig stieg sie über den Ast. Das Auto schien bisher keinen Schaden genommen zu haben, aber zu ihrem Erstaunen war die Fahrertür nicht verschlossen. Vermutlich hatte sie es in ihrer Panik wegen der herabfallenden Äste vergessen.

Systematisch suchte sie auf dem Fahrer- und Beifahrersitz, dem Boden, der Mittelkonsole, zwischen und unter den Sitzen und sogar unter den Pedalen. Das Handy blieb unauffindbar.

Sie musste es unterwegs verloren haben, als sie sich die Tasche schützend über den Kopf gehalten hatte. Sie schluckte. Der mühsame Weg hierher war umsonst gewesen.

Niedergeschlagen wandte sie sich um, versuchte sich auf das Wohnhaus hin zu orientieren, leuchtete abwechselnd auf den Boden, nach vorn und in die Äste über sich.

Plötzlich zwei Lichter, wo ihrem Gefühl nach die sanft abfallende Wiese zwischen Allee und Straße sein musste. Oder war sie vom Weg abgekommen? Wo war die Remise mit den Gerätschaften und Fahrzeugen? Müsste sie nicht längst dort sein?

Sie blieb stehen. Die Lichter tanzten parallel auf und ab. Auto-Scheinwerfer? Der Wind gab einen Moment Ruhe, und sie meinte, Motorgeräusche zu hören. Bestimmt ein Fahrzeug, aber nicht auf der Straße, sondern auf unebenem Gelände.

Sie marschierte weiter, wich Pfützen aus, entdeckte zu ihrer Erleichterung den verrotteten Holzstapel und die abmontierte Radlader-Schaufel in der Remise. Schräg gegenüber musste sich das Wohnhaus befinden.

Münster-Gievenbeck – zur selben Zeit

Jan schleuderte den Hörer auf den Tisch. Dreimal hatte er nun schon vergeblich versucht, Hannah zu erreichen. Sie ging einfach nicht an ihr Handy.

Er wurde immer unruhiger. War sie inzwischen unterwegs oder saß sie immer noch auf diesem Bauernhof fest? Mittlerweile hoffte er, dass sie gar nicht erst losgefahren war, denn das Radio meldete verheerende Sturmschäden im nördlichen Münsterland.

Lasse nöhlte unzufrieden vor sich hin – zum ersten Mal, seit Jan die Verantwortung für ihn übernommen hatte. Insgeheim befürchtete er, dass er seinen Sohn mit seiner Nervosität angesteckt hatte. Wann konnte man ein Kind eigentlich mit gutem Gewissen ins Bett bringen?

Viertel vor sechs – Hof Doppheide

An der Garderobe fasste Hannah ganz in Gedanken auf der Suche nach einem Taschentuch in die Jackentasche und hatte plötzlich einen schmalen Zettel in der Hand. Sie zog ihn heraus und starrte verständnislos darauf. Dann klickte es. Natürlich! Sie trug Brittas Jacke. Hastig wollte sie das Papier wieder einstecken, als sie realisierte, was sie vor sich hatte: eine Quittung von einer Tankstelle am Schifffahrter Damm in Münster. Datum: 28. Dezember. Britta Doppheide musste zwei Tage vor Liliane Fersts Tod dort getankt haben.

Hannah schwirrte der Kopf.

»Darf ich Ihr Telefon benutzen, Frau Doppheide? Ich finde mein Handy nicht.«

»Mein Gott, warum haben Sie denn nichts gesagt? Deswegen sind Sie zu Ihrem Auto gegangen? – Das Festnetzgerät funktioniert leider nicht ohne Strom. Nehmen Sie Brittas Handy. Es liegt da vorn«, antwortete Gudrun Doppheide freundlich. Sie saß mit Mia am Küchentisch. Das Mädchen kaute gelangweilt an einer Schnitte mit Käse.

»Vielen Dank! – Übrigens habe ich Lichter auf der Wiese unterhalb der Allee gesehen. Schien mir ein Fahrzeug zu sein, das hierher kommt.«

»Das kann nicht sein. Vermutlich war es ein Auto auf der Landstraße. – Ich habe Roddy zu Bett gebracht, aber er schläft bestimmt nicht sofort ein. Könnten Sie wohl in ein paar Minuten horchen, ob er Ruhe gibt? Mia und ich wollen kurz zu mir gehen.«

»Ich schlafe heute Nacht bei Oma. Und du bekommst mein Bett«, krähte Mia fröhlich dazwischen.

Gudrun Doppheide nickte. »Ich dachte, das wäre die beste Lösung, falls die Zufahrt blockiert bleibt. Hier im Wohnhaus ist wenig Platz.«

Hannah seufzte. »Tut mir leid, dass ich Ihnen solche Umstände mache.«

»Kein Problem. Wir richten Mias Zimmer her, legen raus, was Sie benötigen, und kommen dann zurück.«

»Bis Oma schlafen geht, darf ich in Onkel Franks und Tante Brittas Bett bleiben«, freute sich das Mädchen.

Hannah sank in sich zusammen. Eine Nacht auf dem Hof Doppheide rückte immer näher.

Im Wohnzimmer kontrollierte sie, ob die Türen zum Flur und zum Esszimmer geschlossen waren.

Eine Weile brauchte sie, bis sie Britta Doppheides Handy bedienen konnte, dann ertönte das Rufzeichen. Jemand meldete sich. Es musste Jan sein, aber er sprach sehr leise.

»Jan? Hier ist Hannah.«

Sie horchte. Er schien zu antworten, aber sie konnte ihn nicht verstehen.

»Jan. Hörst du mich? Sprich bitte lauter!«

Nichts. Vielleicht hatten sie gleichzeitig geredet, und er wartete auf ihre Antwort. Oder es lag an der Verbindung. Dieser verdammte Sturm!

»Jan, kannst du mich hören?« Erschrocken hielt sie sich die Hand vor den Mund, denn sie hatte beinahe geschrien.

Gemurmel. Sie hatte absolut keine Ahnung, ob am anderen Ende überhaupt etwas ankam, aber sie musste es einfach probieren. Eine Alternative hatte sie nicht.

»Ich bin immer noch auf dem Hof Doppheide. Jan, hör mir zu! Ich war heute Mittag im Präsidium und habe das Seil gesehen, die Tatwaffe im Fall »Joggerin«. Genauso ein Seil habe ich hier gefunden. Auf einer Kabeltrommel. Man braucht es für Elektrozäune.«

Sie hatte den Eindruck, dass am anderen Ende gesprochen wurde. Hatte Sie überhaupt die richtige Nummer gewählt? Ein Blick auf das Display beruhigte sie: ihre eigene Festnetznummer in Gievenbeck.

»Es könnte der Bauer gewesen sein, Roddys Pflegevater. Er hatte auf jeden Fall ein Motiv. Falls man ihnen das Kind wieder wegnähme, würde seine Frau das psychisch nicht verkraften. Sie haben das schon einmal durchgemacht. Und außerdem braucht er einen Erben.«

Sie horchte wieder. Nichts.

»Benachrichtige bitte Gerrit. Jan, hörst du?«

Es knackte. Dann ein durchdringender Pfeifton. »Und ... kannst du mich hier abholen? Bitte. Ich habe Angst.«

Die Verbindung war unterbrochen. Die letzten Sätze hatte sie auf jeden Fall ins Leere gesprochen.

Münster - Gievenbeck - zur selben Zeit

Verstört legte Jan den Hörer auf. Hannah hatte ihn anscheinend nicht hören können, während er jedes ihrer Worte glasklar verstanden hatte. Bis zu dem Pfeifton. Das ungute Gefühl in seinem Magen, das er schon seit ihrem ersten Anruf verspürte, verstärkte sich.

Er drückte Lasse ein Plätzchen in die Hand, um in Ruhe nachdenken zu können. Dann griff er erneut zum Hörer.

»Gerrit Höllmann.« Rauschen im Hintergrund. Vermutlich der Wind.

»Jan hier. Wo bist du?«

»Ludgeristraße. Ein Raubüberfall auf offener Straße. Und das jetzt, bei diesem Wetter! – Was gibt es? Ich bin ziemlich unter Druck.«

»Hannah hat angerufen. Sie ist bei der Pflegefamilie, mit der Liliane Ferst zu tun hatte. Sie meint, sie hat dort eine Rolle mit einem Seil gesehen, das unserer Tatwaffe verteufelt ähnelt.«

»Bingo! Das wäre ja eine ganz heiße Spur.«

»Kannst du irgendjemanden dorthin schicken?«

Gerrits Zögern sagte alles. »Schwierig. Die Weyröder hat sich mit Zahnschmerzen abgemeldet. Im Präsidium hält nur eine Notbesatzung die Stellung. Anscheinend macht der Orkan die Leute vollkommen kirre. Wir haben Einbrüche, Körperverletzung, Vandalismus schlimmsten Ausmaßes – das ganze Programm. Hat die Sache nicht bis morgen Zeit?«

»Ich mache mir Sorgen um Hannah. Sie steckt auf dem Hof fest. Du kennst sie. Sie hat ihre Ohren und Augen überall und findet vielleicht noch mehr heraus. Auch ohne es zu beabsichtigen. Wenn da wirklich ein Mörder herumläuft, kommt sie ihm womöglich in die Quere. Das möchte ich unter keinen Umständen riskieren.«

»Verstehe. Du, Moment mal.«

Jan hörte, wie Gerrit mit jemandem sprach.

»So, bin zurück, Jan. Was können wir machen? Wo genau ist Hannah überhaupt?«

»Verdammter Mist! Das weiß ich gar nicht genau. Aber ich kann versuchen, es rauszubekommen. Irgendwo zwischen Greven und Emsdetten.«

Wieder redete jemand dazwischen. Er hörte nur Geräusche. Dann wieder Gerrit: »Jan, ich muss hier weitermachen. Ruf mich an, wenn du die Adresse hast. Ich tue, was ich kann.«

Hof Doppheide

Hannah stand am Fuß der Treppe und horchte. Aus einem der Zimmer oben kam friedliches Gebrabbel. Roddy schien sich etwas zu erzählen. Sie kehrte ins Wohnzimmer zurück und setzte sich vor den Kamin.

Verdammt! Alles hatte sich gegen sie verschworen. Umgestürzte Baumstämme, der Stromausfall, ein verschwundenes

Handy. Und nun noch dieses Telefongespräch! Vermutlich hatte Jan sie überhaupt nicht hören können. Tränen stiegen ihr in die Augen.

Nach einer Weile entfalteten die Flammen ihre beruhigende Wirkung. Sie nahm den Schürhaken, versuchte mehr schlecht als recht, die heruntergebrannten Holzstücke zusammenzuschieben und legte einen der groben Klötze dazu. Plötzlich hallte der Satz wieder in ihrem Kopf: »Ich weiß nicht, wie weit er gegangen ist.«

Sie hatte Britta Doppheides Worte zunächst lediglich auf Franks Flirt mit ihr bezogen. Seine Frau schien ihm zuzutrauen, sich bei Liliane Ferst deutlich weiter als bei Hannah ins Zeug gelegt zu haben, um ein Gutachten nach seinen Vorstellungen zu bekommen: Zärtlichkeiten, Küsse, vielleicht sogar Sex … Mittlerweile hielt Hannah es sogar für möglich, dass Britta auf die Verstrickung ihres Mannes in den Mord an Liliane Ferst angespielt hatte. Was für eine grauenhafte Vorstellung!

Jan hatte am Sonntag beim Ausflug zur Kanalbrücke gesagt, dass Liliane Ferst nachmittags zwischen vier und halb fünf ermordet worden war. Hannah erinnerte sich genau an seine Worte. Gegen fünf Uhr stand Frank Doppheide täglich im Melkstand. Jeder auf dem Hof erwartete das von ihm. Er hatte unmöglich wissen können, wann Liliane Ferst an dem Tag von ihrem Trainingslauf zurück sein würde. Vielleicht hatte er sich aber auch prophylaktisch eine Lüge zurechtgelegt, falls er sich verspäten sollte, eine lahme Ausrede, die Britta hatte misstrauisch werden lassen.

Andererseits: Solche speziellen Seile für Elektrozäune gab es auf vielen landwirtschaftlichen Betrieben mit Viehhaltung. Es konnte durchaus sein, dass das Seil in der Futterkammer rein zufällig der Tatwaffe, mit der Liliane Ferst ermordet worden war, so verdammt ähnelte.

In Hannahs Magen rumorte es. Die Vorstellung, einen langen Abend und eine noch längere Nacht auf dem Hof Doppheide vor sich zu haben, ängstigte sie. Ich sitze in der Falle, schoss ihr durch den Kopf.

Was sollte sie tun? Auf jeden Fall noch einmal versuchen, Jan zu erreichen, und sich ansonsten weitestgehend normal verhalten, möglichst im Hintergrund halten. Niemand von der Familie hatte eine Ahnung von ihrer engen Verbindung zur Kripo. Es konnte gutgehen. Ihre Zuversicht kehrte zurück.

Der dicke Klotz wollte nicht richtig brennen. Beißender Qualm stieg ihr in die Nase. Hoffentlich kam Gudrun Doppheide bald zurück. Jemand musste sich um das Feuer kümmern.

Münster-Gievenbeck

»Dorothee Heimrodt.«

Jan atmete erleichtert auf. Hannahs Kollegin aus der Beratungsstelle war seine einzige Chance.

»Jan Schmielink. Dorothee, ich brauche dringend deine Hilfe.« Er gab eine Kurzversion von Hannahs Lage. Dorothee war wie erwartet schockiert.

»Ich muss die genaue Adresse des Bauernhofs wissen. Sonst können wir Hannah nicht finden. Die Anschrift muss doch in der Akte gestanden haben, die du Hannah gegeben hast.«

»Das stimmt. Lass mich überlegen … nein. Es fällt mir nicht mehr ein. Aber vielleicht ...«

»Ja?«

»Ich habe hier eine Radkarte vom Münsterland. Augenblick mal, ich muss mich orientieren.« Einige Sekunden lang hörte er nichts. »Hier ist Emsdetten, da Saerbeck. Mal schauen, welche Ortschaften in der Nähe liegen.« Sie verstummte wieder, schien zu suchen.

Jan hielt den Atem an. Jetzt kam es darauf an!

Dorothee las einige Namen vor. »Da! Ich habe es. Hast du etwas zu schreiben?«

Er notierte sich Dorothees Angabe. »Und die Straße?«

»Es ist eine Bauerschaft. Die einzelnen Höfe und Häuser sind durchnummeriert.«

»Verdammt! Wie sollen wir denn an die Nummer kommen?«

»Das ist kein Problem«, antwortete Dorothee. »Zahlen kann ich mir hervorragend merken. Der Hof hat die Nummer 72. Ganz sicher.«

Jan atmete durch. »Ich gebe die Adresse an meinen Kollegen weiter und hoffe, dass er eine Streife dorthin schickt.«

»Und wenn nicht?«

Hof Doppheide - halb sieben

Hannah schreckte aus den Tiefen ihres Sessels auf. Sie musste kurz eingenickt sein. Ein Geräusch hatte sie geweckt. Eine zufallende Tür?

Jemand warf nebenan einen Schlüsselbund auf den Tisch.

»Nun sag' schon! Was willst du hier?«

Franks Schwester Carolin! Ein Stuhl wurde geräuschvoll zurückgeschoben.

Hannah wollte aufstehen und ins Esszimmer gehen, aber ihr war plötzlich schwindelig. Vermutlich lag es am Qualm, der vom Feuer im Kamin aufstieg und ihr in den Augen brannte. Übel riechende Abgase hatten sich im Wohnzimmer verteilt.

»Euch aushelfen. Ich habe ein Notstrom-Aggregat dabei.«

Ein junger Mann, dessen Stimme Hannah irgendwie bekannt vorkam.

»Das ist ja großartig!« Carolin klang scharf, beinahe zynisch. »Wie hast du es denn angestellt, das riesige Teil hierher zu bringen? Die Zufahrt ist doch blockiert. Ich habe mir fast die Beine gebrochen, als ich über die umgestürzten Pappeln gestiefelt bin.«

»Ich hab's in die Schaufel unseres Radladers gepackt und bin zwischen den Wiesen durchgefahren.«

»Das glaube ich jetzt nicht.«

»Ging prima. Einen von euren Zäunen musste ich flachlegen, aber den habe ich morgen schnell wieder repariert.«

»Unser Held!« Wieder dieser Unterton. Der junge Mann hatte keinen guten Stand bei Carolin. »Braucht ihr das Aggregat nicht selbst? Der Strom ist doch überall in der Gegend ausgefallen.«

»Wir haben ein neues, das mehr Leistung bringt.«

»Und da dachtest du, du rettest die armen Nachbarn.«

»Ich tue es hauptsächlich für Mia. Ich möchte nicht, dass meine Tochter bei euch im Dunkeln sitzt und sich fürchtet.«

Carolin lachte höhnisch. »Deine Tochter ist sie nur im biologischen Sinn. Und wenn du meinst, Mia wäre ein solches Weichei, dann muss ich dich enttäuschen. Sie freut sich wahrscheinlich wie Bolle über das ganze Theater heute, weil keiner daran denkt, sie rechtzeitig ins Bett zu schicken.«

Deine Tochter? Himmel, dieses Gespräch war nicht für Hannahs Ohren bestimmt. Aber nun war es zu spät, sich bemerkbar zu machen. Allerdings war sie im toten Winkel von Wand und Kaminsims vermutlich nicht zu sehen. Sie beschloss, einfach still zu verharren.

»Wenn du mir Mia nicht entziehen würdest, wüsste ich besser, wie sie drauf ist. Wie stellst du dir das eigentlich auf Dauer vor? Willst du ihr für immer verheimlichen, wer ihr Vater ist? Du nimmst ja nicht einmal Unterhalt für sie an!«

»Ich kann gut allein für Mia und mich sorgen.«

Der junge Mann schwieg einen Moment lang. Dann sagte er mit belegter Stimme: »Du hast also überhaupt nichts für mich übrig.«

»Thorsten, du bist ein netter Kerl, aber wie oft soll ich es dir noch sagen? Ich war damals auf dem Schützenfest sturzbetrunken. Planmäßig. Es war ein paar Monate nach Vaters Tod, und ich konnte den Gedanken nicht ertragen, dass er nie mehr dabei sein würde. Nur deshalb habe ich mit dir geschlafen.«

»Bei mir war es anders.«

»Soll heißen?«

»Was glaubst du, warum ich den Weg durch die Wiesen zu eurem Hof so gut kenne? Ich bin schon als kleiner Junge hier ums Haus geschlichen, weil ich dich sehen wollte.«

»Du warst beinahe noch ein Kind, als Mia gezeugt wurde.«

»Seitdem sind fast vier Jahre vergangen. Ich bin mit dem Studium so gut wie durch. Kannst du dir nicht vorstellen, dass wir richtig zusammen sind? Als Familie – du und ich, mit Mia. Ich werde eines Tages einen Riesenhof erben. Der könnte auch dir gehören, wenn wir heiraten. Du bist die geborene

Bäuerin. Im Gegensatz zu deinem Bruder. In einem Büro wirst du auf Dauer unglücklich.«

»Du bist immer noch nicht erwachsen, Thorsten.«

»Ich bin 23. Wir sind nur sechs Jahre auseinander.«

»Du bleibst für mich ein Kind, solange du springst, wenn dein Vater mit dem Finger schnipst.«

Hannah hörte einen Moment lang nichts aus dem Esszimmer.

»Kannst du dir vorstellen, dass ich vor deinem Vater kusche, wie deine Mutter es ihr Leben lang getan hat?«, setzte Carolin noch eins drauf.

Es blieb länger still hinter der Glastür. »Aber eins verstehe ich echt nicht. Wenn deine Schwangerschaft ein Unfall im Suff war, warum hast du das Kind überhaupt ausgetragen? Sag nicht, weil du so wahnsinnig gläubig wärst. Ich weiß, dass das nicht stimmt.«

»Ich hatte meine Gründe.«

Münster-Gievenbeck

Dieses Mal dauerte es erheblich länger, bis Gerrit sich meldete.

»Ich habe die Adresse.«

Kurzes Zögern.

»Kannst du einen Streifenwagen hinschicken? Ist egal, von welcher Dienststelle. Emsdetten, Ibbenbüren oder Saerbeck.«

»Schwierig. Im gesamten Kreis Steinfurt herrscht Ausnahmezustand wegen Stromausfall. Ich habe es gerade erst erfahren.«

Auch das noch! Hannah saß also auf diesem abgelegenen Hof im Dunkeln fest. Jans Magen meldete sich.

»Jan, du musst das verstehen. Die Kollegen haben alle Hände voll zu tun mit der Absicherung von Windbruch, ausgefallenen Ampelanlagen und so weiter. Wir hatten schon einen Unfall mit Schwerverletzten, weil jemand in der Dunkelheit in einen umgestürzten Baum gerast ist«, fuhr Gerrit fort.

»Schon gut.« Er ahnte, dass Gerrit ihm seine Enttäuschung anhören konnte.

»Du würdest genauso handeln an meiner Stelle, Jan. Noch steht doch gar nicht fest, dass diese Leute mit dem Mord zu tun haben. Hannah geht es sicher gut. Sie ist vorsichtig und wird sich nicht aus der Deckung wagen.«

»Wird wohl so sein. – Wie ist die Verkehrslage in Münster?«

»Insgesamt ruhig. Nur aus den nördlichen Stadtteilen wie Kinderhaus und Coerde gibt es einzelne Notrufe. Warum fragst du?«

Er legte auf. Verdammt! Genau dort musste er durch.

Hof Doppheide

»Mama! Da bist du ja!« Mia fiel ihrer Mutter juchzend um den Hals.

»Schätzchen! Tut mir leid, dass ich so spät bin, aber unterwegs waren so viele Bäume umgestürzt, dass es jede Menge Umleitungen gab. Ich habe doppelt so lange gebraucht wie normalerweise.«

»Bei uns sind auch Bäume umgefallen.«

»Ich habe es gemerkt«, lachte Carolin.

»Und was verschafft uns das Vergnügen dieses nachbarschaftlichen Besuchs?« Gudrun Doppheides Stimme war der ihrer Tochter unglaublich ähnlich. Den sarkastischen Unterton beherrschte sie ebenfalls perfekt.

»Thorsten war so nett, uns ein Notstrom-Aggregat zu bringen.« Carolin klang zuckersüß. »Wenn du nun schon mal hier bist, Thorsten, dann kannst du dich nützlich machen und das Gerät an unseren Schlepper anschließen. Mia, magst du Onkel Frank Bescheid sagen, dass er beim Abladen helfen soll? Er ist bestimmt im Stall.«

Mia schien begeistert über diesen neuen Auftrag zu sein. Für kurze Zeit hörte Hannah nichts.

Dann Gudrun: »Kannst du mir sagen, was das soll? Will Schulze-Breuning junior sich bei uns einwanzen? Du weißt, dass ich mit dieser Familie nichts mehr zu tun haben will.«

Thorsten Schulze-Breuning! Natürlich! Deswegen war Hannah die Stimme bekannt vorgekommen. Sie hatte ihn einmal kurz im Melkhus unten an der Straße getroffen.

»Mama, Frank wird sich freuen, wenn Strom da ist und er mit dem Melken anfangen kann. Ich ziehe mich um und gehe in den Stall. Britta wird meinem Bruder wohl keine große Hilfe sein. – Es riecht hier übrigens komisch. Irgendwie nach Verbranntem, würde ich sagen.«

Hannah erhob sich leise und stellte sich an die Tür zum Flur. Sachte drückte sie die Klinke herunter.

»Ach, noch etwas: Wieso steht das Auto von dieser Gutachterin mitten auf der Allee?«

»Frau Schmielink!« Gudrun dämpfte ihre Stimme merklich, und Hannah ahnte nur, was sie sagte: »Ich hatte ganz vergessen, dass sie hier ist. Sie wollte uns persönlich mitteilen, dass Roddy hier bleiben kann.«

Sekunden später wurde die Glastür zur Seite geschoben, nur einen Augenblick, nachdem Hannah auf den Flur geschlüpft war. Die Tür hinter ihr blieb einen Spalt breit offen.

Münster-Gievenbeck

Jan gab sich Mühe, Lasse seine Unruhe nicht merken zu lassen. Während er die notwendigsten Sachen für ihn zusammenpackte, versuchte er abwechselnd, Hannah und Gesine zu erreichen.

Windeln, Schlafsack, Gläschen, Kinderlöffel, Breipackung, Flasche, Milch? – vorsichtshalber ja –, Schmusetier, Schmusedecke – wenn sein Sohn schon in fremder Umgebung übernachten musste, dann wenigstens mit möglichst vielen vertrauten Dingen.

Endlich hatte er seine Tochter am Apparat. Er hielt sich nicht mit Fragen auf, wo sie während eines Sturms mit Orkanstärke gesteckt haben mochte, sondern kam direkt zur Sache.

Die Stadt war geisterhaft leer. Zügig hatte er das Kreuzviertel erreicht. In der Maximilianstraße wirbelte Abfall durch die Luft, Papierfetzen und Plastikreste hingen in Zäunen und Sträuchern vor den Häusern. Ganze Batterien von abgestellten Fahrrädern waren umgekippt und blockierten den Bürgersteig, ein Mann mit Hund an der Leine stieß an eine Bierdose, die auf die Fahrbahn kegelte.

Jan hielt in zweiter Reihe und hoffte, dass niemand ausgerechnet jetzt hier durchwollte. Als er kurzentschlossen das Blaulicht auf dem Wagendach platzierte, hörte er eine Stimme neben sich: »Hallo, Papa.«

Er ließ den nördlichen Stadtrand von Münster hinter sich und hing hinter einem Kleintransporter fest, der bei jeder Windattacke gefährlich weit nach rechts driftete. Auf gerader Strecke überholte er und beschleunigte kräftig.

Die Front-Scheinwerfer des Schleichers verschwanden allmählich im Rückspiegel, kilometerweit kam ihm niemand mehr entgegen. Sprakel ließ er auf der Umgehungsstraße links liegen, streifte dann Greven. Von Stromausfall immer noch keine Spur. Die üppige Beleuchtung wirkte grotesk angesichts menschenleerer Straßen.

Das Navi wies ihn an, nach rechts zu biegen. Er bremste ab, war schnell dankbar, dass brandneu wirkende Fahrbahnmarkierungen ihm halfen, die Spur zu halten. Abseits der schmalen Straße das Land der Finsternis: nicht eine einzige Lichtquelle. Erst in der Ferne sah er ein erleuchtetes Gebäude: vermutlich ein Bauernhof, der sich wohl per Notstrom-Aggregat versorgte.

Bitte, lass mich rechtzeitig ankommen! Lass ihr nichts passiert sein!

Eigentlich beschämend! Nur wenn es ihm saumäßig dreckig ging, kamen ihm solche Stoßgebete in den Sinn. Ganz automatisch, wie von selbst. Da war etwas. Eine Verbindung eben. Aber tief drinnen wusste er, dass der da oben es ihm nicht übel nahm, wenn er nicht immer an ihn dachte.

Hannah war ihm geschickt worden, damals, als er nur noch wie eine Maschine funktioniert hatte. Klar, sie hatten zur Zeit Probleme. Das ließ sich nicht leugnen. Hannah tat sich nicht leicht mit der Umstellung auf die Bedürfnisse eines Kleinkindes. Das hatte er so nicht erwartet. Und anstatt sie zu entlasten, hatte er sich nur noch mehr in seinen Job gestürzt.

Das musste anders werden. Hannah brauchte mehr Unterstützung. Die Rückkehr in ihren Beruf würde ihr gut tun, und für Lasse war ja nun er da. Es ging gut mit ihm. Besser als er gedacht hatte.

Sie brauchten eine neue Chance. Die würden sie bekommen. Etwas anderes konnte der da oben doch nicht für sie auf dem Plan haben!

Er schreckte aus seinen Grübeleien auf, als ein riesiger, gelblicher Lichtkegel vor ihm auftauchte. In einer Kurve verlor er das Leuchten aus den Augen, bis es erneut sichtbar wurde, nur um unmittelbar danach wieder hinter einer Baumgruppe zu verschwinden. Was war das bloß? Ein Feuer?

Plötzlich Blaulicht am Straßenrand! Er bremste ab und rollte mit vermindertem Tempo auf ein Polizeifahrzeug zu. Eine junge Beamtin mit Pferdeschwanz bedeutete ihm mit einer Kelle, rechts ran zu fahren.

»Guten Abend. Sie können hier leider nicht weiter. Ein umgekippter Lkw hinter der Kurve.«

Jan hielt die Luft an. »Der Sturm?«

»Ja, das Fahrzeug war unbeladen. Die Unfallstelle wird gerade geräumt.«

Durch das geöffnete Seitenfenster war schweres Gerät bei der Arbeit zu hören. Er überlegte kurz, ob er sich als Kollege zu erkennen geben sollte, entschied sich aber, lediglich zu fragen, welche Alternative er hatte, um die Bauerschaft zu erreichen.

»Das ist aber Pech für Sie so kurz vor dem Ziel! Fahren Sie zurück zur Bundesstraße, und halten Sie sich dort rechts. In Emsdetten gibt es einen weiteren Abzweig. Es ist ein Umweg, aber die Straße scheint noch befahrbar zu sein. Ist ausgeschildert. Gute Fahrt.«

Jan wendete. Sehr höflich und hilfsbereit, die Kollegin. Im Stillen tat er Abbitte bei Gerrit. Schon gut, dass die Polizei überall im Einsatz war. Was wäre passiert, wenn er in totaler

Dunkelheit in den Lkw hinter der Kurve gerast wäre? Er mochte es sich nicht ausmalen.

Hof Doppheide

Der Widerschein des Feuers im Kamin drang durch den Türspalt in den Flur, sodass Hannah die Konturen erahnen konnte. Im Wohnzimmer hörte sie Gudrun Doppheide zu ihrer Tochter sagen: »Keine Ahnung, wo Frau Schmielink hingegangen sein könnte. Vielleicht versucht sie irgendwo zu telefonieren. Aber ich weiß jetzt, warum es hier so merkwürdig riecht. Das Feuer ist total heruntergebrannt.«

Links musste der Vorratsraum sein, rechts die Küche, dazwischen die Toilette. Mit raschen Schritten ging Hannah geradeaus. Die Tür konnte sie nur ertasten, denn bis hierher reichte der Lichtschein nicht.

»Mach die Tür zum Flur zu, Carolin, sonst wird es hier drin nie warm«, sagte die Altbäuerin im Wohnzimmer. Carolin befolgte die Anweisung. Hannah betrat die Toilette und schloss hinter sich ab.

Es war stockfinster. Ein, zwei Minuten blieb sie regungslos an der Tür stehen in der Hoffnung, mehr zu erkennen, wenn ihre Augen sich an die Dunkelheit gewöhnt hatten. Vergeblich!

Sie atmete tief durch. Vor einigen Stunden war sie schon einmal hier gewesen, direkt nachdem sie Britta Doppheides Telefongespräch mit ihrer Schwester belauscht hatte. Es kam ihr wie eine Ewigkeit her vor.

Links das Waschbecken mit der geräumigen Ablage, Seifenspender, Handtuchhalter. Vorsichtig tastete sie mit dem Fuß und stieß an den Sockel der Toilette. Als sie die Umrisse fühlte, ließ sie sich langsam auf dem Deckel nieder. Ihre Umhängetasche glitt zu Boden.

In was für einen Schlamassel war sie nur hineingeraten! Sie schüttelte den Kopf über sich selbst. Warum war sie überhaupt hierher gefahren? Es war ihre eigene Schuld, dass sie hier festsaß – und das in völliger Dunkelheit.

Minuten später hatte sie sich wieder einigermaßen im Griff. Sie nahm ihre Tasche vom Boden auf und kramte darin. Vielleicht fand sich noch irgendwo ein Pfefferminz oder irgendetwas anderes Tröstliches. Plötzlich hatte sie ein Handy in der Hand. Ihr eigenes konnte es nicht sein, denn das war leichter. Dieses musste Britta Doppheide gehören. Sie hatte es versehentlich in die Tasche gesteckt.

Rasch tippte sie ihre Gievenbecker Nummer ein und wartete mit klopfendem Herzen. Knacken, pfeifen, dann ging der Ruf durch, aber Jan meldete sich nicht. Im Lichtschein des Displays schaute Hannah auf ihre Uhr. Wahrscheinlich brachte er gerade Lasse ins Bett.

Wie lange konnte sie hier bleiben, ohne Verdacht zu erwecken?

Wieder ein Blick auf die Uhr: Nur wenige Minuten waren vergangen. Sie probierte es noch einmal. Nichts. Vielleicht gaukelte der Ton ihr nur eine Verbindung vor.

Weitere Minuten und einen weiteren Misserfolg später beschloss sie, Jan auf seinem Handy anzurufen, musste sich aber schnell eingestehen, dass sie die Nummer nicht wusste. Fluch und Segen der Speichertechnik! Sollte sie versuchen, Anne anzurufen? Die einzige Nummer, die sie sicher auswendig kannte. Aber was sollte das bringen?

Oder … war Jan etwa auf dem Weg hierher? Sie schwelgte eine Weile in der Vorstellung, er könnte plötzlich auftauchen.

Dann schüttelte sie heftig den Kopf. Schluss mit diesen Tagträumereien! Hier konnte sie sich nicht länger verkriechen! Wie sollte sie ihre lange Abwesenheit überhaupt erklären?

Sie stand auf, tastete sich zur Tür vor und wollte sie gerade öffnen, als sie Stimmen aus dem Verbindungsgang zu den Stallungen hörte: Frank und Britta. Sie standen vermutlich an der Stelle, wo man sich die Stallkleidung und Stiefel auszog, wenige Meter von Hannah entfernt. Ihre Stimmen hallten, und Britta war bestens zu verstehen.

»Das Benzingemisch war in deiner Werkstatt. Du kannst jetzt mit dem Sägen loslegen. Carolin und Thorsten sind gleich so weit mit dem Generator und können die Melkmaschine anstellen. Ich werde mich ein bisschen aufwärmen und nach Roddy sehen. Was willst du überhaupt im Haus?«

»Frau Schmielink sagen, dass wir die Zufahrt jetzt räumen werden.«

»Ach, Frau Schmielink. Die liegt dir ja wirklich sehr am Herzen. Du flirtest mit ihr nach allen Regeln der Kunst, hast ihr sogar die Kälbchen und deine Kammer vorgeführt. Und soll ich dir mal was sagen: Du hast sogar Erfolg bei ihr. Vom ersten Tag an hat sie dich angeschmachtet. Ganz im Gegensatz zu Liliane Ferst. Bei der konntest du nicht landen, weil sie wohl eher auf Athleten als auf künstlerisch veranlagte Landwirte stand.«

»Verdammt, Britta! Ich habe das alles nur für dich getan, damit wir Roddy behalten können und du nicht mehr ewig diese Pillen nehmen musst. Ich weiß, wie schwer es für dich hier auf dem Hof ist. Mit meiner Mutter. Mit Carolin. Ohne deinen Beruf. Ich habe schon tausend Mal bereut, dass ich überhaupt hierher zurückgekommen bin.«

»Das hättest du dir eher überlegen sollen.«

Ihre Schritte entfernten sich. Hannah wartete, bis nichts mehr zu hören war. Gerade wollte sie den Schlüssel umdrehen, da fühlte sie, wie die Klinke von außen heruntergedrückt wurde.

Unwillkürlich trat sie einen Schritt zurück und knallte gegen den Toilettendeckel. Das dumpfe Geräusch schien den Raum vollständig zu erfüllen. Sie hielt die Luft an und erstarrte.

Stand dort etwa jemand, der ahnte, dass sie alles mitgehört hatte? Britta? Frank? Oder jemand anders?

Zur gleichen Zeit - in der Bauerschaft

Bis auf wenige Autoscheinwerfer und von Kerzenschein erleuchtete Fenster herrschte in Emsdetten völlige Finsternis. Die nervige Stimme aus dem Navi hatte inzwischen aufgehört mit ihrem ständigen »Wenn möglich, bitte wenden« und leitete ihn durch den Ort. Die Kilometerangabe im Display ließ ihn hoffen, dass der Umweg fast geschafft war.

Die Landstraße war kurvig, allerdings breiter als die gesperrte Strecke. Er kam gut voran, musste sich aber mit der Geschwindigkeit zurückhalten, denn hinter jeder Biegung konnte die Fahrbahn blockiert sein. Ein Abzweig auf eine schmalere Straße, dann verkündete die Stimme: »Sie haben Ihr Ziel erreicht.«

Vorsichtig rollte er vorwärts. Die Scheinwerfer beleuchteten Büsche zu beiden Seiten der Zufahrt. Vor ihm lagen schemenhaft zu erkennende Gebäude. Irgendwie hatte er sich den Hof anders vorgestellt. Wo waren die Pappeln, die Hannahs Auto blockierten?

Als er ausstieg, begann ein Hund wie aufgedreht in seinem Zwinger zu kläffen. Glücklicherweise kam gleich ein Mann in Gummijacke und Stiefeln aus einem breiten Tor.

»Guten Abend. Bin ich hier auf dem Hof Doppheide?«

»Nee.« Der Mann sah ihn missmutig an. »Da sind Sie falsch. Schulze-Breuning mein Name. Doppheides liegen um die nächste Kurve herum. Aber da werden Sie nicht hinkommen. Die Allee liegt voll von umgestürzten Bäumen.«

»Ich muss aber dringend meine Frau dort abholen.«

»Die Gutachterin?«

»Ja. Wie kommen Sie darauf?«

»Irgendwer hat eine falsche Hausnummer in die Akte von Doppheides Pflegesohn eingetragen, und deswegen landen alle Leute erst einmal hier auf unserem Hof. Aber im Ernst: Die Zufahrt zu befahren, ist lebensgefährlich. Da kann jederzeit der nächste Baum umstürzen.« Der Bauer klopfte Jan auf die Schulter. »Nun lassen Sie mal den Kopf nicht hängen.«

Er nickte in Richtung der Remise. »Wir finden schon eine Möglichkeit. Ich muss nur eben meinem Sohn Bescheid sagen, dass er unserem Azubi beim Melken helfen soll.« Mit dem Handy am Ohr fügte er hinzu: »Gut, dass wir uns ein neues Notstromaggregat zugelegt haben. Es besteht heute seine erste Feuertaufe.«

Er ließ es eine Zeit lang klingeln, wählte dann eine andere Nummer und blaffte in den Apparat: »Margarete, wo ist Thorsten? – Was? – Komm mal eben auf den Hof!«

Hektisch ging er ein paar Schritte auf die Remise zu und kam kopfschüttelnd zurück. »Tatsächlich! Der Radlader ist weg. Ich fasse es nicht.«

Eine unscheinbare Frau um die 50 erschien. Im Gehen knöpfte sie ihre Regenjacke zu.

»Warum bringt Thorsten unser altes Aggregat zu Doppheides? Ist er von allen guten Geistern verlassen?«, ereiferte sich ihr Mann.

Sie sah ihn mit besorgter Miene an. »Lass ihn. Er meint es nur gut.«

»Das ist doch kein Grund, unter die barmherzigen Samariter zu gehen! Ich liege mit denen seit Jahren im Clinch«, wütete Schulze-Breuning weiter und baute sich direkt vor seiner Frau auf. »Nun sag schon! Du weißt doch was!«

»Es geht um Mia«, sagte sie leise und trat einen Schritt zurück, als erwarte sie eine heftige Reaktion.

Der Bauer erstarrte. »Mia?«

»Einmal musst du es ja doch erfahren.«

300 Meter Luftlinie entfernt

Hannah zwang sich, bis 500 zu zählen. Dann horchte sie angestrengt. Stand dort draußen im dunklen Flur immer noch jemand? Hatte er ihren Namen gerufen? Sie hatte nichts hören können, weil ihr Pulsschlag in den Ohren hämmerte.

Plötzlich hatte sie Frank Doppheides kaltes, hartes Gesicht wieder vor Augen, als er die Kabeltrommel mit dem Seil zur Seite gerollt hatte. Ob er ahnte, dass sie ihn verdächtigte?

Von einer Sekunde auf die andere wurde sie wütend auf sich, auf die ganze Situation. Sie musste sich überwinden! Ewig konnte sie nicht hier drin bleiben. Falls da draußen jemand stand und sie angriff, musste sie sich zur Wehr setzen und schreien wie am Spieß. Irgendwer würde sie schon hören und ihr zu Hilfe kommen.

Sie drückte auf den Spülknopf, wusch sich rasch die Hände und trocknete sie ab. Die Tasche hängte sie über die Schulter, drehte den Schlüssel um und öffnete langsam die Tür. Kein Laut. Kein Luftzug. Keine Bewegung. Da ist niemand, redete sie sich gut zu.

Leise Stimmen drangen in den Flur. Vermutlich aus dem Esszimmer. Dort saßen offenbar mehrere Personen und unterhielten sich. Hannah holte tief Luft und setzte entschlossen einen Fuß nach vorn. Den Kopf zog sie unwillkürlich zwischen die Schultern, ihr Herz klopfte rasend schnell.

Mit einer Hand umklammerte sie ihre Tasche, die andere streckte sie aus in die rabenschwarze Dunkelheit. Vorsichtig tastend setzte sie einen Fuß vor den anderen. Die Strecke erschien ihr unendlich – dabei waren es nur wenige Meter. Sie versuchte, sich an den Stimmen aus dem Esszimmer zu orientieren, hielt sich rechts davon. Hoffentlich nicht zu weit, sonst würde sie im Vorratsraum landen.

Endlich ein Türrahmen! Sie tastete, bis sie die Klinke erwischt hatte und drückte sie vorsichtig hinunter. Das Wohnzimmer!

Der Lichtschein des Feuers und angenehme Wärme empfingen sie. Jemand hatte die Glastür geöffnet, um den Essbereich mit zu heizen. Gudrun, Britta, Frank und Mia saßen um den Tisch.

»Frau Schmielink!« Gudrun hatte sie als Erste gesehen.

Geistesgegenwärtig nahm Hannah im Vorübergehen die Taschenlampe vom Wohnzimmertisch mit. Niemand würde ihr glauben, dass sie ohne Lichtquelle unterwegs gewesen war.

»Wo waren Sie denn? Ich wollte Sie gerade suchen.« Frank ließ mal wieder seinen Charme spielen. Konnte er sich sparen.

»Ich habe verschiedene Stellen draußen ausprobiert, um einen letzten Versuch mit dem Handy zu machen«, erfand Hannah spontan.

»Oben an der Obstwiese hinter dem Stall hat man immer Empfang«, erwiderte Frank und starrte sie durchdringend an. »Wenn Sie wollen, begleite ich Sie.«

Nur das nicht! Verzweifelt suchte Hannah nach einer schnellen Ausrede. Sie musste ihn irgendwie abwimmeln!

»Nicht nötig. Ich hatte meinem Mann zwar versprochen, mich noch einmal bei ihm zu melden. Aber wenn das Aggregat gleich läuft und die Festnetzleitung wieder funktioniert, ist ja alles gut.«

Mia malte ungerührt an ihrem Bild. Gudrun lächelte freundlich und tätschelte Hannahs Arm. Die Reaktionen der beiden anderen waren umso bemerkenswerter. Frank hatte bei dem Stichwort »mein Mann« ungläubig geschaut. Siedend heiß fiel Hannah ein, dass sie ihn in dem Glauben gelassen hatte, sie sei Witwe. Britta verschluckte sich an ihrer Milch und lief hochrot an. Als sie sich beruhigt hatte, verkündete sie, nach Roddy sehen zu wollen, und stand abrupt auf.

Frank hatte sich anscheinend gefangen und räusperte sich. »Ich fürchte, ich muss Sie enttäuschen, Frau Schmielink. Strom werden wir vorerst nur im Stall und für die Melkmaschine haben. Hier im Haus wird es noch eine Weile dauern.«

Er erhob sich umständlich und murmelte: »Dann schaue ich mal nach, ob Thorsten schon so weit ist und ich anfangen kann, die Zufahrt zu räumen.«

»Lass ihn den Radlader vor die Pappeln fahren, damit du Licht hast«, ordnete Gudrun an. »Und vergiss nicht, deinen Schutzhelm aufzusetzen. Der Sturm hat zwar nachgelassen, aber es kommt immer noch jede Menge Totholz von den Bäumen.«

»Möchten Sie ein Glas Milch? Frisch gemolken«, fragte Gudrun. »Es ist das wärmste Getränk, das ich Ihnen zur Zeit anbieten kann. Schmeckt wie früher. Nicht wie diese ultrahocherhitzte Milch aus Tetrapacks vom Supermarkt.«

Warme Milch direkt aus dem Euter? Konnte man die trinken?

»Gegessen haben Sie auch noch nichts. Ich mache Ihnen schnell ein paar Brote.«

Hannah nickte ergeben. Essen musste sie ja. Vorsichtig nippte sie an der Milch. Schmeckte wirklich nicht schlecht. An Keime wollte sie im Moment nicht denken.

Gudrun brachte die Brote. »Mia, komm, jetzt geht's ab ins Bett.« Das Mädchen konnte kaum noch die Augen offen halten.

Als die beiden den Raum verließen, schaute Hannah auf die Uhr. Es war immer noch lächerlich früh. Doch es kam ihr vor, als wäre tiefe Nacht. Wie lange würde Doppheide für die umgestürzten Bäume brauchen?

Es durchzuckte sie wie ein Schlag: Jan konnte gar nicht hierher unterwegs sein. Er wusste überhaupt nicht, wo sie war. Sie sackte in sich zusammen. Alle Kraft schien sie zu verlassen.

Den Tränen nah, aß sie mechanisch eins der belegten Brote und trank den Rest Milch. Der Docht der Kerze brannte hell und stetig. Eine Weile starrte sie in das Licht, ohne an irgendetwas zu denken und wurde zusehends ruhiger.

Es war still, wurde ihr mit einem Mal bewusst. Der Sturm schien eine Pause zu machen.

Sofort war sie auf den Beinen, nahm Brittas Handy, eine der robust wirkenden Taschenlampen vom Küchentisch und hüllte sich erneut in Brittas schwarze Regenjacke. An der Haustür wartete sie eine Böe ab, bevor sie hinausging. Unter ihren Füßen knackten kleinere Äste und Zweige. Mit einer Hand hielt sie die Kapuze zusammen, um ihr Gesicht gegen den Regen zu schützen, und ging auf die Pappelallee zu.

Als sie sich weit genug vom Haus entfernt glaubte, wandte sie sich um und zog das Handy aus der Tasche. In dem Moment sah sie einen Lichtschein. Vom Tennentor her kam jemand direkt auf sie zu. Schon konnte sie eine Gestalt ausmachen, die sich rasch näherte. Hannah stand da wie hypnotisiert, sah zu, wie der Kegel der Taschenlampe immer näher rückte und sie schließlich erfasste.

»Frau Schmielink!«

Frank Doppheide mit der Kettensäge unterm Arm und einem Schutzhelm in der Hand. Er sah erschöpft aus, grau im Gesicht.

»Ich … ich wollte es noch einmal probieren«, sagte sie zaghaft und wies auf Brittas Handy in ihrer Hand.

»Wie ich schon sagte: Es funktioniert nur an der Obstwiese.« Eindringlich sah er sie an. »Kommen Sie.«

Hannah rührte sich nicht. Motorenlärm wehte aus größerer Entfernung an ihr Ohr. Wie von einer sehr schweren Maschine. Sie horchte, aus welcher Richtung das Geräusch kam, aber die nächste Windböe verschluckte es.

»Frank!« Eine Männerstimme! »Soll ich den Radlader anwerfen, damit du mehr Licht hast?«

»Hat noch ein paar Minuten Zeit, Thorsten. Ich rufe Carolin an, wenn ich so weit bin.«

»Alles klar.« Das Tennentor fiel laut krachend zu.

Doppheide stand nun unmittelbar vor ihr. Sie konnte seinen warmen Atem spüren und die Hitze, die von ihm ausging. Sie wollte sich wegdrehen, aber er fasste sie am Oberarm:

»Ich muss mit Ihnen reden, Hannah.« Sein Griff wurde fester, als er sich noch weiter vorbeugte. »Sie haben vorhin im Flur etwas missverstanden. Kommen Sie mit zur Wiese. Da sind wir ungestört.«

Hannah überkam Panik. Sollte sie weglaufen? Aber wohin? Er war mit Sicherheit schneller als sie. Mit äußerster Anstrengung riss sie sich los von ihm.

»Hey, was ist das denn?« Ein greller Lichtkegel blendete sie beide von einer Sekunde zur anderen. Doppheide hob eine Hand, um seine Augen zu schützen. Das Geräusch in Hannahs Rücken schwoll mächtig an. Sie drehte sich um: ein Trecker, der hinter der Remise aus dem Nichts aufgetaucht war, hielt direkt auf sie zu, ohne an Geschwindigkeit zu verlieren.

»Ist der verrückt geworden?«, tobte Doppheide und fuchtelte mit Säge und Helm in der Luft herum.

Nur wenige Meter vor ihnen stoppte das Fahrzeug abrupt ab. Die Scheinwerfer erloschen, und eine Tür wurde geöffnet. Jemand kletterte von dem Gefährt hinab und rief fröhlich: »Guten Abend zusammen! Was für eine schöne Spazierfahrt! Den Weg muss ich mir merken.«

Schulze-Breuning senior. Hannah erkannte ihn sofort an seiner Stimme. Er kam auf sie zu, ohne von Frank Doppheide Notiz zu nehmen. »Ich habe einen Passagier dabei, junge Frau. Der möchte dringend zu Ihnen.« Er nickte zur Seite, wo plötzlich noch jemand stand. Jan!

»Hannah!« Er war es tatsächlich! Sachte legte er den Arm um ihre Schultern und drückte sie dann heftig an sich. Während der nächsten Windböe flüsterte er ihr ins Ohr. »Sag keinem, wer ich bin. Erst müssen wir weg von hier.«

Sie nickte. »Ich habe gewusst, dass du kommst.« Erleichterung durchflutete sie. Es war vorbei! Zitternd schmiegte sie sich an ihn.

»Dann hat sich das kleine Abenteuer mit dem Trecker durch die Wiesen ja gelohnt«, feixte Schulze-Breuning. »Frank, wie wäre es mit einem Klaren, bevor ich mich auf den Rückweg mache?«

Wenig später

»Was machst du in meinem Haus?« Gudrun war unbemerkt in die Küche eingetreten. In voller Größe baute sie sich vor Schulze-Breuning auf, der sich eigenmächtig einen zweiten Schnaps eingegossen hatte.

»Meinen Sohn abholen, der euch immerhin einen guten Dienst erwiesen hat«, erwiderte er.

»Ich habe ihn nicht darum gebeten.« Gudrun klang eiskalt und beherrscht. »Ich will, dass du sofort gehst. Ich habe dir damals gesagt, dass du nie wieder hierher kommen sollst. Nicht, nachdem du es gewagt hattest, mir an Helmuts Todestag meinen Hof abkaufen zu wollen. Er war noch nicht einmal kalt, da bist du hierher gekommen und hast nach unserer Milchquote und unserem Weideland gegeifert. Es war abstoßend, einfach abscheulich. Geh!«

Hannah war entsetzt. Das war also die Ursache für den abgrundtiefen Hass zwischen den beiden. Wie gelähmt saß sie neben Jan und brachte keinen Ton hervor.

Ohne sich zu rühren, sah Schulze-Breuning Gudrun mehrere Sekunden lang herausfordernd an. Dann donnerte er ihr entgegen: »Ich wollte damals nur zu Ende bringen, was Helmut geplant hatte. Am Nachmittag vor seinem Tod hatten wir eine Unterredung. Damit du es endlich weißt: Er wollte den

Hof aufgeben und in Zukunft nur noch zum Spaß ein wenig schnitzen. Ich sollte ihm ein Angebot für die Kühe und für die Wiesen machen.«

»Das stimmt nie und nimmer!«

»Er wollte, dass ich einen Vertrag aufsetze, um ihn dir zur Unterschrift vorzulegen. Wie ungeheuer passend für dich, dass er tags darauf einen Herzinfarkt hatte!«

»Das ist doch … unglaublich!« Gudruns fassungsloser Blick streifte Hannah und Jan. »Was willst du damit andeuten?«

»Was alle in der Bauerschaft wissen: Wie äußerst günstig es ist, seinen Hausarzt zum Verehrer zu haben. Ich brauche das wohl nicht zu vertiefen. Den Rest kann sich jeder denken.«

Gudrun schnappte nach Luft. »Dann sollten aber auch alle wissen, dass du am letzten Tag vor Helmuts Tod bei ihm warst. Daraus könnte ich dir genauso gut einen Strick drehen. Vielleicht hast du ihn auf dem Gewissen.«

»Lächerlich! Als ich damals Helmuts Kammer verließ, war er bei bester Gesundheit. Aber was rege ich mich auf?«, setzte Schulze-Breuning kalt lächelnd hinzu. »Unsere Höfe gehen ja sowieso demnächst zusammen. Spätestens wenn unser gemeinsames Enkelkind das Ruder übernimmt.«

Gudrun starrte ihn verständnislos an.

»Du weißt es nicht? Tja, da habe ich dir etwas voraus. Jahrelang habe ich unserem Thorsten gepredigt, er soll sich an eure Carolin ranmachen, weil sie die ideale Bäuerin für unseren Betrieb wäre. Entschlossen, beherzt, zupackend. Dazu clever. Dabei hatte er längst gehandelt.« Er sah sie triumphierend an. »Mia ist nicht nur dein, sondern auch mein Enkelkind und bisher die einzige Erbin unserer beiden Höfe.«

»Nein!« Gudrun sackte augenblicklich in sich zusammen.

»Nachdem diese Bombe geplatzt ist, werde ich mich auf die Suche nach meinem Sohn begeben. Dieser Teufelskerl! Herr Schmielink, ich nehme an, Sie und Ihre Frau wollen mit mir zurückfahren?«

»Sehr gern.«

Schulze-Breuning ging mit raumgreifenden Schritten.

Mit versteinerter Miene nahm Gudrun ihr Milchglas und trank es in einem Zug aus. »Entschuldigen Sie mich bitte«, sagte sie tonlos und verließ das Esszimmer.

In der plötzlichen Stille war nur der Wind zu hören, bis Jan »Hannah« in ihr Haar flüsterte und sie küsste. »Wo ist Lasse?«, raunte sie ihm zu.

»Bei Gesine.«

»Das ist gut.«

Sie flüsterten weiter, obwohl niemand im Raum war. »Wie hast du mich gefunden?« Er skizzierte seine Odyssee. Hannah strich ihm sanft mit den Fingerspitzen über die Wange.

»Oh, ich störe wohl.« Frank Doppheides Erscheinen ließ die Kerzen im Luftzug flackern. Mit einer ungeduldigen Bewegung nahm er den Schutzhelm ab und wandte sich an Hannah. »Ich wollte nur sagen, dass die Kettensäge heiß gelaufen ist und es mit der Räumung der Zufahrt noch dauern kann. Bevor ich Ersatz beschaffe, will ich klären, ob das THW in den nächsten Stunden anrückt. Sie haben es vermutlich nicht mehr so eilig mit Ihrem Auto, nachdem Ihr Mann jetzt da ist?«

»Alles gut. Lassen Sie sich Zeit«, sagte Hannah.

»Ich versuche, auf der Obstwiese eine Verbindung zu bekommen«, sagte Doppheide und ging.

Hannah atmete auf. »Und wie geht es jetzt weiter, Jan?«, fragte sie.

»Ich nehme dich mit nach Münster. Dein Auto holen wir morgen ab. Ich werde dich nämlich heute keinen Moment mehr aus den Augen lassen.«

Sie lachte und schmiegte sich wieder an ihn.

Die Minuten vergingen. Nach einer Viertelstunde wurde Hannah allmählich unruhig. Schulze-Breuning hatte sie doch nicht etwa vergessen?

Als sie eine Tür schlagen hörten, erwarteten sie den Großbauern, aber es war Carolin. Sie sah genervt aus. »Thorsten muss mit seinem Papa nach Hause. Allein schaffe ich das Melken nicht. Wo ist denn meine Schwägerin?«

»Vermutlich noch bei Roddy.«

Carolin zog eine Augenbraue missbilligend nach oben.

»Was willst du von mir?« Unvermittelt stand Britta Doppheide in der Tür.

»Ich brauche Hilfe im Melkstand«, beharrte Carolin.

»Das soll Frank machen. Wo ist er eigentlich?«

»Telefonieren. Er ist vor einer ganzen Weile gegangen«, warf Jan ein.

Britta nahm seinen Helm vom Tisch. »Wohin?«, sagte sie mit banger Stimme.

Die Lichtkegel ihrer Taschenlampen irrten durch die leicht ansteigende Obstwiese hinter den Stallgebäuden. Sie bewegten sich äußerst vorsichtig in dem Gelände, weil jede Menge frisch gefallenes Holz zwischen den Bäumen lag.

»Frank! Frank, hörst du mich? Wo bist du?« Britta Doppheide klang von Minute zu Minute hysterischer.

»So geht das nicht!«, stieß Jan aus. »Wir müssen systematisch vorgehen. Sonst übersehen wir am Ende …«

»Hier bin ich! Was ist denn los?« Frank Doppheide stand unvermittelt neben Britta, die ihm schluchzend um den Hals fiel. »Frank! Da bist du ja!«

Carolin leuchtete ihn an. Ihr Bruder schien vollkommen unversehrt. »Wir dachten, dir sei auf der Wiese etwas zugestoßen.«

»Mit dem Telefonieren bin ich schon eine Weile fertig. Die Feuerwehr wird bald hier sein. Ich war im Stall, um nach der trächtigen Kuh zu sehen.«

Britta umklammerte ihn. »Ich bin so froh, so froh«, stammelte sie.

Jans Lichtstrahl geisterte weiter über die Obstwiese. »Dahinten liegt etwas«, murmelte er und stapfte durch das Gras auf einen dunklen Umriss zu. Hannah hielt den Atem an.

Alle leuchteten ihm den Weg zu einem mächtigen Baum, wo er sich über eine unförmige Gestalt beugte. »Es ist Schulze-Breuning! Der Senior. Er blutet am Kopf, scheint bewusstlos. Wir brauchen einen Notarzt!«

»Er wollte mit seiner Frau telefonieren, um ihr zu sagen, dass er heil bei uns angekommen ist«, murmelte Carolin erschüttert. »Und ich Idiot habe ihm gesagt, dass der Empfang an dieser Stelle immer funktioniert.«

Kurz vor neun abends – auf dem Rückweg

Jan drückte einen Augenblick lang Hannahs Hand, bevor er den Motor anließ. Dann wendete er und steuerte auf die Ausfahrt des Hofs Schulze-Breuning zu. Im fahlen Licht der Notbeleuchtung hinter ihnen standen die Bäuerin und Thorsten, der sie auf dem Traktor hierher gefahren hatte. Die beiden wollten gleich dem Rettungswagen folgen, der mit Schulze-

Breuning Senior ins Ibbenbürener Krankenhaus unterwegs war.

Die Bauerschaft lag noch immer völlig im Dunkeln. Aber schon nach wenigen Kilometern tauchten hell erleuchtete Fabrikgebäude und Wohnhäuser am Stadtrand von Emsdetten auf.

»Das ist ja nicht zu glauben! Hier gibt es wieder Strom«, wunderte sich Jan.

»Wahrscheinlich schließen sie die Städte zuerst wieder ans Netz an«, vermutete Hannah. Sie drehte vorsichtig den Kopf hin und her, um ihre Schultermuskeln zu lockern. Allmählich ließ die stundenlange Anspannung ein wenig nach, aber sie fühlte sich wie zerschlagen, und ihr Rücken schmerzte höllisch. Sie war froh, dass sie nicht mehr fahren musste. Jan hatte ihr Auto vorsichtig an den Rand der Pappelallee rangiert, damit die Rettungs- und Räumfahrzeuge Platz hatten. Morgen würden sie es abholen.

»Ich habe einen mordsmäßigen Hunger«, murmelte Jan, als sie die Bundesstraße erreichten, und hielt geradeaus in Richtung Stadtmitte. »Irgendwo muss es hier doch etwas zu essen geben.«

In der Nähe des Bahnhofs fanden sie ein Hotel, dessen anheimelnde Fassade auf eine lange Tradition schließen ließ. Im Restaurant war nur ein einziger Tisch besetzt.

»Können wir noch etwas Warmes zu essen bekommen?«

Der Kellner schaute ratlos und murmelte: »Da muss ich erst in der Küche nachfragen. Darf ich schon Ihre Getränkewünsche aufnehmen?«

»Ein kleines Bier werde ich ja wohl trinken dürfen«, meinte Jan zögerlich. Hannah bestellte Wasser.

»Bestimmt ist der Koch schon nach Hause gegangen«, vermutete sie. »Dabei merke ich jetzt, wie hungrig ich bin. Bis auf eine Schnitte Brot und ein Glas Milch habe ich seit heute Mittag nichts mehr in den Magen bekommen.«

Der Kellner kehrte schnell mit den Getränken und Speisekarten zurück und verkündete freundlichst: »Unser Chef macht Ihnen gern noch etwas zurecht, aber es könnte einen Moment dauern. Bei dem Sturm haben wir nicht mehr mit Gästen gerechnet.«

Hannah wählte die Spinat-Ricotta-Ravioli, Jan Rinderroulade. Dann schaute sie sich genauer um. Bei dezenter Beleuchtung verströmte der gediegen rustikale Raum gerade den Grad an Behaglichkeit, der nach den langen Stunden in Kälte und Dunkelheit gut tat. Kaum zu glauben, dass sie nur wenige Kilometer vom Hof Doppheide entfernt waren!

Sie begann sich zu entspannen. »Schön hier«, sagte sie.

»Stimmt.« Jan schaute versonnen auf sein Glas, das er schon zur Hälfte geleert hatte. »Wollen wir heute Nacht hier bleiben?«

»Aber ...«

»Wir müssen sowieso morgen hierher, um dein Auto abzuholen. Den Weg könnten wir uns dann sparen. Und außerdem … wir beide … weg von zu Hause … das hätte schon was ...« Er schaute sie intensiv an. Sein Blick ging ihr durch und durch.

»Und was wird mit Lasse?«

»Den sollten wir um diese Zeit nicht mehr aus dem Schlaf reißen. Wir rufen Gesine an und sagen ihr, dass wir ihn am späten Vormittag abholen. Zur Uni muss sie samstags bestimmt nicht.«

»Mittlerweile hat sie bei uns wirklich etwas gut.«

Jan nickte und winkte den Kellner heran. »Haben Sie ein Doppel-Zimmer für uns?«

»Das dürfte kein Problem sein«, bekam er zur Antwort. »In unseren Gästehäusern in den benachbarten Villen oder im

Neubau werden Sie ein Zimmer nach Wunsch finden.«

»Aber wir haben doch gar nichts dabei!«, brachte Hannah flüsternd ihr letztes Argument vor.

Der Kellner lächelte wissend. »Mit einem Zahnpflegeset könnten wir den Herrschaften jederzeit aushelfen.«

Sie telefonierten mit Gesine. Bisher keine besonderen Vorkommnisse in der WG. Lasse schlief schon seit Stunden.

Das Zimmer war geschmackvoll eingerichtet, das Bad modern ausgestattet. Nach dem Duschen war der Spiegel beschlagen. Hannah föhnte mit dem hoteleigenen Apparat eine Stelle in der Mitte frei, fuhr sich mit den Händen durch die Haare und brachte ihre Locken leidlich in Ordnung. Die überstandenen Stunden waren ihr anzusehen, trotzdem strahlten ihre Augen. Nur ihre Gesichts-Creme vermisste sie schmerzlich, denn die Haut spannte unangenehm.

Plötzlich spürte sie ihr Herzklopfen. Jan wartete im Bett auf sie. Es war ihre erste Nacht ohne Lasse nebenan. Sie lächelte. Heute würden sie keine Nachtwäsche brauchen.

Jan hatte vorausschauend eine Flasche Rotwein mit aufs Zimmer genommen. Irgendwann am späten Abend tranken sie ein Glas. Die Geschehnisse des Tages klammerten sie stillschweigend aus.

»Wir sollten öfter irgendwohin fahren«, seufzte Jan. »Ohne Lasse, meine ich.«

Hannah hatte sich die Bettdecke umgelegt, da sie schon wieder fröstelte. »Wie stellst du dir das vor?«

»Wir können Anne bitten, auf ihn aufzupassen oder meine Mutter oder eine Kinderfrau engagieren. Dann können wir weg – nur wir zwei. Ich finde das wichtig – für uns.«

»Hm.« Hannah rieb ihre Unterschenkel. Sie waren eisig.

»Komm mal her!«, sagte Jan und stellte den Wein ab. Sie rutschte zu ihm hinüber und spürte seine Wärme, als er sie in die Arme schloss.

»Du bist heißer als ein AKW«, raunte sie.

»In jeder Hinsicht.«

Samstag, 18. Januar

Im Morgengrauen

Die Bettwäsche, die Tapete, das Fenster – sie brauchte ein paar Sekunden, um sich zu erinnern, wo sie war. Hannah lächelte in sich hinein. Im Nachhinein war sie glücklich über Jans Idee, sich in diesem Hotel einzuquartieren.

Nach einer Weile wanderten ihre Gedanken zurück auf den Hof Doppheide. Wie mochte es Schulze-Breuning gehen? Der Notarzt hatte einen Schädelbasisbruch vermutet. Ob der Bauer je wieder ganz der Alte sein würde?

An einen Transport mit dem Rettungshubschrauber war bei dem Wetter nicht zu denken gewesen. Eine bange Stunde war vergangen, bis Notarzt und Sanitäter eingetroffen waren und den Großbauern versorgt hatten. In der Zwischenzeit hatten sie versucht, Schulze-Breuning so gut es ging mit Decken warm zu halten. Ihn zu bewegen, wagten sie nicht wegen der schweren Kopfverletzung und der Ungewissheit, ob er Schäden an der Wirbelsäule davongetragen hatte. Neben ihm lag der mächtige Ast, der ihn erwischt haben musste. Blutspuren an der Rinde sprachen Bände. Und die ganze Zeit über hatte sie jedes Knacken in den Bäumen über ihnen in Angst und Schrecken versetzt.

Erst durch das Blaulicht der eintreffenden Feuerwehr hatte Gudrun mitbekommen, was passiert war. »Jetzt er! Auf unserem Hof!«, war ihre entsetzte Reaktion. Nur gut, dass beide Kinder zu dem Zeitpunkt längst selig schlummernd in ihren Betten lagen.

Jan regte sich und wandte ihr das Gesicht zu. Ohne die Augen zu öffnen, sagte er schläfrig: »Guten Morgen, meine Liebste.« Er tastete nach ihrer Hand und küsste die Innenfläche.

»Guten Morgen.« Sie strich mit den Fingerspitzen sanft über sein Gesicht. »Jung siehst du aus, Ehemann. Fast faltenlos.«

»Die verschwinden immer nach dem Sex mit dir. Wie von Zauberhand.«

Sie lachte und kuschelte sich an ihn. Minuten später waren sie wieder eingeschlafen.

Als sie zum zweiten Mal aufwachte, schien die Sonne blass ins Zimmer. Halb neun.

Sie tippte Jan an. »Zeit aufzustehen.«

Er brummte und öffnete die Augen.

»Ich möchte am liebsten ganz schnell aufbrechen und Lasse abholen«, sagte Hannah zu ihrem eigenen Erstaunen. Sie hatte regelrecht Sehnsucht nach der weichen Haut, dem Babygeruch und dem verschmitzten Lächeln ihres Sohnes. »Lust, noch mal zum Hof zu fahren, um mein Auto abzuholen, habe ich absolut nicht.«

Jan streckte sich genüsslich. »Geht doch ganz schnell. Wir müssen ja mit niemandem dort reden.«

»Will ich sowieso nicht. Wenn ich genauer darüber nachdenke, wird mir ganz anders. Gestern Abend habe ich es versucht zu verdrängen, aber immerhin könnte einer von denen Liliane Fersts Mörder sein.«

Jan richtete sich auf. »Ich muss nachher dringend mit Gerrit telefonieren. Sie werden als Erstes eine Probe von dem Seil auf der Kabeltrommel nehmen wollen, um sie auf Übereinstimmung mit der Tatwaffe zu überprüfen. Noch könnte sich das Ganze als Zufall entpuppen.«

»Glaube ich nicht.«

»Okay«, sagte er zögerlich und verschränkte die Arme hinter dem Kopf. »Dann lass uns mal davon ausgehen, der Täter käme vom Hof Doppheide. Was wäre sein Motiv? Und wer hätte überhaupt die Gelegenheit gehabt? Wer von der Familie wusste beispielsweise, dass Liliane Ferst so gut wie täglich am Kanal entlang joggte?«

»Eigentlich alle. Ihr Hobby war Liliane Fersts großes Thema. Sie redete ständig davon. Frank und Britta Doppheide haben schon bei meinem ersten Besuch geklagt, sie hätte einen Besuchstermin abgebrochen, weil sie zum Lauf-Training verabredet war. Ich könnte mir vorstellen, dass in der Familie darüber gesprochen wurde.«

»Kannten die Schwester und die Mutter die Ferst überhaupt?«

»Ganz sicher. Beide haben mit ihr zu tun gehabt. Sie kam eines Tages unangemeldet vorbei, als Britta Doppheide mit Roddy unterwegs war. Der Bauer hatte zu tun und schickte Liliane Ferst so lange zu Carolin und Gudrun.«

»Alle kannten sie also und wussten von ihrem Lauftraining. Aber warum sollte jemand sie töten wollen?«

»Es muss mit dem Gutachten zu tun haben. Ich weiß von einem Mitarbeiter des Jugendamtes in Tecklenburg, dass sie fest entschlossen war, Tanja Grabkow ihren Sohn wieder zusprechen zu lassen. Vielleicht hatte sie das der Familie schon gesagt.«

»Aber man bringt doch niemanden um, weil man ein Pflegekind wieder abgeben muss!«, zweifelte Jan.

»Du kennst die Situation auf dem Hof nicht. Doppheides haben schon einmal ein Pflegekind verloren. Ihre Pflegetochter ist zu Tode gekommen, kurz nachdem sie zur Mutter zurück musste. Ein erweiterter Suizid. Britta Doppheide scheint es seitdem psychisch nicht besonders gut zu gehen.«

»Ich verstehe nicht ganz, was das für ein Motiv sein soll, Hannah.«

»Vielleicht befürchtete Frank Doppheide, dass seine Ehe am Ende wäre, wenn sie Roddy nicht behalten dürften. Seine Frau hat sich offenbar mit ihrer Rolle als Bäuerin nicht sonderlich angefreundet. Eigentlich kommt sie aus dem Hotelgewerbe.«

»Und deswegen hat ihr Mann die Gutachterin umgebracht?«

»Ich traue es ihm zu. Allerdings ist fraglich, ob er überhaupt die Gelegenheit dazu hatte. Zur Tatzeit beginnt er normalerweise schon mit den Vorbereitungen zum Melken. Er müsste eine glaubwürdige Ausrede gehabt haben.«

Jan kratzte sich am Kopf. »Warum hast du dich so auf den Bauern eingeschossen?«

»Habe ich doch gar nicht!« Einen Moment lang schwankte sie, ob sie Jan von Brittas belastender Äußerung über Frank erzählen sollte, aber irgendetwas sträubte sich in ihr. Vielleicht weil sie sich nicht endgültig eingestehen wollte, dass sie sich derartig in einem Menschen getäuscht hatte? Wie dem auch sei: Gerrit würde schon herausfinden, ob Frank der Täter war.

»Was ist denn mit den anderen Familienmitgliedern? Kommen die in Frage? Zum Beispiel diese Britta? Wenn sie derartig an dem Jungen hängt, hat sie die Sache vielleicht selbst in die Hand genommen.«

»Schon möglich«, murmelte Hannah und richtete kurz ihre verrutschte Bettdecke, weil es empfindlich kalt im Zimmer war. »Jedenfalls war sie zwei Tage vor dem Mord in der Nähe von Münster mit dem Auto unterwegs. Ich habe eine entsprechende Tankquittung in ihrer Regenjacke gefunden. Könnte sein, dass sie Liliane Ferst aufgesucht hat, um noch einmal mit ihr zu reden. Oder sie hat ausgespäht, wie und wo sie am besten zuschlagen könnte. Wäre denkbar.«

»Du klingst aber zögerlich.«

»Britta Doppheide hatte ein starkes Motiv, aber ich bezweifle, dass sie die Nerven hat, sich stundenlang hinter einen Busch zu hocken, bis Liliane Ferst vorbeikommt, um sie in aller Öffentlichkeit zu erdrosseln. Außerdem hätte sie Roddy irgendwo unterbringen müssen.«

»Vielleicht bei einer Freundin. Irgendeine plausible Begründung fällt einem nötigenfalls immer ein.«

»Stimmt schon. Britta könnte es auch gewesen sein«, musste Hannah zugeben.

»Allerdings schien sie mir eine recht zarte Person zu sein. Ganz im Gegensatz zu Doppheides Schwester. Die wäre körperlich durchaus in der Lage, eine Schlinge um den Hals des Opfers zu legen und mit Gegenwehr fertig zu werden.«

»Carolin?« Hannah kam ihr erster Eindruck von Franks Schwester in den Sinn: kräftig, ein wenig übergewichtig, zupackend. »Sie ist an harte Arbeit im Stall gewöhnt. Von allen Beteiligten hätte sie außerdem die wenigste Mühe, sich eine Ausrede zu verschaffen, falls sie nicht pünktlich zum Melken hätte zu Hause sein können: Überstunden im Betrieb oder ein Stau auf dem Heimweg.«

»Aber was wäre ihr Motiv gewesen?«

»Ihr schlechtes Gewissen, weil sie die wirtschaftliche Misere des Hofs mit verursacht hat.« Hannah berichtete kurz von Carolins ungeplanter Schwangerschaft und dem Wegfall der Vermietung von Ferienwohnungen als zweites Standbein des Betriebs. »Sie legt sich deswegen mächtig ins Zeug, um ihrem Bruder zu helfen.«

»Aber würde sie seinetwegen jemanden umbringen?«

»Klingt weit hergeholt.«

»Finde ich auch. – Und die Mutter?«

Hannah schwieg einen Moment lang. Gudrun als Mörderin? Dieser Gedanke widerstrebte ihr am allermeisten. Aber gute Gründe hätte Franks Mutter schon gehabt.

»Ihr war vermutlich bewusst, was passieren könnte, wenn Roddy zurück zu seiner Mutter müsste. Nicht unwahrscheinlich, dass Britta daraufhin den Hof verlassen würde, weil sie es dort nicht mehr aushielte. Gudrun musste befürchten, dass Frank seiner Frau folgen würde.«

»Aber wieso denn? Der Hof ist bestimmt seit Ewigkeiten im Besitz der Familie. Ein solches Erbe wirft man doch nicht so einfach hin!«

»Zum einen rentiert sich der kleine Betrieb schon lange nicht mehr. Bereits Franks Vater wollte ihn verpachten. – Und außerdem ist Frank nur äußerst zögerlich nach dem Unfalltod seines Vaters auf den Hof zurückgekehrt. Eigentlich ist er Tischler und hatte das Angebot, einen Betrieb bei Münster zu übernehmen. Ich schätze, ohne Britta an seiner Seite würde er die Landwirtschaft aufgeben.«

Während Hannah es aussprach, war ihr mit einem Mal klar: Doppheide liebte seine Frau – mehr als sein Erbe.

»Also war sie es nicht? Hätte sie denn die Gelegenheit gehabt, die Tat zu begehen?«

Einen Moment lang wusste Hannah nicht, von wem Jan sprach.

»Ach, du meinst Gudrun. Doch … vermutlich ist sie nachmittags öfter unterwegs – zum Einkaufen oder beim Arzt.«

Sie stutzte.

»Was geht dir durch den Kopf?«, hakte Jan nach.

»Meine erste Begegnung mit Gudrun. Sie litt damals an einer schweren Bronchitis. Man befürchtete sogar eine Lungenentzündung. Der Hausarzt der Familie war in großer Sorge.«

»Ja, und?«

»Vielleicht hat sie sich beim stundenlangen Warten an der Kanalbrücke erkältet. Ich habe sie zwar erst gut zwei Wochen später kennen gelernt, aber wenn sie die Bronchitis verschleppt hat ...«

» ... könnte das zeitlich passen.«

Hannah hörte ein Knurren aus Jans Richtung. Er grinste. »Mein Magen wartet auf sein Frühstück.«

Schwungvoll hob er die Beine aus dem Bett. »Ehrlich gesagt, diese ganze Theorie, Liliane Ferst sei wegen ihres Gutachtens ermordet worden, überzeugt mich überhaupt nicht.« Er wedelte mit seinen Händen in der Luft. »Jeder klar denkende Mensch müsste sich sagen, dass eine neue Gutachterin aller Wahrscheinlichkeit nach zu demselben Ergebnis kommen und Roddy zur Mutter zurückschicken würde. Außer ein wenig Zeit hätte man durch den Mord also nichts gewonnen. Ein bisschen dürftig als Begründung, finde ich.«

»Aber ich bin bei meinem Gutachten zu einem völlig anderen Ergebnis als Liliane Ferst gekommen«, entgegnete Hannah.

»Niemand konnte damit rechnen, dass meine gewissenhafte, hochsensible Ehefrau und liebende Mutter meines Sohnes die Sache sehr viel gründlicher angehen würde als die Gutachterin Nummer eins. So viel Engagement ist ja wohl nicht üblich.« Er küsste sie auf die Stirn. »Eine Fahrt ins Sauerland in der Freizeit und auf eigene Kosten unternimmt schließlich nicht jeder. Also hätte vermutlich niemand Tanja

Grabkows unheilvolle Vernachlässigung ihrer Kinder in vollem Umfang aufgedeckt. – Und jetzt Schluss mit den Spekulationen! Ich dusche zuerst, damit du es gleich schön warm hast im Badezimmer.«

Gegen halb zehn

Die meisten Tische im Frühstücksraum waren bereits abgeräumt. Die Bedienung in schwarzer Hose und langärmeliger weißer Bluse unterhielt sich auf Englisch mit den verbliebenen Gästen, zwei Männern in dunklen Anzügen, wohl Geschäftsleute. Die Aussprache der jungen Frau klang ziemlich deutsch, und die Grammatik interpretierte sie recht eigenwillig, aber die Verständigung über Wetter und andere Belanglosigkeiten klappte trotzdem.

»Was darf ich Ihnen denn bringen?«, fragte sie mit strahlendem Lächeln und wischte imaginäre Krümel von der weißen Tischdecke. Hannah und Jan bestellten Kaffee.

»Und welchen Wunsch darf ich Ihnen noch erfüllen? Gekochte Eier? Spiegeleier? Oder möchten Sie sich lieber am Büfett mit Rührei und Speck bedienen?«

Hannah verzog das Gesicht. Sie mochte diese aufgesetzt wirkende Freundlichkeit nicht. Jan orderte sich ungerührt zwei Spiegeleier.

Die Aufschnittplatten erschienen Hannah ein wenig gerupft. Außerdem vermisste sie ihren üblichen Frischkäse.

»Wie es Schulze-Breuning wohl gehen mag?«, sinnierte sie, während sie Quark und Marmelade auf die erste Brötchenhälfte gab. Auch ein noch so reichhaltiges Büfett brachte sie nicht von ihren Gewohnheiten ab, während Jan sich Räucherfisch, Tomaten und allerlei exotisches Obst auf den Teller gehievt hatte.

»Wüsste ich auch gern«, murmelte er. »Sympathisch war er mir nicht gerade, aber einen solchen Unfall hätte ich dem alten Haudegen nicht gewünscht. Warum man ihn wohl nicht gleich hier ins Emsdettener Krankenhaus gebracht hat? Hinweisschilder habe ich gestern Abend genug gesehen.«

»Die sind überholt«, informierte die Bedienung ungefragt und stellte zwei zierliche Porzellankännchen ab. »Unser Krankenhaus ist geschlossen. Nicht mehr rentabel.«

»Ach!«

»Sehr schmerzhaft für einen Ort wie Emsdetten, aber alle Proteste der Bevölkerung haben nichts genutzt.«

Hannah schwieg beharrlich. Glücklicherweise beanspruchten die Engländer nun die Aufmerksamkeit der redseligen Frau für eine wortreiche Verabschiedung.

»Gestern habe ich endlich begriffen, was der Grund für die Fehde zwischen Gudrun und Schulze-Breuning ist«, nahm Hannah den Gesprächsfaden wieder auf.

»Die Tatsache, dass er ihr noch am Todestag ihres Mannes den Hof abkaufen wollte.« Jan goss sich Kaffee ein. »Wirklich ungeheuerlich! Passt aber zu ihm. Expandieren um jeden Preis, hat er schwadroniert, als wir mit dem Trecker zu Doppheides unterwegs waren. Schnell am Ball sein, damit einem niemand zuvorkommt.«

»Ich finde sein Verhalten mehr als geschmacklos.« Hannah verstummte, denn die Bedienung servierte Jans Spiegeleier.

»Ist alles so weit recht bei Ihnen?«

»Danke. Wir melden uns«, gab Hannah unfreundlich zurück.

Jan grinste und fuhr dann fort: »Schulze-Breuning hat mir berichtet, dass der Wegfall der Milchquote ein gigantisches

Wettrennen unter den verbliebenen Höfen zur Folge hat. Er will demnächst auf 200 Kühe aufstocken.«

»Und die kleineren Betriebe gehen dabei drauf! Diese riesigen Milchhöfe sind doch die reinsten Nahrungsmittelfabriken!«, schnaubte Hannah.

»Aber nur die großen Höfe können sich moderne, helle Ställe leisten, wo die Viecher viel Auslauf haben. Der Melk-Roboter macht die Arbeit, während der Bauer auf der Besuchergalerie steht und zuschaut.«

»Na toll! Weiden braucht man dann nicht mehr, weil die Tiere sowieso ihr Leben lang nicht nach draußen dürfen. Sehr praktisch, dann kann man die freien Flächen zur Maiserzeugung nutzen. Dazu noch ordentlich Kraftfutter zur Steigerung der Milchleistung, und schon haben wir Turbo-Kühe, die grässlich leiden, weil ihre Verdauung eigentlich auf Heu eingestellt ist.«

»Sei nicht so skeptisch, Hannah! In offenen Ställen liegen die Kühe auf echtem Torf, und ein selbstfahrendes Gerät reinigt unablässig den Boden, damit ihre Klauen sich nicht entzünden. Das ist praktizierter Tierschutz.«

»Du hast dich ja ganz schön von Schulze-Breuning einwickeln lassen! Weißt du auch, dass eine Milchkuh gerade mal sieben Jahre lebt, obwohl ihr biologisches Alter doppelt so hoch wäre? Und weil sie nur nach einer Geburt Milch gibt, kommt alle 14 Monate ein Kalb zur Welt. Wenn die Kühe nicht mehr tragend werden, geht es ab zum Schlachter.«

»Was soll man denn sonst machen? Sie als Schmusetiere auf die Weide stellen? Es geht hier um Lebensmittelproduktion.«

»Eben!«

Jan schenkte sich Kaffee nach und trank einen Schluck. »Lauwarm«, brummte er. »Warum regst du dich eigentlich so auf? Und überhaupt: Seit wann interessierst du dich so intensiv für Milchkühe?« Er schaute sie fragend an.

»Es schadet ja wohl nicht, sich zu informieren, wenn man mit einem Milchbetrieb zu tun hat«, antwortete Hannah vage. Dass ihre Informationsquelle ein Milchbauer am Steuer seines Wagens auf dem Weg nach Meschede gewesen war, musste Jan ja nicht unbedingt wissen. »Wie bist du gestern überhaupt auf den Hof Schulze-Breuning geraten?«, wechselte sie das Thema.

»Ich bin bei der Suche nach dem Hof Doppheide versehentlich dort gelandet. In Roddys Akte ist eine falsche Nummer vermerkt. Statt 73 steht dort 72. Dorothee war sich vollkommen sicher, dass sie die Nummer aus den Unterlagen im Kopf behalten hatte.«

Hannah setzte abrupt ihre Tasse ab und starrte Jan an.

»Was ist los?«, fragte er irritiert. »Was hast du?«

In ihrem Kopf rotierte es. Passte das alles zusammen? Oder sah sie Gespenster?

»Er kannte sie!«, stieß sie hervor. »Er hielt Liliane Ferst für gut aussehend. Kannte ihr Münsteraner Auto-Kennzeichen, wusste von der Akte.«

»Wer?«

»Schulze-Breuning.«

»Woher weißt du das?«

»Hat er mir selbst gesagt.«

»Dir? Ich dachte, du hättest ihn gestern zum ersten Mal gesehen.«

»Nein. Ich bin auch auf seinem Hof gelandet, als ich zu Roddys Pflegeeltern wollte«, murmelte Hannah. »Schulze-Breuning hat mir den Weg zu Doppheides erklärt. Genau wie vermutlich Liliane Ferst. Es ist gut möglich, dass er ihr von den Gerüchten um den Tod des alten Doppheide erzählt hat, um die Familie schlecht zu machen und Liliane Ferst bei ihrem Gutachten zu beeinflussen.«

»Wie kommst du darauf?«

»Bei mir hat er es auf jeden Fall versucht«, antwortete Hannah. »Als ich ihn ein zweites Mal getroffen habe, hat er undurchsichtige Andeutungen gemacht, wie praktisch es sei, wenn man mit seinem Hausarzt befreundet ist. Ich wollte aber nichts davon hören.«

»Liliane Ferst möglicherweise schon. Und Schulze-Breuning hoffte auf eine neue Chance, sich die Ländereien unter den Nagel zu reißen, falls Frank Doppheide den Hof aufgibt. – Ich habe gestern nicht ganz verstanden, worum es im Einzelnen ging. Der alte Doppheide ist bei einem Unfall im Stall ums Leben gekommen?«

»Er ist nach einem Herzinfarkt im Melkstand gestürzt. Ich habe die Stelle gesehen. Die Treppe ist sehr steil und bestimmt öfter feucht und glitschig. Durchaus denkbar, dass man dort ins Stolpern gerät, wenn sich jemand schlecht fühlt.«

»Wenn ich mich recht erinnere, hat Schulze-Breuning diese Version aber angezweifelt und angedeutet, dass der Hausarzt bei der Ausstellung des Totenscheins etwas vertuscht hat.«

»Wie gesagt: alles Gerüchte, die Schulze-Breuning seit Jahren streut. Gudrun Doppheide leidet sehr darunter.«

»Würde mich interessieren, ob es damals überhaupt eine polizeiliche Untersuchung wegen eines unklaren Todesfalls gegeben hat. Unter Umständen könnte man eine Exhumierung beantragen und den Mann nachträglich obduzieren.«

»Meinst du, man kann die Todesursache nach so langer Zeit noch feststellen?«

Jan kratzte sich die dunklen Bartstoppeln. »Da bin ich mir nicht so sicher. Bestimmte Gifte kann man jahrelang in verwesten Körpern nachweisen oder – wie in diesem Fall – die Schädelfraktur infolge eines Sturzes. Allerdings dürfte es sehr problematisch sein herauszubekommen, ob der Tote einen Herzinfarkt hatte, weil man möglicherweise kaum noch brauchbares Gewebe für die Untersuchung findet.«

»Dann hätte die ganze Aktion doch absolut keinen Sinn«, warf Hannah ein.

»Vielleicht doch. Wir haben schon erlebt, dass allein die Ankündigung einer Obduktion Zeugen oder Mitwisser dazu bewegt, ihr Schweigen zu brechen und nach Jahren endlich eine Aussage zu machen. Wer weiß, ob es bei diesem Fall nicht genauso wäre.«

Jan wirkte plötzlich sehr energiegeladen. »Das soll aber alles nicht unsere Sorge sein. Komm, wir zahlen, und dann rufe ich Gerrit an. Der wird sich freuen, wenn wir ihm sowohl die Tatwaffe als auch ein mögliches Motiv liefern können. Die Genehmigung für eine Exhumierung des alten Doppheide kann er sich dann gleich besorgen. Hoffentlich ist der Bauer nicht verbrannt worden.«

Er stand auf und rückte seinen Stuhl zurecht. Hannah lief ein Schauer über den Rücken. Jan schien tatsächlich überzeugt, eine Spur gefunden zu haben.

Von Schüttler erfuhren sie, dass Gerrit noch nicht im Präsidium war, weil er in der Sturmnacht bis zum frühen Morgen im Einsatz gewesen sei.

Hannah hatte mehr Glück. Sie erwischte Gesine beim Spaziergang mit Lasse und Sebastian auf der Promenade. Mal testen, wie es sich so anfühlt als junge Familie, meinte Gesine vielsagend. Gut, dass Jan das nicht hörte. Opa zu werden, stand mit Sicherheit noch nicht auf seinem Plan.

»Ich bin spätestens in einer knappen Stunde bei euch.« Als Hannah das Gespräch beendete, spürte sie ein Kribbeln: Vorfreude auf ihren Sohn.

Der Sturm hatte kaum sichtbare Spuren in der Emsdettener Innenstadt hinterlassen: ein bisschen Kleinholz am Straßenrand und auf den Bürgersteigen, hier und da verstreuter Müll. Die Straßen waren frei, die Sonne von einer milchigen Wolkenschicht verdeckt. Allerdings war es bei Temperaturen im einstelligen Bereich empfindlich kühler als am Vortag.

Am Abzweig zur Bauerschaft sah Hannah in entgegengesetzter Richtung das Hinweisschild »Krankenhaus«. Wieder kam ihr Schulze-Breuning und seine mögliche Verbindung zu Liliane Ferst in den Sinn. Und die merkwürdige Hartnäckigkeit, mit der er Helmut Doppheides Tod seit Jahren immer wieder hochkochte.

War es ein Zufall, dass Schulze-Breuning just an dem Tag, als er den Hof Doppheide nach Jahren wieder betrat, von einem schweren Ast getroffen worden war? Oder hatte jemand die günstige Situation ausgenutzt und nachgeholfen?

In Gedanken ging sie die Abläufe des Abends noch einmal durch. Wer wusste, dass Schulze-Breuning telefonieren wollte? Wer war im betreffenden Zeitraum unbeobachtet gewesen? Auf jeden Fall Frank! Er war zur Wiese gegangen, um das THW oder die Feuerwehr zu erreichen. Und Carolin! Auf ihren Rat hin war Schulze-Breuning überhaupt erst zur Wiese gegangen. Sie hatte sich deswegen später heftige Vorwürfe gemacht.

Und was war mit den anderen Familienmitgliedern? Schulze-Breuning hatte vor Gudrun die Küche verlassen. Sie war noch einen Moment lang geblieben und dann in ihre Wohnung gegangen. Bezeugen konnte das niemand. Vielleicht war sie ihm heimlich gefolgt. Und Britta? Auch sie war in der fraglichen Zeit ziemlich lange verschwunden gewesen. Nicht ausgeschlossen, dass sie zwischenzeitlich heimlich das Haus verlassen hatte. Hannahs Beklemmung wuchs von Minute zu Minute. So ziemlich jeder auf dem Hof hätte ihn niederschlagen können.

»Hannah, du bist so still. Woran denkst du?«

Der Hof Doppheide war bereits in Sicht. Die asphaltierte Zufahrt war übersät von Holzspänen, Ästen und Zweigen. Die zersägten Stämme der beiden Pappeln lagen säuberlich aufgereiht am Rand der Allee. Die riesigen Wurzelteller hatte man einstweilen in die Wiese gekippt.

»An einen Unfall, der vielleicht gar keiner war«, murmelte Hannah.

»Du meinst ... Schulze-Breuning?« Jan hielt neben ihrem Auto, schaltete in den Leerlauf und starrte sie entgeistert an. »Wenn das stimmen sollte, habe ich Hornochse gestern einen Riesenfehler gemacht.«

Gegen halb elf

Hannah stieg aus. Mit Erleichterung registrierte sie, dass weder Franks noch Carolins Auto auf dem Hof parkten. Auf eine Begegnung hatte sie jetzt wahrlich keine Lust.

Jan ließ die Seitenscheibe hinab. »Wir können bis zum Friesenring zusammen fahren. Dann schaue ich bei Gerrit im Präsidium vorbei, und du holst Lasse ab.«

»In Ordnung.«

Die Scheibe glitt hoch, Jan gab Gas und rollte los. Hannah schloss ihr Auto auf und setzte sich hinter das Steuer.

Ihr Handy! Fast hätte sie vergessen, dass es irgendwo ganz in der Nähe liegen musste. Kurz entschlossen entriegelte sie den Sicherheitsgurt und verließ noch einmal den Wagen.

Bei Tageslicht war es kein Problem, die Umgebung mit einem Blick abzusuchen. Weit und breit kein Handy. Auch nicht unter dem Wagen.

Als sie sich aufrichtete, sah sie, dass Jan am Ende der Zufahrt anhielt.

Vielleicht war ihr das Handy doch aus der Tasche gerutscht, als sie sie auf dem Rückweg zum Haus schützend über den Kopf gehalten hatte. Sie beschloss, die Strecke rasch abzugehen. Aufmerksam hielt sie die Augen auf den Boden und die mit Gras bewachsenen Seitenstreifen der Zufahrt und schob Reste von altem Laub mit der Fußspitze zur Seite. Nichts!

Jans Wagen war inzwischen aus ihrem Blickfeld verschwunden. Einen letzten Versuch wollte sie noch machen. Sie ging zurück zum Auto, nahm ihre Tasche vom Beifahrersitz und tastete nach Jans Handy, das sie nach dem Telefonat mit Gesine eingesteckt hatte.

Sie rief den Speicher auf und tippte auf die Nummer ihres eigenen Apparats. Dann hob sie den Kopf und horchte. Wenn sie Glück hatte, würde es nun ganz in der Nähe bimmeln.

Aber der vertraute Klingelton blieb aus. Stattdessen hörte sie eine leise Stimme nur wenige Zentimeter von ihrem Ohr entfernt. »Ja, bitte.«

Hastig antwortete Hannah: »Hallo! Hallo, wer ist da?«

»Frau Schmielink? Sind Sie das?« Eine Frauenstimme.

»Ja. Haben Sie mein Handy gefunden? Mit wem spreche ich?«

»Carolin Doppheide. – Es lag unter einem Gewirr von Ästen, als ich heute morgen die Zufahrt gefegt habe. Ich dachte mir schon, dass es Ihnen gehören könnte.«

»Das ist ja super. Wo stecken Sie denn? Ich sehe hier gar kein Auto.«

»Sie sind auf dem Hof?« Einen Moment lang hörte Hannah keinen Ton. Dann meldete Carolin sich wieder. »Meine Mutter brauchte meinen Wagen, um etwas zu erledigen. Britta und Frank haben die Kinder mitgenommen zum Einkaufen. Ich bin im Stall und kann hier nicht weg. Eine unserer Kühe kalbt gerade und schafft es nicht allein. Können Sie Blut sehen?«

»Ich denke schon.«

»Dann kommen Sie doch kurz hierher und holen sich das Handy ab.«

»Mache ich. Wo genau sind Sie?«

»Kennen Sie die Kälberboxen?«

»Ja, die hat Ihr Bruder mir gezeigt.«

»Dann wissen Sie ungefähr, wohin Sie gehen müssen.«

»Ist die Haustür verschlossen?«

»Ja, aber Sie können direkt durch die Tenne gehen. Der Weg ist sogar kürzer. Sehen Sie das grüne Tor?«

»Direkt vor mir?«

»Ja, genau. Es ist immer geöffnet. Von dort aus finden Sie mich, wenn Sie dem Gebrüll der Kuh nachgehen.«

»Alles klar. Bin schon unterwegs.«

Hannah steckte das Handy ein und ging über den Hof. In mehreren Pfützen stand noch Wasser vom Vortag, aber jemand hatte auch dort gründlich gefegt.

Durch die verstaubten kleinen Fenster auf beiden Seiten des Tors fiel fahles Licht in den hohen, nur wenige Meter tiefen Raum. Schwacher, süßlich-herber Dunggeruch stieg Hannah in die Nase. An der Wand reihten sich mehrere Paar Gummistiefel auf, über einer Schubkarre hingen ein nachlässig hingeworfener Overall und ein grauer Kittel.

Es musste sich um die Tenne des ursprünglichen Bauernhauses handeln, die man nachträglich in mehrere Räume unterteilt hatte. Die geöffnete Tür vor ihr führte in die gekachelte Kammer mit dem Milchtank, dessen Oberfläche aus Edelstahl im schwachen Sonnenlicht glänzte. Durch das Tennentor wurde vermutlich die Milch in den Tankwagen der Molkerei gepumpt. Im Hintergrund musste sich der Melkstand befinden.

Einen Augenblick lang war sie irritiert. Um zu den Kälberboxen zu gelangen, musste sie den Melkstand durchqueren – daran erinnerte sie sich genau. Aber dahinter lag der Kuhstall. Sie scheute sich, ihn allein zu betreten. Die mächtigen Leiber der Kühe hatten ihr Respekt eingeflößt.

Ein heiseres Gebrüll ließ sie aufhorchen. Sie öffnete eine Tür in Richtung des Lauts und befand sich in der Futterkammer mit den unzähligen Gerätschaften und alten Fahrrädern. Irgendwo hier lag die Kabeltrommel mit dem Seil. Sie wagte nicht, sich danach umzuschauen. Hinter der Wand waren dumpfe Geräusche und gelegentliches Schnauben zu hören. Der Dunggeruch vom Kuhstall verstärkte sich. Der abgetrennte, schmale Gang endete in der zu einer Seite offenen Halle, wo das Brüllen der trächtigen Kuh Hannah empfing.

In einem grünen Overall und den unvermeidlichen Gummistiefeln stand Carolin neben dem Tier im Stroh. Um ihre Haare hatte sie ein kariertes Tuch gebunden. Sie war augenscheinlich voll konzentriert, und schaute erst auf, als Hannah näher herankam.

»Es kann jeden Moment losgehen«, sagte sie knapp und wies auf das Hinterteil des Tieres, aus dem etwas Weißliches herausschaute. Mit bloßen Händen fasste sie in die Scheide der Kuh, massierte und weitete die Öffnung mit sanftem Druck.

»Tut mir leid, aber das Handy kann ich momentan nicht aus meiner Tasche holen«, sagte Carolin mit Blick auf ihre blutverschmierten Hände. »Die Vorderläufe des Kalbs schauen schon eine Weile heraus, aber sie schafft es nicht allein. Es ist ihr erstes.«

»Kein Problem«, antwortete Hannah und schaute fasziniert zu, wie die junge Frau einen Strick um die Beine des Kälbchens band und oberhalb der Fesseln festzurrte. Dann schaute sie prüfend auf den Leib der Kuh, der unter einer Wehe erbebte. Das durchdringende Brüllen des Tiers erfüllte den Raum.

Carolin zog an dem Strick, bis die Vorderläufe einige Zentimeter weiter herausrutschten. Die Kuh schaukelte unruhig hin und her. Sie schien starke Schmerzen zu haben.

Hannahs Blick fiel auf eine Metallstange mit einem blauen Griff im Stroh. »Was ist das für ein merkwürdiger Apparat?«

»Das ist ein Geburtshelfer, mit dem ich mehr Zug beim Herausholen des Kalbs aufbringen kann. Aber heute klappt es wahrscheinlich auch ohne.« Bei ihren letzten Worten zog sie mit aller Kraft an dem Strick, und ein dicker Klumpen kam zum Vorschein, den Hannah erst auf den zweiten Blick als den eng an die Vorderläufe geschmiegten Kopf des Kälbchens identifizierte.

»Vorsicht!«, rief Carolin ihr zu. »Machen Sie Platz! Es kommt.« In dem Moment erschien der gesamte Körper des Kalbs mit ausgestreckten Beinen wie bei einer jungen Gazelle im Sprung und glitt in einem Schwall rötlicher Flüssigkeit in das Stroh zu Hannahs Füßen. Carolin hatte mit einem beherzten Griff den Sturz gerade noch abbremsen können.

Nur die Vorder- und Hinterläufe des Neugeborenen waren leicht blutig, die braun-weiße Fellzeichnung war deutlich zu erkennen. Zu Hannahs Entsetzen rührte sich das Kalb nicht. Rasch griff Carolin zu einem Eimer hinter sich und schüttete einen Schwall Wasser über den Kopf des Kleinen. Hannah bekam ein paar Spritzer ab: Es war kalt.

»Hey, du! Aufwachen!«, sprach Carolin auf das Tier ein und säuberte das Maul vom Schleim. Einige bange Sekunden später zuckte es und bewegte leicht die Beine.

»Ist ja gut«, murmelte Carolin mit sanfter Stimme. Ihr Gesicht leuchtete. »Du hast es geschafft.«

»Perfekt!«, gratulierte Hannah bewundernd. »Sie sind doch die geborene Milchbäuerin!«

»Dachte ich auch, als ich drei oder vier war«, lachte Carolin höhnisch auf und begann, die Beine des Kalbs kräftig mit Stroh abzureiben. »Für mich war es damals selbstverständlich, dass ich eines Tages Bäuerin auf unserem Hof sein würde. Ich kann mich noch haargenau erinnern, wie enttäuscht ich war, als ich eines Tages beiläufig von meinem Vater erfuhr, dass mein Bruder einmal seinen Platz einnehmen würde. Für mich stürzte in dem Moment eine Welt ein, ohne dass mein Vater es überhaupt mitbekam.«

Carolin rieb weiter hingebungsvoll den Leib des Tieres ab und ignorierte die Unruhe der Kuh. »Je älter ich wurde, desto klarer wurde mir, dass mein Bruder überhaupt kein Interesse an unserem Hof entwickelte. Er war häufig in Papas Kammer und machte kleinere Schnitzereien, aber Tiere füttern, den Stall ausmisten, Silo machen – das alles hat er nur widerwillig übernommen. Ich ahnte, dass meine Chancen wieder stiegen. Vermutlich lange, bevor meine Eltern es wahrhaben wollten.«

Das Neugeborene hob den Kopf und zog die Beine an. Nun glich es schon weit mehr einem Kälbchen, wie man es sich vorstellte.

»Und eines Tages verließ Ihr Bruder tatsächlich den Hof«, sagte Hannah.

»Als Frank seine Ausbildung zum Tischler begann, fing ich an, die Zukunft des Hofes zu planen. Die Ferienwohnungen im Spieker waren ursprünglich meine Idee für den Übergang, bis ich den Betrieb auf Bio umstellen würde. Ich hatte mich schon beraten lassen. Mein Traum war es, eines Tages eine Käserei aufzumachen.«

Das Leuchten war aus Carolins Gesicht verschwunden. Die dunklen Schatten um ihre Augen ließen sie deutlich älter wirken. Energisch schüttete sie sich den Rest Wasser aus dem Eimer über die Hände und trocknete sie an ihrem Overall. Dann zog sie Hannahs Handy aus der Tasche und überreichte es ihr.

Hannah wurde bewusst, dass sie jetzt schleunigst gehen sollte. Bestimmt hatte Jan schon bemerkt, dass sie ihm nicht folgte und parkte irgendwo am Straßenrand. Sie wollte auf keinen Fall, dass er sich Sorgen machte, aber irgendetwas hielt sie hier fest. Hinter den rührenden Geschichten über das Mädchen, das seinen Vater auf Schritt und Tritt begleitete und die Namen aller Kühe auswendig wusste, steckte also ein gescheiterter Lebensplan. Plötzlich erschien Hannah die junge Frau in einem neuen Licht.

»Und dann starb Ihr Vater plötzlich, und Frank kehrte wider Erwarten zurück.«

»In der Tat. Mit Britta als Bäuerin!« Der bittere Unterton in Carolins Stimme war unüberhörbar. »Meine Schwägerin hatte null Interesse an der Landwirtschaft, führte sich aber gleich als Chefin auf.«

»Die beiden standen Ihren Plänen für den Hof im Weg.«

»Allerdings.« Gedankenverloren tätschelte Carolin den Kopf des Kälbchens ein letztes Mal und überließ es der Mutterkuh, die sofort begann, das Kleine ausdauernd zu lecken.

»Nur deswegen haben Sie das Kind von Thorsten Schulze-Breuning behalten wollen, obwohl Sie ihn verabscheuen«, platzte Hannah heraus.

»Wie bitte?« Carolin starrte Hannah an. »Woher wissen Sie ...?«

»Sie beide haben gestern nicht gerade geflüstert.«

»Dann haben Sie eine Menge mehr mitbekommen, als uns allen lieb sein kann.« Carolin schaute sie herausfordernd an. »Aber Sie haben richtig kombiniert. Bis ich ungeplant schwanger wurde, wohnten Mama und ich im Haupthaus, obwohl die räumliche Enge schon damals zu einigen Spannungen führte. Als Mia sich ankündigte, waren die neuen Ferienwohnungen die ideale Lösung.«

»Und Ihnen kam es entgegen, dass der Hof dadurch in immer größere finanzielle Schwierigkeiten geriet.«

»In gewisser Weise ja. Ich wollte Frank und Britta so schnell wie möglich wieder loswerden.«

»Deswegen haben Sie mir mit Krokodilstränen in den Augen von der wirtschaftlichen Misere des Hofs erzählt. Ich sollte Franks und Brittas Motive anzweifeln und annehmen, dass es den beiden nicht wirklich um Roddy, sondern um das Pflegegeld ging, das sie dringend für die Rettung des Hofes brauchten.«

Ein schiefes Lächeln huschte über Carolins Gesicht. »War ein guter Plan, hat allerdings bei Ihnen nicht wirklich funktioniert.«

»Aber bei Liliane Ferst schon.«

Hannah hätte sich am liebsten auf die Zunge gebissen.

Carolin Doppheide war abrupt aufgestanden. »Wie kommen Sie darauf? Was hat die Ferst damit zu tun?«

»Ich meine ja nur. Haben Sie bei ihr ebenfalls versucht, ein schlechtes Licht auf Ihren Bruder und Ihre Schwägerin fallen zu lassen, damit sie ein negatives Gutachten schreibt?«

»Und wenn schon! Was geht Sie das an? Warum stellen Sie mir diese ganzen Fragen?« Sie kam einen Schritt auf Hannah zu. »Ich habe übrigens die ersten Nummern im Speicher Ihres Handys ausprobiert, um herauszufinden, wem es gehört. Äußerst aufschlussreich, muss ich sagen!«

Unwillkürlich wich Hannah zurück. Sie ahnte, was jetzt kommen würde.

Carolin hockte sich kurz hin und löste den Strick von den Fesseln des Kalbs. Dann richtete sie sich auf und kam auf Hannah zu. »Bei der zweiten Nummer meldete sich das Polizeipräsidium in Münster. Die Mordkommission.«

Verzweifelt suchte Hannah nach einer Ausrede, aber ihr Kopf war wie leergefegt.

»Was haben Sie mit der Kripo zu tun, Frau Schmielink?« Carolin Doppheides Stimme war schneidend.

Betont lässig klopfte Hannah auf ihr Handy, obwohl ihr Puls von einer Sekunde auf die andere wie verrückt hämmerte. Beim Lügen möglichst nahe an der Wahrheit bleiben, schoss ihr durch den Kopf. »Mein Bruder arbeitet bei der Polizei, aber momentan ist er in Elternzeit.«

»Aha!« Carolin kam näher. Hannah wich zurück, stieß gegen einen Strohballen und fiel rückwärts darauf. Aus dieser Perspektive sah sie plötzlich etwas unter dem Ungetüm von Radlader hinter Carolin hervorlugen: schwarze Gummistiefel – in Männergröße!

Jan! Er musste zurückgekommen sein. Er hatte gemerkt, dass sie ihm nicht gefolgt war und war umgekehrt. Oder standen die Stiefel nur so dort herum?

»Warum sind Sie gestern noch einmal hierher gekommen, Frau Schmielink? Sie hatten Ihre Arbeit doch längst erledigt.«

Hannah schielte zu den Stiefeln: eine kaum wahrnehmbare Bewegung. Dort stand also wirklich jemand! Sie war kolossal erleichtert.

Carolin fingerte mit zittrigen Händen an dem Strick herum. »Los, antworten Sie! Sie sind mir ein bisschen zu neugierig.«

Hannah starrte entsetzt auf den Strick.

»Liliane Ferst war anders als Sie. Vor allem hat sie zu sehr auf Schulze-Breuning gehört. Sie wusste einfach zu viel über den Tod meines Vaters.«

Hannah hielt den Atem an. Was sie sah, ließ sie schlucken: Carolin hatte eine Schlaufe aus dem Strick gemacht und kam immer näher.

Plötzlich eine tiefe Stimme aus dem Hintergrund: »Es stimmt, was Carolin sagt. Frau Ferst ahnte, dass ich meinen Mann auf dem Gewissen habe. Ich wollte um jeden Preis verhindern, dass er den Hof aufgibt.«

Die schwarzen Gummistiefel! Darüber eine dunkle Stoffhose, eine rote Steppjacke: Gudrun Doppheide. Kreideweiß im Gesicht trat sie hinter dem Radlader hervor. Hannah erhob sich vorsichtig von dem Strohballen.

»Mama!« Carolin klang hellauf entsetzt.

Gudrun Doppheide schüttelte sachte den Kopf und sagte leise. »Es ist genug, Carolin. Es kann nicht immer so weitergehen. Irgendwann muss Schluss sein!« Dann wandte sie sich Hannah zu und sagte betont ruhig: »Ich habe Liliane Ferst umgebracht.«

»Aber …« Carolins Stimme hatte einen schrillen Unterton.

»Lass mich, Carolin! Ich halte es einfach nicht mehr aus.«

»Was redest du da, Mama?«

»Sei still! Denk an Mia!«, fiel ihre Mutter ihr ins Wort.

Carolin zuckte resigniert mit den Schultern. In dem Moment meinte Hannah, jemand hätte ihren Namen gerufen. Sie lauschte angestrengt. Weder Carolin noch Gudrun zeigten eine Reaktion. Sie musste sich getäuscht haben. Da war niemand.

Gudrun Doppheide holte tief Luft. »Ich musste Liliane Ferst zum Schweigen bringen. Schulze-Breuning hatte ihr erfolgreich eingeredet, dass unsere Familie einen Mörder deckt. Sie war drauf und dran, zur Polizei zu gehen.«

In die nachfolgende Stille hinein war ein unterdrücktes Stöhnen zu vernehmen. Hinter dem Radlader kam ein gut gekleideter, älterer Herr hervor, den Hannah sofort erkannte: der weißhaarige Mann, der mit Gudrun Doppheide die Mittagspause im Café 99 in Münster verbracht hatte.

»Onkel Heribert!« Carolin Doppheide starrte ihn entsetzt an.

»Heribert Schüttemeyer«, sagte der Mann an Hannah gewandt. »Ich bin der langjährige Hausarzt der Familie Doppheide.«

»Nicht, Heribert. Lass es!«

»Gudrun, du hast selbst gesagt: Jetzt muss Schluss sein. Es kann nicht so weitergehen. Du hast das Gerede der Nachbarn und der gesamten Bauerschaft jahrelang ertragen. Jetzt willst du noch einen weiteren Mord auf dich nehmen. Du kannst nicht von mir verlangen, dass ich das untätig hinnehme. Einmal muss die Wahrheit ans Licht.«

Gudrun Doppheide sank in sich zusammen und schluchzte auf. Doktor Schüttemeyer zog ihre Hände zu sich hin und zeigte auf die geschwollenen, mit Knoten übersäten Fingergelenke. »Schauen Sie genau hin, Frau Schmielink! Gudrun leidet unter einer schweren Form von Rheuma. Sie hat keine Kraft in den Händen. Nie und nimmer könnte sie die Schlinge fest um den Hals einer durchtrainierten jungen Frau legen und so fest zuziehen, dass es mit ihr zu Ende geht. Gudrun kann nicht mal eine Wasserflasche öffnen.«

Er nahm die heftig schluchzende Bäuerin in die Arme und redete ihr zu: »Sag', was geschehen ist, Gudrun. Es muss aufhören. Du gehst sonst daran zu Grunde.«

Die ältere Frau wimmerte, sagte aber kein Wort. Carolin lehnte kraftlos an einem großen, runden Strohballen und starrte die beiden unverwandt an.

»Dann werde ich es tun.« Er richtete sich auf und atmete tief durch. »Gudrun kann den Mord an Liliane Ferst nicht begangen haben. Ich kann das bezeugen, weil wir beide zu dem Zeitpunkt zusammen waren.« Mit fester Stimme fuhr er mit einem Blick auf Carolin fort: »Wir haben bei einem Juwelier auf der Großen Straße in Osnabrück unsere Eheringe ausgesucht. Der Besitzer wird sich an uns erinnern. Das Datum ist auf einem Abhol-Kärtchen vermerkt, weil die Ringe noch geändert werden mussten. Wir waren kurz vor Geschäftsschluss dort.«

Einen Augenblick lang sagte niemand etwas. Im Kuhstall hinter Hannah herrschte mit einem Mal enorme Unruhe: dumpfe Geräusche, Klirren, heftiges Schnauben. Niemand außer ihr schien darauf zu achten.

»Was war denn nun mit Helmut Doppheide?«, fragte sie schnell, damit niemand aufmerksam wurde.

»Ich habe mich mitschuldig gemacht, indem ich einen Mord verschleiert habe«, sagte Schüttemeyer beherrscht. »Aber es war nicht seine Frau, die ihn ermordet hat.« Er drehte sich um und nahm Gudruns Tochter ins Visier.

»Es war kein Mord!« Carolins Schrei gellte durch die Halle. Die Kuh hörte einen Moment lang auf, ihr Kalb zu lecken. Gudrun schlug die Hände vor das Gesicht.

»Du hast die Stufen der Treppe mit Melkfett eingerieben, Carolin«, fuhr Schüttemeyer unerbittlich fort. »Eine Dose davon liegt immer in dem kleinen Drahtkorb direkt neben der obersten Stufe, weil man beim Melken gelegentlich die Zitzen einer Kuh damit einreibt oder kleinere Verletzungen behandeln muss. Für dich wurde es zum Mordwerkzeug.«

»Das stimmt nicht.«

»Hör auf zu leugnen! Du hast gewartet, bis deine Mutter den Melkstand verließ, um das Frühstück vorzubereiten. Unmittelbar danach bist du durch das Tennentor geschlüpft. Während dein Vater die Kälber in den Boxen fütterte, hast du die Stufen präpariert, dann von außen das Licht ausgeschaltet und bist in aller Seelenruhe zur Arbeit gefahren. Es ist alles blitzschnell gegangen. Deine Mutter hat sogar noch dein Auto wegfahren hören.«

Gudrun schluchzte erneut auf, während Schüttemeyer ungerührt weitersprach. »Dein Vater kam aus dem Stall, dachte sich vermutlich nichts dabei, dass der Melkstand im Dunkeln lag, weil deine Mutter des Öfteren beim Hinausgehen versehentlich das Licht ausschaltete, nahm mit Schwung die Treppe, rutschte aus und zog sich beim Sturz tödliche Kopfverletzungen zu. Er hatte keine Chance, denn ein Geländer gibt es nicht. Es ist genau so gekommen, wie du es geplant hattest.«

Carolins aufgerissene Augen starrten ins Leere. »Ich wollte ihn nicht umbringen. Es war ein Unfall!« Sie flüsterte beinahe. »Ich habe die Treppe eingefettet, aber ich wollte ihn nur für ein paar Tage außer Gefecht setzen.« Sie rieb sich die

Augen. »Er hat mir erzählt, dass er aufgeben und Schulze-Breunings Angebot annehmen wollte. Ich habe ihn angefleht, es sich zu überlegen und mir den Hof zu überlassen. Aber er wollte nichts davon wissen. ›Unser Betrieb bietet dir keine sichere Existenz‹, hat er gemeint. ›Du musst das einsehen. Ich will nur dein Bestes. Keine Diskussionen mehr!‹« Sie schüttelte den Kopf. »Da habe ich Panik bekommen. Ich dachte, wenn er sich den Fuß verstaucht oder schlimmstenfalls das Bein bricht, nehme ich mir unbezahlten Urlaub und schmeiße hier den Laden. Ich wollte bloß Zeit gewinnen und ihn überzeugen, dass ich es draufhabe.«

Tonlos fügte sie hinzu: »Ich konnte doch nicht ahnen, dass er sich das Genick bricht. Als Onkel Heribert mich in der Firma anrief und sagte, dass Papa tot sei, zog es mir den Boden unter den Füßen weg. Ich habe seitdem jede Nacht Albträume, jede einzelne!«

Wie von Sinnen ließ Carolin immer wieder den Strick durch ihre Hände gleiten. »Ich war davon überzeugt, dass ich ins Gefängnis müsste, aber nichts passierte.«

»Deine Mutter hatte sofort gemerkt, wie schmierig die Treppe war und dich von Anfang an verdächtigt. Aber sie hat mich angefleht, auf dem Totenschein einen Herzinfarkt einzutragen. Es war der größte Fehler meines Lebens.«

Carolin schnaubte. »Ja, ihr habt mich gedeckt. Aber dafür kam Frank zurück und übernahm den Hof – sozusagen als Bestrafung für das, was ich getan hatte.«

Gudrun richtete sich auf. »Ich konnte dir den Hof nicht übergeben. Nicht nachdem du Vater auf dem Gewissen hattest. Ich ...« Die Stimme drohte ihr zu versagen. »Wenn auch die Leute immer behauptet haben, Helmut und ich hätten eine Zweckgemeinschaft gebildet. Das ist nicht wahr. Ich habe ihn geliebt.«

Der Aufruhr im Kuhstall war abgeebbt. Hannah hatte eine Ahnung, was das bedeutete.

»Carolin«, sagte sie mit möglichst warmer Stimme. »Warum musste Liliane Ferst sterben? Was war passiert?«

»Es war so, wie Mama vorhin gesagt hat. Sie wusste zu viel.« Wie in Trance redete Carolin weiter. »Eines Abends rief sie an. Nicht bei mir, sondern bei Frank und Britta, aber ich habe das Gespräch zufällig angenommen. Sie hat sich fürchterlich aufgeregt und gedroht, zur Polizei zu gehen, um eine Exhumierung von Papas Leiche zu fordern. Es müsse ein für alle Mal geklärt werden, ob unsere Familie einen Mörder deckt. Dann kämen wir für weitere Pflegekinder selbstverständlich nicht mehr in Frage.«

»Sie wusste doch nichts Konkretes, sondern kannte nur Schulze-Breunings Gerüchte«, warf Hannah ein. »Es ist fraglich, ob die Polizei ihr geglaubt hätte. Und eine Obduktion nach mehreren Jahren kann nicht immer eine Klärung bringen.«

»Ich hatte fürchterliche Angst, die Kripo würde Nachforschungen anstellen. Wenn sie Mama vernommen hätten, wäre sie zusammengebrochen. Sie war schon eine ganze Weile mit ihren Nerven am Ende. Die ständigen Infektionen, ihr Rheuma – das ist doch alles psychisch bedingt! Sie wurde mit dem Wissen um das, was ich getan hatte, nicht fertig. Das war mir schon länger bewusst. Also musste ich handeln. Schnell, denn spätestens im neuen Jahr wollte Liliane Ferst die Polizei informieren. Ich habe recherchiert, wo sie wohnte. Dass sie beinahe täglich am Kanal joggte, hatte sie mir selbst erzählt.«

»Sie haben in dem Gebüsch hinter der Bank auf sie gewartet, wo sie ihre Dehnungsübungen machte.«

Carolin schwieg einen Moment lang düster. Dann schien sie sich aufzuraffen. »So war es. Beim ersten Versuch kam in letzter Sekunde ein Fahrradfahrer vorbei, und ich musste Liliane Ferst unbehelligt weiterlaufen lassen. Also habe ich am folgenden Tag einen zweiten Versuch gemacht. Es war so einfach! Sie war viel zu verblüfft, um sich zu wehren.

Wieder schwieg sie einen Moment. »Hattest du mich in Verdacht, Mama?«

Gudrun räusperte sich. Sie schien sich kaum noch auf den Beinen halten zu können und stützte sich auf Doktor Schüttemeyer. »Ich habe etwas geahnt, mich aber an den Gedanken geklammert, dass es Roddys Mutter gewesen sein könnte. Als Frau Schmielink gestern erwähnte, dass Tanja Grabkow ein Alibi für die Tatzeit hat, konnte ich die Tatsachen nicht länger verdrängen. Trotzdem war ich immer noch entschlossen zu schweigen – wegen Mia. Ein Kind, dessen Mutter im Gefängnis sitzt! Dafür wollte ich nicht verantwortlich sein.« Gudrun Doppheide war kaum noch zu verstehen. »Bis abends die Sache mit Schulze-Breuning passierte. Ich habe mich voller Entsetzen gefragt: Wen wird es als nächstes treffen, weil er zu viel weiß?« Mit großen Augen schaute sie ihre Tochter an.

Hannah lief ein kalter Schauer über den Rücken. Sie hatte es geahnt.

Carolin schien sich nun alles von der Seele reden zu wollen. »Der alte Bock wollte mit mir auf der Wiese sprechen, hat gedroht, zur Polizei zu gehen wegen Papas Tod. Es sei denn, ich würde Thorsten heiraten und mit Mia auf seinen Hof ziehen. Zu diesem Tyrannen! Ich doch nicht!« Sie starrte vor sich hin. »Plötzlich war da diese ungeheure Wut. Ich habe rotgesehen. Der Ast lag da. Er hätte niemals Ruhe gegeben. Nie!«

Gudrun schlug die Hände vor das Gesicht. »Was du angerichtet hast, war vollkommen sinnlos. Wenn du damals mit mir gesprochen hättest, wäre dir klar geworden, dass Papa ohne meine Einwilligung nicht an Schulze-Breuning hätte verkaufen können. Der Hof war mein Erbe, und wir hatten Gütertrennung vereinbart. Zu dem Zeitpunkt hatte ich dich längst als Alleinerbin eingesetzt. Mir war klar, dass niemand außer dir den Betrieb für unsere Familie retten konnte.«

»Mich? Als Erbin? Aber Vater hat immer gesagt, Mädchen könnten den Hof nicht übernehmen.«

»Das war vor einem Vierteljahrhundert. Die Zeiten haben sich geändert. Ich hatte mich geändert. Nach Vaters Tod habe ich sofort das Testament geändert und dich enterbt. Du hast unsere Familie ins Unglück gestürzt. Uns alle. Nur du allein.«

Einen Augenblick lang blieb es still. Hannah spürte ihre Füße kaum noch. Eiskalte Zugluft wehte in die Halle.

Ohne ein Wort zu sagen, griff Carolin Doppheide zu einer Mistforke in ihrer Nähe, spießte einen rechteckigen Strohballen auf und deponierte ihn mit einer geschmeidigen Drehung vor dem mächtigen Rundballen hinter sich.

Hannah war völlig konsterniert. Was sollte das? Was hatte sie vor? Dann sah sie den Strick um Carolins Hals baumeln.

»Jan!«, schrie sie gellend in Richtung der Kälberboxen. »Schnell!«

Als sie sich umdrehte, war die junge Frau bereits auf den kleineren Ballen gestiegen. Dann rammte sie die Forke in das Stroh und schaffte es, sich mit einer Behändigkeit, die Hannah ihr nicht zugetraut hatte, auf den Rundballen zu schwingen. Die Forke zog sie zu sich herauf, spießte den kleineren Ballen auf und legte ihn zu ihren Füßen ab. Mit einem triumphierenden Lächeln blickte sie auf Doktor Schüttemeyer und ihre Mutter hinab, die ihr hilflos zuschauen mussten.

»Kommen Sie da runter! Das macht doch keinen Sinn!« Jan! Sie hatte geahnt, dass er sich ganz in der Nähe verborgen hielt. Mit einer Schaufel in der Hand ging er auf den Rundballen zu.

»Wagen Sie es nicht!« Carolin hatte die Forke drohend gegen Jan erhoben. Als er mit der Schaufel auf sie zielte, duckte sie sich zur Seite. Die Schaufel landete krachend hinter dem Rundballen.

»Vorsicht!«, schrie Gudrun.

Die Forke traf Jan am Arm. Ein Zinken riss eine mächtige Klinke in seine Lederjacke. Er wankte einen Moment, bis er das Gleichgewicht wiederfand. Hannahs Puls raste.

»Wagen Sie nicht noch einmal, mich hier herunterholen zu wollen. Beim nächsten Mal ziele ich auf Ihren Kopf.«

»Carolin! Das kannst du doch nicht machen.« Schüttemeyer rang die Hände. Er klang jämmerlich.

Gudrun Doppheide drängte sich energisch an ihm vorbei und baute sich vor dem Ballen auf. »Carolin, was soll aus Mia werden? Hast du darüber nachgedacht?«

Der Anflug eines Lächelns glitt über Carolins Gesicht. »Du hast es vorhin selbst gesagt: Was soll sie mit einer Mutter im Gefängnis? Es ist besser, wenn ich einen Schlussstrich ziehe und sie eine Chance hat, das alles hinter sich zu lassen. Sie wird es gut haben bei Frank und Britta. Einen Vater hat sie ja jetzt auch. Sie wird mich überhaupt nicht vermissen.«

Sie klang ruhig, beängstigend ruhig. Reden, reden – das war das Gebot der Stunde in solchen Krisensituationen, wusste Hannah von ihrer Ausbildung als Notfallseelsorgerin, aber es ging alles so fürchterlich schnell. Carolin wirkte fest entschlossen, als habe sie jegliche Zweifel hinter sich gelassen.

Entsetzt sah Hannah, wie die junge Frau den kleineren Ballen hochkant stellte und darauf stieg. Die Stellfläche war klein, sodass sie wankte und sich nur mit Mühe ausbalancieren konnte.

Jan war verschwunden, sicher auf der Suche nach neuen Hilfsmitteln, um Carolin von ihrem Vorhaben abzubringen.

Mit verzweifelter Vehemenz stemmte Hannah sich gegen den Rundballen. Lächerlich! Er bewegte sich keinen Millimeter. Oben schwang Carolin das Ende des Stricks um den über ihr aufragenden, stählernen Holm des Radladers. Jetzt musste sie nur noch einen Knoten knüpfen, mit beiden Beinen einen Moment lang das Gleichgewicht auf dem Quaderballen halten, ihn wegkicken, und dann würde sie …

Der Geburtshelfer flog in hohem Bogen an Carolin vorbei. Schüttemeyer!

Jan erschien mit einem offenen Papier-Sack und griff mit verbissener Miene hinein. Ungelöschter Kalk! Hannah verstand: Er wollte Carolin damit bewerfen, um sie zum Aufgeben zu zwingen. Sie schloss die Augen und wandte sich ab.

Der ungeheure Lärm drang mit Verspätung in Hannahs Bewusstsein. Sie schaute sich um und sah gerade noch, wie die Schlinge vom Holm des rückwärts fahrenden Radladers rutschte. Das riesige Gefährt ruckelte nach vorn, bis die Schaufel gegen den Rundballen krachte.

Die Forke rutschte zu Boden. Carolin wankte auf dem wackelnden Untergrund. Hannah wartete atemlos, dass sie versuchen würde, sich mit den Armen auszubalancieren. Vergeblich! Ein Lächeln in Richtung Radlader huschte in dem Moment über das Gesicht der jungen Frau, als sie das Gleichgewicht verlor. Ihr Körper straffte sich, während sie kippte und kopfüber auf dem Boden der Halle aufprallte.

Im Führerhaus des Radladers schlug Gudrun Doppheide die Hände vor das Gesicht.

Später Vormittag

Die Bauerschaft glitt vorüber. Um die Bilder der vergangenen Stunden zu vertreiben, starrte Hannah angestrengt auf die eingezäunten Wiesen, Gehöfte und Baumgruppen: dunkle Äcker, Wasser in den langen, parallelen Furchen, darin die glitzernden Sonnenstrahlen, im Hintergrund eine frisch gestutzte Reihe Kopfweiden.

Der Notarzt hatte Doktor Schüttemeyers erste Diagnose bestätigt und nur wenig Hoffnung gemacht, dass Carolin den Sturz überleben würde. Gudruns Gesicht tauchte vor Hannah auf, dann Franks, der ahnungslos, aber glücklicherweise ohne Mia in den Stall gekommen war, um bei den Kälberboxen nach dem Rechten zu sehen. Alle bemühten sich um Haltung, um Carolins Tochter vor der Wahrheit zu schützen. Auf Dauer würde das nicht funktionieren.

Unzählige Autos kamen ihnen auf der kurvigen Strecke entgegen. Hannah kam zu Bewusstsein, dass heute Samstag war. Die Leute waren unterwegs, um einzukaufen und Dinge zu tun, deren Erledigung sie wegen des gestrigen Sturms aufgeschoben hatten. Der Alltag all dieser Menschen ging unverändert weiter, während für die Familie Doppheide die Welt aus den Fugen geraten war.

Sie schauderte. Jan warf ihr einen kurzen Blick zu und drehte wortlos die Heizung bis zum Anschlag hoch. Sie hatten es Gerrit zu verdanken, dass sie schon auf dem Heimweg waren. Sein Angebot, Hannahs Auto zum Präsidium zu fahren, wussten sie zu schätzen. Dort sollten sie am Nachmittag eine ausführliche Aussage machen.

»Hier habe ich endlich kapiert, dass du mir nicht gefolgt warst«, sagte Jan düster, als er auf das schnurgerade Stück Landstraße Richtung Münster einbog. Hannah schaute ihn fragend an.

»Ich war total in Gedanken, nachdem ich dich an der Hofzufahrt abgesetzt hatte. Wegen deiner Andeutung, jemand könnte Schulze-Breuning niedergeschlagen haben«, fügte er erklärend hinzu. »Ich habe mir Sorgen gemacht, dass ich komplett als Versager dastünde, wenn sich deine Ahnung bewahrheiten würde.«

Jan drosselte die Geschwindigkeit so weit, dass ein ungeduldiger Autofahrer sie trotz herannahenden Gegenverkehrs überholte. »Als ich zum ersten Mal in den Rückspiegel schaute und dich nicht sah, dachte ich, es läge an der kurvigen Strecke in der Bauerschaft.« Er schüttelte den Kopf. »Irgendwann war ein heller Kleinwagen hinter mir, der wie deiner aussah. Ich habe nicht richtig hingeschaut, weil ich gedanklich immer noch bei dem Unfall in der Obstwiese war.«

Hannah legte die Hand auf seinen Arm.

»Erst als ich diese Gerade erreicht habe, bin ich rechts rangefahren, um auf dich zu warten. Aber es kam niemand.« Seine Stimme klang gefährlich brüchig. »Ich Idiot! Ich wusste doch, dass dort ein Mörder herumlief.«

»Ich auch«, gab Hannah zurück. »Trotzdem habe ich nach meinem verfluchten Handy gesucht und mich von Carolin in die Tenne locken lassen. Und als mir klar wurde, dass du dich irgendwo in unserer Nähe verstecktest, habe ich alles darangesetzt, ein Geständnis von ihr zu bekommen. Ich mache mir solche Vorwürfe, dass ich mitschuldig an ihrem Tod bin!«

Der Wagen rollte langsam an den Rand und stoppte. »Hannah, sie hat sich mit voller Absicht von dem Rundballen gestürzt, um sich das Leben zu nehmen. Den Eindruck haben wir alle vier gehabt. Was glaubst du, wie ihre Mutter und Doktor Schüttemeyer sich fühlen? Wenn die beiden die Todesursache des alten Doppheide damals nicht verschleiert hätten, würde Liliane Ferst noch leben und Schulze-Breuning putzmunter seine Kühe melken. Dieser Fall ist eine einzige Tragödie.«

Er legte den Arm um sie und flüsterte in ihr Ohr: »Diese Minuten vorhin möchte ich nicht noch einmal erleben! Wie ein Verrückter bin ich zum Hof zurück gerast. Dein Auto stand immer noch an derselben Stelle. Haupthaus und Nebengebäude waren verschlossen. Nur das Tennentor war auf. Also bin ich rein – immer weiter – auf der Suche nach dir.«

»Mitten durch den Kuhstall. Ich habe es gehört«, lächelte Hannah unter Tränen.

»Die Viecher haben ein Riesentheater gemacht, sage ich dir. Ein Fremder in ihrem Reich! War mir alles egal.« Er drückte sie heftig an sich. »Irgendwann hörte ich Stimmen. Ich habe gebetet, dass deine dabei ist.«

Eine Weile blieben sie eng umschlungen, bis Jan den Kopf hob und reichlich übertrieben die Nase rümpfte. »Ich hätte mir doch die Zeit nehmen sollen, Gummistiefel anzuziehen. Anscheinend bin ich im Stall in etwas ziemlich übel Riechendes getreten.«

»Oder ich. Es gibt Schlimmeres. Fahr los! Lass uns endlich unseren Sohn abholen, bevor er zum WG-Mitglied ehrenhalber ernannt wird.«

Ende Februar

»Post für dich, Hannah. Ja, ist denn schon wieder Weihnachten?«, feixte Dirk und überreichte ihr mit theatralischer Geste ein beinahe quadratisches Paket.

Hannah wartete einen Augenblick, aber ihr Kollege machte keine Anstalten zu gehen. Er wies auf die Adresse. »An die Schulberatungsstelle Münster. Zu Händen von Frau Hannah Schmielink. Kein Absender. Hast du etwas bestellt?«

»Ich kann mich nicht erinnern«, sagte sie und nahm ihm das Paket ab. Es war ziemlich schwer. »Bestimmt nur irgendwelches Infomaterial«, murmelte sie, ging aber beim Öffnen behutsam zu Werke.

Der in ein weiches Tuch verpackte und zusätzlich von Styropor-Kügelchen gesicherte Inhalt füllte den Karton nicht ganz aus. Als Hannah den Gegenstand heraushob, überkam sie eine Ahnung, wer der Absender war.

Das Tuch fiel auseinander.

»Wow!« Dirk schaute interessiert. Hannah senkte ein wenig den Kopf, denn sie konnte nicht verhindern, dass sie errötete.

Ihr Kollege räusperte sich. »Toll! Hast du dem Künstler Modell gestanden?«

»Wie kommst du denn darauf?«

»Ich dachte nur. Sieht ein bisschen aus wie du.«

Sie konnte es nicht leugnen, dass der Frauenkopf mit dem welligen Haarschopf eine gewisse Ähnlichkeit mit ihr hatte. Selbst mit dem Gesichtsausdruck konnte sie sich identifizieren. Jedenfalls fühlte sie sich oft so – offen, lebendig, aber auch verletzlich. Es war die Büste, die sie in der Entstehung gesehen hatte – an jenem unheilvollen Tag in Franks Kammer.

Sie strich vorsichtig über das Holz. Die geschwungene Halslinie war perfekt. Die dargestellte Frau wirkte durchaus attraktiv!

»Ach, jetzt weiß ich. Es ist ein Geschenk für Jan. Habt ihr nicht bald euren Hochzeitstag?«

Hannah zögerte mit einer Antwort.

»Entschuldige, Hannah. Geht mich schließlich nichts an. Übrigens: da liegt ein Brief dabei.«

Sie griff nach dem unter den Styropor-Kugeln fast verdeckten Umschlag, schaute auf ihre Uhr und sagte demonstrativ: »Viertel nach zwei. Ich habe einen Termin beim Frisör.«

Dirk grinste. »Ich muss auch los. Schönes Wochenende.«

Erleichtert packte Hannah die Skulptur zurück in den Karton und schob ihn fürs Erste unter das Regal in ihrem Rücken. Der Brief wanderte in ihre Umhängetasche.

Ihre Unruhe steigerte sich, je näher sie ihrem Zuhause in Gievenbeck kam. Der Frisör-Termin war erst für Samstag geplant. Sie hatte eine gute Stunde, bevor Jan sie zu Hause erwartete. Das Wetter war leidlich, immerhin regnete es nicht.

Minuten später parkte sie auf dem vorgesehenen Platz. Nur ein einziges Auto mit Münsteraner Kennzeichen stand dort, der Fahrradständer war ebenfalls verwaist. Sie würde ziemlich ungestört sein.

In wenigen Schritten hatte sie Haus Rüschhaus erreicht. Das breite Tor des Haupthauses und die Fensterläden der beiden zierlichen Nebengebäude leuchteten inmitten der winterlich-düsteren Umgebung weiß auf. Der Backsteinbau wirkte trotz der reich verzierten Sonnenuhr aus Sandstein am barocken Giebel gedrungen, fast wie ein Bauernhaus, nicht wie die stolz aufragende Burg Hülshoff, auf der die Droste ganz in der Nähe ihre Kindheit verbracht hatte.

Sie warf einen Blick in die Gartenanlage, aber die Einförmigkeit der Buchsbaumhecken entlang der streng geometrisch angelegten Kieswege behagte ihr nicht. Die verspielten steinernen Putten hatte man zum Winterschlaf in verwitterte Häuschen aus rohem Holz verpackt, die Rasenflächen waren mit Laubresten übersät. Die einzigen Farbtupfer in den Beeten bildeten die hellen Blüten der Christrosen.

Als sie sich abwandte, kam ihr eine ältere Dame im dunklen Woll-Mantel entgegen, die ihr zunickte und grüßte. In Gedanken versunken erwiderte Hannah den Gruß und wollte achtlos weitergehen, aber die Frau blieb stehen.

»Ach, Sie sind das!«, sagte sie leise.

Blondes, mit Grau durchsetztes schulterlanges Haar, die etwas altmodische Brille – jetzt erkannte auch Hannah, wen sie vor sich hatte.

»Ich wusste nicht, dass das Museum im Winter geschlossen ist«, begann die Frau ein Gespräch. »Und dabei hatte ich mich so auf das Schneckenhäuschen gefreut.«

»Schneckenhäuschen?«

»So hat Annette von Droste Hülshoff ihr Wohn- und Arbeitszimmer genannt. Ziemlich passend, finde ich. Niedrige Decken, gemütliche Möblierung, recht behaglich. Ich kann mir vorstellen, wie sie sich dorthin zurückgezogen hat, wenn sie ihre Verletzungen ausheilen wollte.«

»Sie meinen ihre Erkrankungen?«

»Auch die. Aber ebenso den Verlust ihres Vaters und das Ende einer tiefen Freundschaft oder gar Liebesbeziehung. Genaueres weiß man nicht.«

»Ich muss gestehen, dass ich weder im Museum war noch etwas von der Droste gelesen habe.«

»Es lohnt sich, das nachzuholen. – Ich habe Sie sonntags gar nicht mehr bei den Kapuzinern gesehen«, sagte die Dame mit einem bedauernden Unterton.

»Nein«, gab Hannah zu. »Ich bin berufstätig, habe einen kleinen Sohn und deswegen nicht immer Zeit. Aber der Gottesdienst hat mir gut getan an dem Morgen. Vor allem die Chormusik.«

»Geht mir auch immer so. Früher war ich mit meinem Mann dort, solange er das noch schaffen konnte. Ich habe ihn lange Zeit gepflegt.«

»Er ist verstorben?«

»Vor gut einem Jahr.« Sie zögerte ein wenig und rang die Hände. Der goldene Witwenring blitzte auf. »Ich merke, wie das Trauerjahr mich langsam wieder ins Leben entlässt. Mittendrin habe ich manchmal gedacht, ich schaffe es nicht.«

»Mein erster Mann starb, als ich noch keine vierzig war.«

»Dann können Sie meine Situation sicher nachempfinden.«

»Ja, das kann ich. – Darf ich Sie fragen, ob Sie Familie hier in der Nähe haben?«

»Leider nein. Mein einziger Sohn wohnt mit Frau und Kindern in Südfrankreich. Im Frühling besuche ich sie jedes Jahr für ein paar Wochen. Eine Freundin lebt hier in Gievenbeck und ein paar Bekannte. Eigentlich brauche ich noch einmal eine Aufgabe. Zum Hände-in-den-Schoss-Legen fühle ich mich zu jung. Ich habe schon an Deutschunterricht für Flüchtlinge gedacht, aber das können andere besser als ich.«

Die Idee kam Hannah spontan. Ohne weiter nachzudenken fragte sie: »Könnten Sie sich vorstellen, Tagesmutter zu werden?«

Die Frau stutzte. »Ja … ach … warum eigentlich nicht?«

Wenige Minuten später hatten Hannah und Christine Vanhuyven sich auf eine Tasse Kaffee verabredet.

Von einem plötzlichen Hochgefühl erfüllt, schlug Hannah den Weg an der Gräfte entlang ein, die Haus Rüschhaus umschloss. Laubreste und Zweige schwammen in dem modrigen Wasser. Der Pfad war mit Wurzeln durchsetzt und matschig, aber die Bewegung tat ihr nach dem langen Tag im Sitzen gut. Inzwischen vermisste sie beinahe die regelmäßigen Rundgänge mit Kinderwagen. Sie musste sich unbedingt öfter solch eine Stunde gönnen – ganz für sich allein. Allmählich konnte sie das.

Was für ein Zufall! Oder war es eine Fügung? Seit Tagen hatte sie über der Formulierung einer Anzeige gebrütet, um eine Tagesmutter für Lasse zu finden. Ausgerechnet heute traf sie nun die Frau aus dem Gottesdienst bei den Kapuzinern wieder. Christine Vanhuyven war ihr auf Anhieb sympathisch. Zum ersten Mal konnte Hannah sich vorstellen, ihren Sohn jemandem anzuvertrauen.

Auf halber Strecke hatte sie freien Blick auf die Gartenseite des Anwesens und die beiden imposanten Reihen mit Sprossen-Fenstern. Aus dieser Perspektive wirkte das Anwesen schon eher wie ein herrschaftliches Gebäude, das sich aber vollkommen harmonisch in die Landschaft einfügte. Wahrlich ein Geniestreich des Barock-Baumeisters Johann Conrad Schlaun, der hier ein Refugium für sich und seine Familie geschaffen hatte!

Am Marien-Bildstock setzte sie sich auf die Bank mit Blick auf die steinerne Treppe, die zur Flügeltür mit dem Doppelwappen führte, und zog den Brief aus der Umhängetasche. Sie fühlte sich jetzt stark genug, ihn zu lesen.

`Liebe Hannah!`

`Ich hoffe, Sie haben nichts dagegen, dass ich Sie mit Ihrem Vornamen anspreche. Ich habe es in Ge-`

danken oft getan. Ich kann mir vorstellen, dass es Sie interessiert zu erfahren, was aus den Menschen auf dem Hof Doppheide geworden ist.
Meine Schwester Carolin haben wir vor drei Wochen in aller Stille beerdigt. Sie hat das Bewusstsein nicht wieder erlangt.
Bis auf Weiteres lebt Mia bei Britta und mir. Ich bin vom Jugendamt als ihr Vormund bestellt worden. Thorsten kümmert sich regelmäßig um sie, vorerst als »Onkel«, aber er strebt einen Vaterschaftstest an, um offiziell ein Umgangsrecht zu bekommen. Er hat uns offen gesagt, dass er erwägt, sie eines Tages ganz zu sich zu holen, aber so bald nach dem Tod ihrer Mutter wäre es für Mia zu belastend, ihr gewohntes Umfeld zu verlieren. Eines Tages wird sie in der Lage sein, selbst die Entscheidung zu treffen, wo sie leben will.
Thorstens Eltern sind total verrückt nach ihrem Enkelkind. Schulze-Breuning ist bisher allerdings nicht ganz der Alte. An den Unfall auf der Obstwiese erinnert er sich überhaupt nicht, an manches andere nur verschwommen, aber insgesamt scheint er verträglicher geworden zu sein. Mia wird also bald eine zweite Oma und endlich auch einen Opa haben.
Schulze-Breunings betrachten Carolins Tod in unserer Scheune als bedauerlichen Unfall. Nur Thorsten haben Britta und ich eingeweiht, weil wir fanden, dass er als Mias Vater ein Recht darauf hat. Mia weiß nicht, was dort geschehen ist. Irgendwann muss sie selbstverständlich erfahren, was Carolin getan hat. Denn obwohl die Kollegen Ihres

Mannes die Ermittlungen zum Mord an Liliane Ferst sehr diskret zum Abschluss gebracht haben, fürchte ich, dass eines Tages etwas in der Bauerschaft durchsickert und die Gerüchte brodeln werden.
Möglicherweise wissen Sie schon, dass Tanja Grabkow das Sorgerecht für ihre Tochter behalten darf. Der Richter war der Ansicht, Kimberley sei alt genug, um durch den ganztägigen Besuch einer Tagesstätte und einen zusätzlichen Erziehungsbeistand geschützt zu sein, auch wenn die Mutter punktuell versagen sollte. Über Roddy ist bisher nur eine vorläufige Entscheidung gefallen. Immerhin hat Ihr Gutachten bewirkt, dass er bei uns bleiben kann, solange er seine Entwicklungsverzögerungen noch nicht vollständig aufgeholt hat und problemlos in eine Kita eingegliedert werden kann. Es ist paradox! Je mehr wir ihn fördern, desto eher müssen wir ihn unter Umständen wieder abgeben. Verstehe das, wer will! Wer soll glauben, dass seine Mutter sich je ändert? Wir werden weiter kämpfen.
Wie geht es bei uns weiter? Einige Entscheidungen haben wir bereits getroffen: Wir geben die Milchviehwirtschaft auf. Thorsten hat unsere Kühe und einen Teil der Ländereien übernommen. Ich will wieder in meinem alten Beruf arbeiten und habe Aussicht auf eine Stelle in der Nähe. Britta wird die Ferienwohnungen bewirtschaften, vielleicht erweitert um ein Heuhotel. Neulich hat sie mit Thorstens Mutter über eine Mitarbeit im Melkhus gesprochen. Neue Perspektiven!

Meine Mutter hat seit Carolins Geständnis ihre Wohnung im Spieker nicht verlassen. Onkel Heribert schließt im nächsten Monat seine Praxis und will mit ihr in die Nähe von Osnabrück ziehen. Er hofft, noch einige gute Jahre mit meiner Mutter zu haben. Ich bin da nicht so optimistisch.
Die Skulptur war von Anfang an für Sie gedacht, aber sie war damals noch nicht fertig. Bitte nehmen Sie sie an, auch wenn Sie dafür mit Ihren Grundsätzen brechen müssen: als Erinnerung an einen besonderen Tag. Ich werde ihn nie vergessen.

Leben Sie wohl ...
Frank Doppheide

Sie ließ die eng beschriebenen Seiten in den Schoß sinken. Obwohl der Brief lang war, blieb vieles ungesagt. Ergriffen schloss sie die Augen und sah die Staumauer des Hennesees vor sich. Sie hatte sich also doch nicht in ihrem Begleiter getäuscht.

Nach einer Weile las sie noch einmal sorgfältig. Kein Wort zum Tod von Franks Vater im Melkstand und Carolins Rolle dabei. Auch nichts darüber, dass sie den alten Schulze-Breuning mit dem Ast niedergeschlagen hatte. Gudrun Doppheide und Heribert Schüttemeyer hatten geschwiegen. Genau wie Hannah und Jan.

Sie zerriss den Brief in winzige Stücke und ließ sie in den Abfalleimer neben der Bank fallen. Dann erhob sie sich. Es wurde Zeit, nach Hause zu gehen.

Anmerkungen

Das Cover von »Tödliche Familien« ist im Münsterland entstanden, hat aber mit der Handlung rein gar nichts zu tun. Alle Figuren in diesem Krimi sind frei erfunden, insbesondere die Mitarbeiter von Jugendämtern und Kindertageseinrichtungen in den erwähnten Orten. Der Fall »Roddy« hat leider einen wahren Hintergrund, ereignete sich allerdings in einem anderen Teil Deutschlands.

Kleine Freiheiten bei den Cafés, Restaurants und anderen Lokalitäten möge man mir verzeihen. Zum Schluss wie immer ein Tipp: das Mühlenpättken in Bevergern und die Alte Brücke Bergeshövede am Nassen Dreieck sind einen Besuch wert.

Ich danke für ihre Unterstützung:

Bettina und Ulla, meinen eingespielten Erstleserinnen, die wieder akribisch allerlei Ungereimtheiten und Ungenauigkeiten aufgedeckt haben.

Meinen Freunden Anne und Georg und ihrer Familie, an deren Leben auf einem Milchviehbetrieb im Sauerland ich seit vielen Jahren Anteil nehmen darf. Bei ihnen habe ich zum ersten Mal einen Melkstand betreten, eine Kälbergeburt miterlebt und vom Auf und Ab bei der Milchviehhaltung gehört. Ohne sie gäbe es »Tödliche Familien« nicht.

Huberta und Franz-Josef Möllers, die als Experten in vielerlei Hinsicht das Manuskript am Ende noch einmal geprüft haben.

Agnes Schulte, an die ich mich immer wenden kann, wenn es Probleme mit meinem Krimiblog (muensterlandkrimi.wordpress.com) oder meiner facebook-Autorenseite (»Helga Streffing und ihre Krimis«) gibt.

Den vielen Mitarbeitern des Dialogverlages, die für meine Bücher tätig sind. Stellvertretend für alle gilt mein Dank Ines Watermann, die zuverlässig alle Lesungs-Termine betreut und meine gelegentlichen Sonderwünsche prompt erfüllt.

Meinem Lektor Markus Nolte, der wieder einmal sehr gründlich war. Es war nötig! Von ihm stammt auch das eindrucksvolle Cover – aufgenommen aus dem Cockpit eines Ultraleichtflugzeugs – hoch über dem Münsterland. Großartig!

Den Organisatoren von mittlerweile rund 50 Lesungen, deren Einsatz, Risikofreudigkeit und Herzblut ich zahlreiche nachwirkende Begegnungen mit Lesern und viel Publicity für meine Krimis verdanke. Apropos: ich hoffe immer noch auf die erste Lesung im östlichen Münsterland :-)

Meinem Mann Bernd, der Krimis eigentlich nicht mag und nicht liest. Nur meine! Wenn er am Ende des Manuskripts immer schneller umblättert, ahne ich, dass »das Ding läuft«. Danke für deine Geduld mit meiner »Schriftstellerei«.

Helga Streffing

Hannah Schmielinks erster Fall

Helga Streffing:
»Tod im Kollegium – Ein Münsterland-Krimi«
Dialogverlag Münster 2011
ISBN: 978-3-941462-47-2

Das Kollegium des Berufskollegs III versinkt nicht gerade in Trauer, als die junge Lehrerin Daniela Heckert ermordet wird. Weil sie eine Intrigantin war, die auch vor Mobbing nicht zurückschreckte? Weil ihr die Karriere über alles ging? Weil ihr Verhalten in den letzten Wochen sonderbar war? Die Münsteraner Psychologin Hannah Schmielink ist entsetzt, welche Abgründe sich ihr in der Schule auftun. Spielen die rätselhaften Erkrankungen mehrerer Kollegiumsmitglieder eine Rolle? Wusste Daniela Heckert etwas, das sie besser nicht wissen sollte? Kaum lichtet sich das Dunkel ein wenig, da verschwindet plötzlich der so pflichtbewusste Schulleiter ... Hannah kommt nicht nur dem attraktiven Kommissar Jan Heidmeier immer näher, sondern auch dem Täter. Zu nahe!

Hannah Schmielinks zweiter Fall

Helga Streffing:
»Tod im Kloster-Internat – Ein Münsterland-Krimi«
Dialogverlag Münster 2012
ISBN: 978-3-941462-59-5

Ein neuer Fall für Hannah Schmielink: Im St.-Anna-Heim, einem von Ordensschwestern geleiteten Internat in der Nähe von Münster, hat sich eine Schülerin das Leben genommen. Die Schulleiterin erhält Drohbriefe, und Schwester Theresia, die Oberin, genießt einen zweifelhaften Ruf. Als eine der Schwestern durch Gift stirbt, übernimmt Hannahs Freund Jan Heidmeier von der Kripo Münster den Fall. Welches Motiv gibt es für den Mord an einer Schwester? Und wer hat Zugang zu Zyankali? Will jemand Rache nehmen am St.-Anna-Heim oder sind persönliche Verstrickungen ausschlaggebend für die Tat gewesen? Ein weiterer Giftanschlag verbreitet Entsetzen und Panik unter den Schülern. Hannah begreift erst sehr spät, dass sich jemand in großer Gefahr befindet …

Hannah Schmielinks dritter Fall

Helga Streffing:
»Tod im Golddorf –
Ein Münsterland-Krimi«
Dialogverlag Münster 2013
ISBN: 978-3-941462-79-3

Ein idyllisches Golddorf im westlichen Münsterland nahe der holländischen Grenze am Fronleichnamswochenende: Als die 13-jährige Luisa von einer Party im Jugendheim nicht nach Hause kommt, wird Hannah Schmielink, Schulpsychologin aus Münster, in den Fall hineingezogen – eher zufällig. Gemeinsam mit ihrer Freundin Anne, einer Nachbarin der Verschwundenen, stößt sie auf merkwürdige Gestalten: Luisas neue Freunde, von denen ihre Eltern nichts ahnten. Doch was ist an dem Abend im Bürgerpark wirklich passiert? Wem ist sie begegnet? Angst, Misstrauen, Gerüchte, Verdächtigungen: Selbst Hannah kann sich der aufgeheizten Stimmung im Dorf kaum noch entziehen. Nicht nur Außenseiter, auch angesehene Bürger und sogar Luisas Familie haben hinter den glänzenden Fassaden Einiges zu verbergen. Doch nur einer hat ein Geheimnis, von dem Luisa auf keinen Fall erfahren durfte …

Hannah Schmielinks vierter Fall

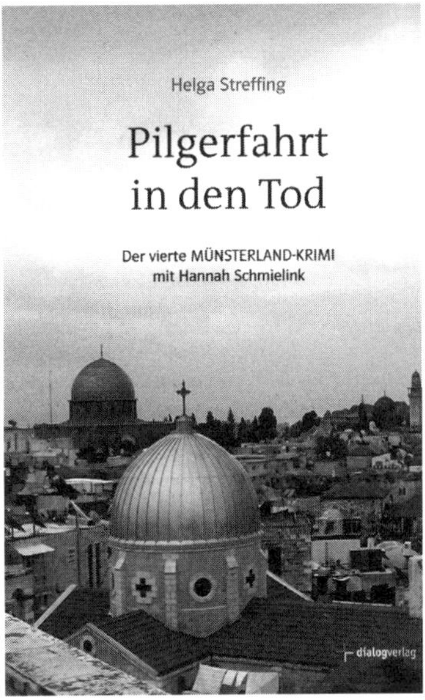

Helga Streffing:
»Pilgerfahrt in den Tod –
Ein Münsterland-Krimi«
Dialogverlag Münster 2015
ISBN: 978-3-944974-06-4

Hannah Schmielink und ihr Ehemann Jan haben ein außergewöhnliches Ziel für ihre Hochzeitsreise gewählt: eine Pilgerfahrt nach Israel. Nazaret, die Gegend um den See Gennesaret, Betlehem, der Berg Tabor, das Tote Meer und die Altstadt von Jerusalem sind nur einige Stationen ihrer faszinierenden Tour. In wenigen Tagen ist ihnen die bunt zusammengewürfelte Reisegruppe vertraut. Doch Hannah lässt die nächtliche Erinnerung an die schwarze Gestalt in ihrem Hotelzimmer nicht los. Misstrauisch beäugt sie jeden Einzelnen. Ein beinahe fataler Zwischenfall lässt Hannah und Jan glauben, dass ein Gruppenmitglied in tödlicher Gefahr ist. Gibt es einen aktuellen Anlass oder führt die Spur in die Vergangenheit? Und welche Rolle spielt die spannungsgeladene Atmosphäre in Jerusalem? Erst in den engen Gassen wird offenbar, welche Rolle die Einzelnen in dem dramatischen Geschehen spielen. Und wer ein Mordmotiv hat ...

Hannah Schmielinks sechster Fall

Helga Streffing:
»Tödliche Rollenspiele – Ein Münsterland-Krimi«
Dialogverlag Münster 2018
ISBN: 978-3-944974-33-0

Für jede Lehrerin und jeden Lehrer wäre es der wahr gewordene Albtraum: Ohne die 18-jährige Maybritt kehrt eine Schulklasse zurück von einer Klassenfahrt in Holland. Das Mädchen ist spurlos von einem Großsegler verschwunden. Ist sie freiwillig von Bord gegangen? War es ein Unfall? Suizid? Oder hat jemand nachgeholfen?
Hannah Schmielink, Schulpsychologin aus Münster, muss feststellen, dass es am Berufskolleg Dorenkamp in Rheine niemanden sonderlich kümmert, was hinter dem Verschwinden der Schülerin steckt. Die Mitschüler schweigen hartnäckig, und das Kollegium interessiert zur Zeit nur eins: Wer wird den freien Posten des Schulleiters übernehmen?
Als man nach einer Feier in der Schule einen Toten findet, reißen die ersten Mauern ein. Immer größere Ungeheuerlichkeiten kommen ans Tageslicht. Aber erst, als alles geklärt zu sein scheint, erfährt Hannah die ganze Wahrheit. Nur eine Handynummer kann sie jetzt noch retten ...